让 我 们 一 起 追 寻

罗伯特·哈里斯（**Robert Harris**）

英国小说家、皇家文学会会员，现居于英国西伯克郡。著有多部畅销小说，被翻译成37种文字。代表作包括《祖国》《影子写手》《军官与间谍》《秘密会议》《慕尼黑》，以及广受赞誉的“西塞罗三部曲”（《最高权力》《权谋之业》《独裁者》）等。其中，《军官与间谍》为他赢得了包括沃尔特·司各特历史小说奖在内的四项大奖，著名导演罗曼·波兰斯基的《我控诉》便改编自这部作品。

路旦俊，1963年出生，江苏丹阳人，教授，从事大学外语教学35年，在人民文学等出版社出版过译著百余部，包括《白老虎》《地狱》《奥康纳短篇小说集》《黄永玉全集》《肖邦传》等。

罗伯特·哈里斯 作品集

庞贝

POMPEII

［英］罗伯特·哈里斯 作品

路旦俊 译

ROBERT HARRIS

社会科学文献出版社
SOCIAL SCIENCES ACADEMIC PRESS (CHINA)

本书获誉

哈里斯精彩地再现了古典时期意大利的生活图景……当维苏威火山终于爆发时，你甚至能尝到浮石的味道，感受到火山灰落到你的头发上……我沉浸在了他想象的世界中。他的能量和技巧令我惊叹不已。

——鲍里斯·约翰逊，《星期日邮报》

哈里斯娴熟地呈现紧张氛围的关键在于，小说中的人物不知道维苏威火山即将爆发，但读者知道……参观过庞贝和赫库兰尼姆遗址的游客会认出哈里斯描述的诸多暴力和厄运场景，这将给他们带来别样的感受。他出色地再现了两座城市漫长的终结之痛：整天都是火山灰、浮石，然后是灭顶之灾，一片有毒的云。确实是爆炸性的作品，它伴随着砰的一声。

——汤姆·霍兰，《每日电讯报》

激动人心的故事……情节紧张而富有张力……哈里斯再现了罗马帝国伟大的水道工程……贯穿其中的大胆虚构让这本小说极富吸引力。在没人知道维苏威火山即将爆发的背景下，哈里斯充分发挥自己在惊悚叙事方面的天赋，描绘了那个忙于追逐野心和事业的、命运已然注定的社会。

——彼得·肯普，《星期日泰晤士报》

暂且不说它的惊悚内容——惊人的节奏、持续不断的危险以及跌宕起伏的情节——《庞贝》的独特之处还在于它生动再现了那个毁灭之前的世界……这本书的研究程度之深让人瞠目……的确是一部引人注目的畅销作品。

——西蒙·布雷特，《每日邮报》

这是一部让人惊叹的小说……其结构的精巧和力量直到最后一刻都在吸引着我们。

——贝丽尔·班布里奇，《泰晤士报》年度好书

哈里斯将诸多事件编织成一个充满阴谋、残酷和激情之爱的故事。

——琼·贝克韦尔，《泰晤士报》年度好书

构思巧妙的惊悚小说……引人入胜，发人深思。

——尼古拉斯·柯勒律治，《旗帜晚报》年度好书

哈里斯的技巧在于用灾难的征兆打乱那不勒斯人的奢华生活方式产生的巨大吸引力。读者们肯定很希望哈里斯再写一本类似题材的小说。

——罗伯特·麦克拉姆，《旁观者》

两千年前被火山灰掩埋的那个世界，现在被复活了……激动人心，引人入胜。

——大卫·罗伯森，《星期日电讯报》

哈里斯的《庞贝》是我本年度钟情的读物，里面的每一处都和他之前的历史惊悚小说一样棒。

——伊恩·克肖，《星期日邮报》年度好书

悬疑小说家的创作技巧之一便是隐瞒结局。罗伯特·哈里斯却大胆地违抗这一准则……我们事先已经知道哈里斯笔下的人物将要面临的厄运，他却让我们在阅读过程中不愿面对甚至害怕这样的结局。

——马克·劳森，《卫报》

哈里斯避开了戏剧性的反讽，选择了快节奏的叙事。他以极其专业的方式评判创作的每一个元素——翻页速度、轻松但又增长见闻的背景介绍……哈里斯笔下的庞贝城似乎就在眼前——这是一座属于这个时代的庞贝。

——费利佩·费尔南德斯－阿梅斯托，《时代》

哈里斯从水道的角度展开故事，他笔下的人物穿梭在史实与虚构之间，而维苏威火山这一定时炸弹悬在他们头顶——这部杰出的小说诞生在一个真实而又虚构的世界里。

——彼得·琼斯，《旗帜晚报》

哈里斯精妙地处理并扩充了古典文献，讲述了一个精彩的故事……大师级的小说家……哈里斯没有从后现代的荒谬性中寻求庇护。他的作品中没有时间错乱，没有“重现天日的日记”，也没有哄骗人的把戏，他知道如何讲好故事和吸引读者。

——弗兰克·麦克林恩，《每日快报》

一部精彩的小说……哈里斯的又一杰作。他笔下的人物栩栩如生……语言优美、研究细致、细节忠于史实。

——保罗·卡森，《爱尔兰新闻》

基于翔实的研究，忠于事实依据，生动再现了公元一世纪意大利的真实生活图景……一个讲述罗马世界中的矛盾与对立的扣人心弦的故事。

——安德鲁·华莱士－哈德里尔，《艺术新闻》

哈里斯的作品既发人深省又引人入胜。他对细节的认真把控、他对火山爆发事件的处理、他作为历史学家的能力，都将这部小说塑造得迷人而又震撼人心，他所呈现的真实的古罗马世界对当今的我们来说颇有教育意义。

——《经济学人》

哈里斯巧妙地避开了写作这类作品时会遇到的陷阱。他以一种富有思想性的方式处理了古典和现代文献……一部高水平的历史小说，《庞贝》绝对值得在畅销书书单上拥有一席之地。

——《泰晤士报文学增刊》

哈里斯是一个出色的作家，他比谁都更清楚如何抓住读者的心。《庞贝》不仅有极强的可读性，而且基于扎实的研究和丰富的细节。

——《Time Out》

哈里斯的叙事能力已震惊了数百万人。他尤其擅长揭露我们过去的失败及其后续影响之间的惊人联系……我们从中可以读到诱人的阴谋、冷静的准确性，以及一个行将就木的时代的傲慢与腐败。

——《好书指南》

又一部杰作……哈里斯的故事充满了引人入胜且忠于史实的细节，复苏了一个站在死神面前的庞贝城。

——《新闻周刊》

哈里斯生动呈现了一个处于毁灭边缘的古典世界。

——《书单》

《庞贝》证明了一位天才作家可以将任何话题都变得有趣……牵动人心的氛围、饱满的人物形象、对于自然之怒火的精彩描述，都体现出这是哈里斯的一部高水平作品。

——《Time Out 纽约》

献给吉尔

作者的注解

古罗马人将白天分为十二个时辰，最初的一个“第一时辰”从日出开始，而最后一个“第十二时辰”以日落结束。

夜被分为八个时辰——午夜前分别为“黄昏”“上灯”“就寝”“夜阑”；午夜后分别为“转辰”“鸡鸣”“凌晨”“黎明”。

一星期中七天的名称分别为“月曜日”“火曜日”“水曜日”“木曜日”“金曜日”“土曜日”“日曜日”。

《庞贝》的故事发生在四天内。

在公元七十九年八月第四个星期，那不勒斯湾的日出时间约为六时二十分。

在这个世界上，无论天穹转向何方，任何地方都无法像意大利那样拥有所需的一切来赢得大自然的王冠。意大利是这世界的统治者和第二母亲，她的男女老少，她的将军与士兵，她的奴隶，她在艺术和手工艺方面的卓越成就，她所拥有的众多人才……

——普林尼,《博物志》

对于一个在公元一世纪为罗马城供水超过一九八五年纽约市供水总量的水利系统，我们怎能不肃然起敬?

——A. 特里弗 · 霍奇,《罗马水道与供水》

坎
帕
阿特拉
阿切拉
奥古斯都水道
库米
普特奥利
那不勒斯
巴亚
赫库兰尼姆
米塞努姆
皮希纳·米拉比
里斯水库
普里契塔岛
那 不 勒 斯 湾
北
苏伦图姆
卡普里岛

诺拉
阿贝里努姆
尼
维苏威火山
奥古斯都水道
萨尔努斯河
庞贝
亚
斯塔比亚
萨莱诺
阿马尔菲
奥古斯都水道　公元79年
道路
水道

火曜日

八月二十二日

火山爆发前两天

凌晨 04:21

人们已经发现，火山爆发的强度与火山爆发前休眠期的长短之间存在密切联系，历史上几乎所有特大型火山爆发都出自那些已经休眠数世纪的火山。

——雅克 - 玛丽・巴尔丁杰夫，亚历山大・R. 麦克伯尼，

《火山学》（第二版）

他们在破晓前两个时辰离开了水道，借着月光攀登那些俯视着港口的山丘。六个人成单列一前一后地走着，领头的是工程师。他亲自将他们从床上赶了起来——当时他们一个个手脚僵硬，沉着脸，睡眼惺忪。现在他可以听到身后传来的抱怨声，在这温暖静谧的夜空中声音很响，而他们并没有意识到。

“白跑一趟。”有人嘀咕道。

“年轻人应该多看看书。”另一人说。

他把步子迈得更大。

随他们嘀咕去吧，他心想。

他早就感觉到热浪在开始聚集，这又将是一个无雨的日子。他比他们当中的大多数人年轻，个子比他们都矮：他矮小壮实，浑身肌肉发达，一头棕色短发。他携带了一把沉重的铜斧和一把木锹，这两样工具的柄横在他的肩膀上，蹭着他那被太阳晒得黝黑的脖子。但是，他仍然强迫自己大幅度迈动着袍子下的那双腿，

一步一步地快速向山上走去。他一直走到米塞努姆城[1]上方的岔路口时，才放下肩上的工具，等待其他人赶上来。

他用衣袖擦去眼睛边的汗水。南方居然会有如此晴朗、闷热的天气！尽管黎明即将到来，天空却依然群星璀璨。他可以看到金牛座的牛角，看到猎户座的腰带和剑。他可以看到土星，还有大熊座，以及他们称作“酿酒者”的星座，因为它总是在酒节后八月的第二十二天为恺撒升起，预示着收获葡萄、酿酒的时候已经到来。明晚将迎来一轮圆月。他将手伸向天空，他那圆圆的指尖在闪烁的星光映衬下清晰可辨。他张开手指，捏紧，然后再张开——他在那一刻觉得自己仿佛是个影子，虚无缥缈，只有那亮光才是实实在在的东西。

山下的港口传来了船桨划破水面的响声，那是守夜人发出的，他正在港口中停泊的三桨座战船之间穿行。港湾对面几条小渔船上的灯笼发出的暗黄色亮光时隐时现。一条狗吠叫了一声，另一条狗回应了一声，然后他便听到了其他工人从下面慢慢爬上来的声响：工头科拉克斯带着当地口音的刺耳的说话声——“瞧，我们的新水务官在冲着星星挥手！”——无论是奴隶还是自由民，他们无一例外地对他充满了怨气，一个个气喘吁吁地讥笑着。

工程师垂下手，说道：“星光这么灿烂，我们终于可以不用点火把了。”他突然又来了精神，弯腰拿起自己的工具，将它们重新扛到肩膀上。“我们必须继续赶路。”他冲着黑暗皱起了眉头。前方有一条小道向西，绕过海军基地的边缘；另一条小道向北，通

---

[1] 米塞努姆城（Miseno），古名为 Misenum，古老的罗马海港，古罗马舰队的司令部所在地，奥古斯都水道由此入海。（本书脚注皆为译者注。）

往海滨度假地巴亚[①]镇。“我认为我们应该在这里拐弯。”

“他认为。”科拉克斯讥讽道。

工程师前一天晚上已经认定，对付工头的最佳办法就是对他置之不理。他没有吭声，而是转身背对着大海和星空，开始攀爬黑黝黝的山坡。说到底，当领导就是盲目地选择一条路线并摆出一副自信从容的神情，认定做出这样的决定有充足的理由，除此之外，当领导还能是什么呢？

这里的小道更陡峭了。他必须侧身向上攀爬，有时还得用上空着的那只手。他的脚下不停打滑，踩松的碎石纷纷滚落，在黑暗中咯咯作响。人们望着这些被夏季森林大火烧成褐色的山丘，认为这些山丘像沙漠一样干燥，但工程师的看法则不同。尽管如此，他仍然感到自己原先的自信开始减弱，他竭力回忆着昨天下午他第一次查看这条小道时，它在午后刺眼的阳光中的情景。歪歪扭扭的小道，窄得只够一头骡子通过。一片片被火吞噬过的草地。接着，在一处地势平坦的地方，黑色中出现了斑斑点点的淡绿色——这是生命的迹象，他发现那其实是一株株常青藤在向一块巨石攀爬。

小道上到斜坡的一半便开始朝另一边下行。他停住脚，慢慢将身子转了一圈。要么是他的眼睛已经适应，要么是黎明即将到来。如果真是黎明即将到来，那留给他们的时间不多了。其他人也在他身后停下了脚步。他可以听到他们粗重的喘气声。回到米塞努姆城后，他们又会有新的笑话说给别人听了——他们这位新来的年轻水务官半夜把他们从床上拉起来，将他们赶上山，结果白跑一趟。他的嘴里充斥着灰尘的味道。

---

① 巴亚（Baiae），现为 Baia，罗马共和国时期时髦的海滨度假胜地，因火山活动，现已沉入海底。

“我们迷路了吗，小帅哥？”

又是科拉克斯那讥讽的声音。

“我在找一块岩石。”工程师如此说道，可是话一出口，他就意识到自己刚好上了对方的钩。

他们这次居然毫不掩饰自己的嘲笑声。

“他就像一只老鼠在尿盆里乱转！”

“我知道那块岩石应该就在这里，我用白土在上面做了个记号。”

笑声更大了——他立刻转过身来对着他们：矮胖壮实的科拉克斯，长鼻子的抹灰工贝科，胖乎乎的砌砖工穆萨，外加两名奴隶，即波里特斯和科威纳斯。就连他们那模模糊糊的身影仿佛也在嘲笑他。“笑吧，太好了。不过我告诉你们一点，我们要么在天亮前找到它，要么明天半夜再来这里一趟，包括你，加威乌斯·科拉克斯。只是下一次希望你脑子清醒一点。”

沉默。然后，科拉克斯吐了口痰，向前迈出半步，工程师立刻摆出准备格斗的架势。自从他三天前来到米塞努姆城那一刻起，他和科拉克斯之间针锋相对的事态便愈演愈烈，拳脚相向只是早晚的事。科拉克斯无时无刻不当着众人的面对他冷嘲热讽。

工程师心想，如果我们打起来的话，他肯定会赢，因为这是五对一的较量，然后他们就会将我的尸体扔下悬崖，说我在黑暗中失足摔了下去。可如果奥古斯都水道的新任水务官不到两星期就失踪了，罗马方面会如何看待此事？

他们久久地凝视着对方，两人之间只相隔一步，近得他可以闻到对方呼出的酸臭的酒气。就在这时，另外四人中的一个——是贝科——兴奋地喊叫了起来，并且用手指着。

就在科拉克斯的身后，有一块岩石，上面正中央工整地画了一个粗大的十字。

工程师名叫阿蒂里乌斯，全名是马尔库斯·阿蒂里乌斯·普里姆斯，但叫他阿蒂里乌斯就可以了。他这个人讲究实际，从来没有时间像他的同胞们所热衷的那样起一些花里胡哨的绰号。（“Lupus”“Panthera”“Pulcher”——“狼”“豹”“美”，他们究竟认为自己是在糊弄谁呢？）再说，在他这一行中还有什么名字比阿蒂利亚这个姓氏更荣耀，毕竟这是出了整整四代水道工程师的家族！他的曾祖父被马尔库斯·阿格里帕[①]从第十二军团“掷闪电者”的弩炮部调过来，开始修建朱利亚水道。他的祖父设计了新阿尼奥水道。他的父亲完成了克劳蒂亚水道，通过七英里长的拱桥将水道一路修建到了埃斯奎林山[②]中，最后在落成典礼那天，将它像一条银色的地毯那样铺到了皇帝的脚下。现在轮到他了，年仅二十七岁就被派到了南方的坎帕尼亚[③]，负责奥古斯都水道。

一个靠水建立起来的王朝！

他眯起眼睛，向黑暗处望去。啊，奥古斯都水道真是巧夺天工的杰作，是历史上最伟大的工程奇迹之一。负责管理它是一项荣誉。遥远的海湾对面是松林覆盖的亚平宁山，奥古斯都水道在山中某个地方连上了塞里纳斯的那些泉水，然后将水向西输送。它穿过弯弯曲曲的地下通道，从多层拱廊顶上流过山沟，并且在巨大的虹吸管作用下强行越过山谷，一路到达坎帕尼亚平原，然后绕过维苏威山，南抵海滨的那不勒斯，最后再沿着米塞努姆半

① 马尔库斯·阿格里帕（公元前63？—前12年），罗马帝国第一位皇帝奥古斯都的密友及副手。

② 埃斯奎林山，罗马七大丘中最大的一座，罗马皇帝尼禄的“金宫”即建于此处。金宫被焚毁后，此处又建造了罗马竞技场。

③ 坎帕尼亚（Campania），意大利南部的一个大区，靠近那不勒斯湾，是古罗马重要的产粮区。

岛的山脊到达尘土飞扬的海军基地。这条水道长约六十英里，平均落差只有每百码两英寸。这是世界上最长的水道，甚至比罗马那些宏大的水道更长、更复杂，因为北方的水道只需为一座城市供水，而奥古斯都水道就像一条巨蟒——人们称它为“母亲之源”——滋润着那不勒斯湾至少九座城市：首先是位于一条长支线尽头的庞贝[①]，然后是诺拉、阿切拉、阿特拉、那不勒斯、普特奥利、库米（库迈）、巴亚，最后是米塞努姆城。

在阿蒂里乌斯看来，这恰恰是一个问题。这条水道的负担太重。罗马至少有六条水道，如果其中一条出现问题，另外几条水道可以弥补。可是这里没有储备水源，尤其是现在——旱情已经持续到了第三个月。数百年来一直为人们供水的那些水井如今已经变成了落满尘土的竖井。小溪一条条地干涸，河床变成了农夫们将牲畜赶往市场去的道路。就连奥古斯都水道也已经显露出力不从心的迹象。它那巨大水库中的水位每个时辰都在下降，正是因为这一点，他才在黎明前起了床，来到这山坡上。

阿蒂里乌斯从系在腰带上的皮囊中取出来一小块光滑的雪松木，木头的一侧刻有一个凹槽，是搁下巴用的，而木头的纹理已经被他先辈们的皮肤磨平，油光锃亮。据说，这是奥古斯都水道的建筑师维特鲁威[②]送给他曾祖父的一个护身符，而且他的曾祖父

① 庞贝，意大利坎帕尼亚地区的古城，位于维苏威山脚下。庞贝在公元一世纪左右为环地中海地区的重要度假胜地。公元六十二年庞贝曾遭遇一场大地震，公元七十九年维苏威火山大爆发，庞贝与赫库兰尼姆、斯塔比亚同遭毁灭，被掩埋在厚达七米的火山灰下面长久保存下来。三座城市中庞贝的死亡人数最多。

② 维特鲁威（公元前 80？—前 25 年），古罗马作家、建筑师、工程师，据传著有《建筑十书》，是西方古代唯一一部建筑著作。维特鲁威把人体的自然比例应用到建筑的测量上，总结出人体结构的比例规律。后来达·芬奇重要的素描作品——由圆圈、正方形和裸体男人构成的《维特鲁威人》中所展现的人体比例，就是源自维特鲁威的说法。

一直认为水神尼普顿的灵魂就在这块木头里。阿蒂里乌斯没有时间去信神，那些脚上长翅膀的顽童，那些骑着海豚的女人，那些一发脾气就从山顶上扔下霹雳的白胡子老头——那些都是骗骗孩子们的故事。相反，他相信的是石头和水，相信每天都能见到的奇迹——将两份熟石灰和五份当地产的一种红沙混合在一起，在水下凝固后就能产生一种比岩石还要坚硬的物质。

可是，只有傻瓜才会否认这世界上有运气，要是他家的这个传家宝能够带给他运气的话……他用手指抚摸着这块木头的棱角。他什么东西都愿意试一次。

他将维特鲁威的手稿留在了罗马，没有带来。这其实并不重要。就像其他孩子从小就要学维吉尔的诗歌那样，从小时候起，维特鲁威的那些话就被灌输进了他的脑子里。他现在仍然能背诵出整段内容。

下列这些生长的东西是预示水源的迹象：细长的灯芯草、野生柳树、桤木、蔓荆子、常青藤以及其他这类植物。如果没有湿气，这类植物无法生存……

"科拉克斯去那边，"阿蒂里乌斯命令道，"科威纳斯去那边。贝科，拿起标杆，标出我说的地方。你们两个睁大眼睛。"

他走过去时，科拉克斯看了他一眼。

"我们的事过一会儿再说。"阿蒂里乌斯如此说道。工头浑身上下透着怒火，强烈的程度不亚于其身上散发出的酒气。不过，等他们回到米塞努姆城后，他们有的是时间来解决相互之间的这场争吵。他们现在必须加快速度。

一层灰色的薄纱隐去了天空中的群星，月亮已经西沉。东面十五英里处，那不勒斯湾正中央那森林覆盖的圆锥形维苏威山已经露出它的轮廓，太阳将从它的另一边升起。

测试有没有水的方法应该是这样：在日出前趴在所寻找的地方，将下巴搁在地上，支撑住，观察周围的地形。这样视线就不会向上偏离得太高，因为下巴将保持不动……

阿蒂里乌斯跪在被野火烧焦的草地上，身体前倾，将那块木头放在地上，与粉笔画出的十字成一条直线，相距五十步。然后，他将下巴搁在那块松木上，伸开双臂。地面仍然带着昨日的余温。他趴在地上时，扬起的尘土落到了他的脸上。没有露水。整整七十八天没有下过一滴雨。整个世界似乎都在燃烧。他用眼角的余光看到科拉克斯做了一个下流的动作，将胯部向前一挺——“我们的水务官没有老婆，所以他只能在大地母亲身上过过瘾！”——就在这时，他右边的维苏威山暗了下来，山的边缘露出了亮光。一道热浪落到了阿蒂里乌斯的脸上，他只好举起一只手来挡住脸，不让刺眼的阳光影响自己。他眯起眼睛，向山坡望去。

在那些可以看见湿气翻卷到空中的地方挖坑，因为干燥的地方不会出现这种迹象……

他父亲常常对他说，你要么立刻能看到，要么什么也看不到。他试图快速而有序地扫视地面，将目光从一块地面转到另一块地面上，可一切似乎都连在了一起，全是一块块褐色或灰色的大地，一条条狭窄的红土，而且早已开始在阳光下化成一团。他的视线开始模糊。他用双肘支起上半身，用食指擦了擦眼睛，然后重新将下巴搁到木块上。

在那儿！

像一根渔线那样纤细——不是维特鲁威所说的那种“翻卷”，而是贴近地面抽动着，仿佛一个鱼钩缠到了岩石上，有人在使劲拉它。它摇摇摆摆地向他靠近，然后便消失了。他大声喊叫着，用手一指——“那里，贝科，那里！”——抹灰工慢吞吞地向那里走去。“后退一点，对，就在那里。做上记号。”

他站起身，拍打掉衣服上的红色尘土和黑色灰烬，快步走了过去。他的脸上挂着笑容，一只手高高地举着那块神奇的雪松木。已经有三个人聚集到了那地方。贝科正试图将标杆插进土里，但地面太硬，根本无法插得太深。

阿蒂里乌斯洋洋得意。“你们看到了吗？你们一定看到了，你们离这儿比我更近。”

他们茫然地看着他。

“那形状很奇特，你们注意到没有？它就像这样上升。”他用手掌在空中平行地砍了几下。“就像被晃动的大锅散发出的蒸汽一样。”

他逐个看着他们，脸上带着微笑，但这微笑随即渐渐淡去。

科拉克斯摇摇头。“你的眼睛在欺骗你，小帅哥。这地方没有泉眼。我可以告诉你。整整二十年了，我对这些山了如指掌。”

“可我告诉你，我的确看到了。”

“那是烟，”科拉克斯在干燥的地面上使劲跺了一脚，一片尘土飞扬了起来，“丛林大火会在地下燃烧很多天。”

“我知道什么是烟，什么是水蒸气。刚才那是水蒸气。”

他们是在装聋作哑，一定是。阿蒂里乌斯跪到地上，拍了拍干燥的红土，然后开始用手刨地，将手指伸到石块下，又将它们搬到一旁，然后拉扯一个不愿意松动的被火烧焦的长长的块根。这里的确有东西，他可以肯定这一点。如果这里没有泉水的话，常青藤为什么那么快就能重新生长出来？

他头也不回地说：“把工具拿来。”

“水务官——”

“把工具拿来！”

他们挖了整整一上午。太阳慢慢爬到了宛如蓝色火炉的海湾上空，从一个金色的圆盘逐渐变成一颗炽热的气体星球。热浪炙烤着大地，龟裂的地面就像他曾祖父那些巨型攻城武器上的弓弦。

有一个小男孩从他们身旁经过，用绳子拉着一只瘦弱的山羊向镇上走去。这是他们见到的唯一的人。悬崖边正好遮挡了米塞努姆城，但偶尔也会有声音从那里飘到他们这儿——军事学校里下达命令时的喊叫声，造船厂的锤打声和锯子的吱嘎声。

阿蒂里乌斯将一顶旧草帽扣到头上，干得最卖力。别人偶尔会偷偷溜走，找个阴凉处躺上一会儿，可他却一直挥舞着斧子。斧柄上沾满了他的汗水，滑溜溜的很难握紧。他的手掌上起了泡，衣服像第二层皮肤一样紧贴在他身上，但他不能在这些人面前示弱。过了一会儿就连科拉克斯也闭上了嘴。

他们最终挖出的圆坑有两个人的身高那么深，宽得足以让两个人在里面干活。下面的确有一个泉眼，可每当他们快挖到那里时，泉水便会往下退缩，而他们则又会继续挖下去。坑底那铁锈色的泥土总是带着湿气，但在阳光下很快就会变干。他们会继续再向下挖，而这一过程又会再次发生。

直到第十时辰，当太阳已经越过苍穹的顶点时，阿蒂里乌斯才终于不得不承认自己失败。他看着最后一点水渍逐渐变小，直至蒸发殆尽，然后将斧头扔出坑顶，爬了上来。他一把扯下帽子，扇着自己那滚烫的脸颊。科拉克斯坐在一块石头上，注视着他。阿蒂里乌斯第一次发现科拉克斯是秃子。

他说：“你那脑袋在这高温中会沸腾的。”他拿起装水的皮囊，打开塞子，往手上倒了一点水，扑到脸上和颈背上。然后，他喝了一口水；水很烫，喝进嘴里时的感觉像是在咽下鲜血。

“我生在这儿，这种温度我根本不在乎。我们坎帕尼亚人把这种天气称作凉爽。”科拉克斯咳了一声，吐了口痰，然后努努他那方下巴，指着挖出的坑，“这玩意儿怎么办？”

阿蒂里乌斯看了一眼——那是山坡上一道丑陋的裂缝，四周围着高高的土堆。那是他的杰作，他的愚蠢行为的后果。他说：“就这样把它留在这儿吧。用木板把它盖上。等到天下雨时，泉水的水位就会上升，到时候你们就会看到了。”

“等到天下雨时，我们就不需要泉水了。”

阿蒂里乌斯不得不承认这话有道理。

他若有所思地说：“我们可以从这里接一根管子。”只要一涉及水，他的脑子里就会充满各种浪漫念头。在他的想象中，一幅田园牧歌般的景象突然开始成形。“我们可以灌溉整个山坡，可以在这里种下柠檬树，橄榄树。可以将这里变成梯田，葡萄园……”

“葡萄园！”科拉克斯摇着脑袋，“这么说我们现在变成了农夫！罗马来的小专家，你好好给我听着，奥古斯都水道已经有一百多年没有出现过任何问题了，即使现在由你来管理，它也不会有问题。”

“希望是这样。”工程师喝完了水囊中的最后一点水。他可以感觉到自己被羞辱得面红耳赤，但这高温掩盖了他的羞愧。他重重地将草帽扣到头上，拉下帽檐来护住他的脸。“好了，科拉克斯，将大家召集起来。我们今天就干到这里。”

他拿起自己的工具，也不等其他人，径直向山下走去。他们能找到回家的路。

他必须注意脚落在什么地方。他每走一步都会惊动几只蜥蜴，看到它们匆匆躲到干燥的灌木丛中。他心中暗想，这地方根本不像意大利，更像是非洲。当他来到通往海滨的小道上时，他的下面出现了米塞努姆城，像沙漠中的绿洲一样在热浪中闪烁着，而且在他看来似乎在随着知了的鸣叫声起伏搏动。

罗马帝国西部舰队的总部是人战胜自然的一项了不起的成就，因为按理来说这里根本就不应该有任何城镇。这里没有河流给它供水，水井和泉水也少得可怜。可是奥古斯都[①]下了命令，帝国需要一个港口来控制地中海，于是便有了这座小城，这一罗马权力的象征：它的内港和外港像闪耀的银盘，五十艘战舰的金色冲撞角和扇形船尾在午后的阳光中闪闪发光，军校的褐色操练场上尘土飞扬，红顶白墙的民宅高耸在造船厂林立的船桅之上。

一万名士兵和一万名普通百姓拥挤在一处狭长的地带中，没有淡水，只有水道才使得米塞努姆城变为可能。

他又想起了那水蒸气怪异的运动方式，以及泉水似乎退缩进了岩石这一奇怪现象。这真是个诡异的地方。他懊悔地看着自己起了水泡的双手。

“白跑一趟……”

他摇摇头，使劲眨了眨眼睛，将汗水挤出去，然后迈着沉重的步子，继续疲惫不堪地下山，向米塞努姆城走去。

---

① 奥古斯都，这里指的是罗马帝国的第一位皇帝屋大维，奥古斯都是他的称号。

第十一时辰 17:42

要想预测火山爆发，一个非常重要的现实问题是注入的新岩浆与随后的火山爆发之间会有多长的时间间隔。对于许多火山来说，这种时间间隔可能会长达数周或数月，但对另一些火山而言，这种时间间隔似乎要短得多，可能只有数日乃至数小时。

——《火山学》(第二版)

米塞努姆城的北郊有一座巨大的海滨住宅，这便是霍腾希亚别墅，里面的人正准备处死一名奴隶。他们要拿他喂鳗鲡。

那不勒斯湾四周的许多豪宅都有自己精心修建的渔场，此事在意大利这个地区比较常见。霍腾希亚别墅的新主人是百万富翁努姆里乌斯·波比蒂乌斯·安普里亚特斯。他很小的时候就听过一个传说，他听说奥古斯都时代的贵族威蒂乌斯·波里奥[①]为惩罚那些打破盘子的笨手笨脚的仆人，会将他们扔进鳗鲡池，因而安普里亚特斯常常无比羡慕地把这称作拥有权力的最完美的展示。权力、想象力、智慧，当然还得有一点品位。

于是，当多年后安普里亚特斯自己也拥有了一个渔场后——

① 威蒂乌斯·波里奥，公元前一世纪时的罗马贵族，是屋大维的好朋友，以奢侈的品位著称。他曾想将打破水晶杯的奴隶扔进池里喂鱼，被恰好也在场的屋大维阻止，屋大维打破了波里奥所有的水晶杯。这个故事后来成为罗马有关伦理学的讨论中的经典案例。

他的渔场离威蒂乌斯·波里奥位于帕乌西里彭的旧鱼塘只有几英里——而且当他的一个奴隶也损坏了一样贵重的东西时，他自然想起了前人的做法。安普里亚特斯本人出生时也是奴隶，他认为贵族就应该这样处事。

这名奴隶被剥光了衣服，只剩下一块腰布，双手被捆在身后，他被押送到了海边。他的屁股左右两边分别被刀划了个口子，为的是流出血来吸引那些鳗鲡。他还被灌了醋，因为据说醋能使鳗鲡疯狂。

这是下午较晚的时候，骄阳似火。

鳗鲡专门有一个大池子，远离其他鱼塘，使它们与其他鱼类分开。一条狭窄的混凝土通道一直延伸到海湾中，这便是通向鳗鲡池的道路。这些鳗鲡是海鳝，极具攻击性。它们的身体长度与一个人的身高相仿，扁平的躯体有人的躯干那么宽，脑袋扁平，宽大的鼻子，刀锋般的利齿。别墅的渔场已经有一百五十年的历史，没有人知道修建在幽暗的鱼塘底部的那些迷宫般的管道里究竟躲藏着多少条鳗鲡，至少有几十条，或许有几百条。那些年龄更大的鳗鲡简直就是恶魔，其中几条还佩戴着珠宝。有一条鳗鲡的胸鳍上套了一个金耳环，据说曾是尼禄[①]皇帝的宠物。

对这名奴隶来说，海鳝尤其可怕，而安普里亚特斯现在正细细回味着生活中的这种讽刺——这名奴隶的任务就是喂养这些海鳝。甚至在他还没有被押到那条通道之前，他就开始吼叫、挣扎。他每天早晨都将鱼头和鸡内脏扔给这些鳗鲡，因此看到过它们进食时的情景——水面开始颤动，随即沸腾起来，一条条鳗鲡察觉

---

① 尼禄（公元37—68年），罗马帝国的皇帝，公元五十四年至公元六十八年在位。是著名的古罗马暴君之一，也以性喜奢华闻名。据说他为建新宫殿，放火烧了罗马城，大火燃烧六日，罗马几乎半毁。

到是在给它们喂食，箭一般地从藏身处冲出来，互相拼抢着食物，将其撕碎。

在第十一时辰，尽管酷热难当，安普里亚特斯本人还是大摇大摆地从别墅走下来观看，陪在身旁的是他那十八岁的儿子塞尔西努斯、管家斯库塔里乌斯以及几位生意上的客户（他们跟随他从庞贝过来，从黎明时起就一直待在他身旁，希望他款待他们晚宴）。另外还有大约一百名男性奴隶，他认为让他们目睹这一场面会大有好处。他命令女儿和妻子待在屋里，因为这不是女人们该看的一幕。奴隶们已经替他摆好一张大椅子，小一点的椅子是给客人们准备的。他甚至都不知道这名犯了错误的奴隶叫什么。安普里亚特斯年初花了整整一千万买下这座别墅，而这名奴隶是随着鱼塘一起过来的。

别墅周围的海边养着各种鱼，开销巨大。这里有肉质如羊毛般洁白的海鲈，有池塘周围建有高墙、免得它们跳出去的灰鲱鲤，有比目鱼、鹦鹉鱼和金头海鱼，还有七腮鳗、康吉鳗和海鳕。

但是，安普里亚特斯这些水里的宝贝中最珍贵的是胭脂鱼——长有胡须的羊鱼。胭脂鱼极其难养，颜色从淡粉红到橙色不等。一想到自己曾为这些鱼付出过天价，他就浑身发抖，而他本人其实都不怎么喜欢吃鱼，但这名奴隶害死的恰恰是这些珍贵的胭脂鱼。这名奴隶究竟是出于恶意还是无能，安普里亚特斯不得而知，也不在乎，可那些鱼就在那里：像它们活着时一样聚集在一起，在鱼塘的水面上五颜六色地铺了一层，是当天下午早些时候被发现的。安普里亚特斯被带到鱼塘边时，还有几条鱼活着，可就在他看着时，鱼一条条死去，像一片片树叶那样先是在池塘深处翻过身来，然后再浮到水面上与其他死鱼待在一起。全被毒死了，一条也未能幸免。按照当时的市场价，这些鱼每一条都能卖到六千。每条胭脂鱼的价值都是照料它们的那名该死的奴隶的五倍，而现在只能将它们付之一炬。安普里亚特斯立刻就做出了判决："将他扔进池塘去喂鳗鲡！"

这名奴隶被拖向水池边时拼命尖叫着，他的身上还在不断地被戳出一个个小孔。他在喊叫，这不是他的错。问题不是鱼食，而在水。他们应该去请水务官。

水务官！

安普里亚特斯眯起眼睛，望着刺眼的海面。无论是那不断扭动身子的奴隶，还是拖着他的另外两名奴隶，或者握着一根船篙、不停地将船篙当成长矛戳着那罪人的第四名奴隶，安普里亚特斯都很难看清他们的身影。在这翻滚的热浪和闪光的浪涛中，他们只是几个模糊的影子。他像皇帝那样举起一只手臂，握紧拳头，拇指与地面平行。他感到自己拥有神一般的力量，但同时又充满了普通人的好奇。他等待了片刻，细细体会着这种感觉，然后他突然转动了一下手腕，竖起了拇指。让他罪有应得！

那名奴隶在鳗鲡池边挣扎时发出的撕心裂肺的尖叫声从海边传了过来，越过露台，越过游泳池，进入了寂静的屋内，妇女们就躲在这里。

科蕾莉娅·安普里亚特斯跑进自己的卧室，猛地扑到床垫上，用枕头捂住自己的脑袋，可那喊叫声仍然清晰可辨。与她父亲不同的是，她知道那奴隶的名字——希波纳克斯，是个希腊人——也知道他母亲的名字。那位母亲名叫阿蒂娅，在厨房干活，而她只要一哭起来，比她儿子还要催人泪下。科蕾莉娅听到几声尖叫后再也受不了了，她猛地站起身，跑过空空荡荡的别墅，去找那哀号的女人，结果在带回廊的花园中找到了她，看到她靠着一根柱子瘫倒在地上。

阿蒂娅看到科蕾莉娅后，紧紧抓住年轻女主人的裙边，开始对着她穿着拖鞋的双脚哭泣，反复说自己的儿子是无辜的，说他被拉走时高声冲她喊叫——是水，是水，是那水出了问题。为什么就没有人听他说话？

科蕾莉娅抚摸着阿蒂娅那灰白的头发，竭力安慰着她，除此之外也无能为力。她知道，请求父亲发慈悲完全是徒劳。他此时谁的话也听不进，更不用说女人，而且是他自己的女儿，因为他要求女儿必须对他百依百顺。如果她出面干预，那名奴隶生存的希望只会变得更加渺茫。对于阿蒂娅的祈求，她只能回答说她爱莫能助。

听到科蕾莉娅的回答后，那名老妇人——其实她只有四十多岁，但科蕾莉娅按照狗的年龄来计算奴隶的年龄，因此那老妇人在她眼中像是至少有六十岁——突然止住了哭泣，用手臂擦了擦眼睛。

“我必须找人来救他。”

“阿蒂娅，阿蒂娅，”科蕾莉娅柔声说，“有谁能救他呢？”

“他在大声喊叫水务官，你没有听到吗？我要去找水务官。”

“他在什么地方？”

“他可能在山下那些管水的人干活的地方，水道那里。”

她颤巍巍地站了起来，打定了主意。她眼神迷乱地望着四周，眼睛红肿，衣服和头发凌乱不堪，那样子简直像个疯婆子。科蕾莉娅立刻看出谁也不会注意她。人们只会嘲弄她，或者用石块将她撵走。

她说：“我和你一起去。”听到海边又传来一声可怕的尖叫，科蕾莉娅一手挽起裙子，一手抓住老妇人的手腕，两个人一起跑过花园，穿过空空荡荡的门房，从侧门跑了出去，来到阳光灿烂、酷热难当的公共道路上。

奥古斯都水道的终点是一个巨大的地下水库，位于霍腾希亚别墅以南几百步的地方，是在一个山坡中凿出的。这个山坡俯视着下面的港口，长久以来一直被称作“皮希纳·米拉比里斯”[①]——奇迹之池。

这个水库看上去没有任何惊人之处，米塞努姆城的大多数人从它身旁经过时都不会多瞧它一眼。从外表看，它只是一座低矮的红砖平顶建筑，上面爬满了淡绿色的常青藤。它有一个城市街区那么长，半个街区那么宽，四周是鳞次栉比的店铺、储藏间、酒吧和民居，隐藏在海军基地上方尘土飞扬的后街中。

只有到了夜晚，在车水马龙的喧闹以及商贩们的叫卖声平息下来后，人们才能听到流水在地下发出的低沉轰鸣，而只有当你进入院子，打开窄小的木门，顺台阶下到地下水库里时，你才能完全领略到它的辉煌。四十八根柱子支撑着巨大的穹顶，每根柱子都有五十多英尺高，只是这些柱子的大部分被淹没在水下。水道送来的水注入水库时发出的巨大回声足以振动你的筋骨。

阿蒂里乌斯可以在这里一站就是几个时辰，聆听着这轰鸣声，沉浸在自己的思绪中。在他听来，奥古斯都水道发出的不是单调枯燥的轰鸣声，而是一架巨大的水力风琴[②]奏出的音符，是文明的音乐。水库的顶上有透气孔，每当翻腾的水花在午后的阳光中飞

---

① 皮希纳·米拉比里斯，原意为“可敬的水池”，是古罗马建造的最大的地下储水库，位于那不勒斯湾西端，为帝国舰队提供用水。

② 水力风琴，古代乐器，据说为希腊人克忒西比乌斯发明于约公元前二百五十年，类似现代小管风琴。

舞，在柱子之间架起一道道彩虹时，或每当傍晚他锁上门，看到火把的烈焰像撒在黑檀木上的黄金那样在平静黝黑的水面上闪耀时，这些时刻，他便感到自己根本不是置身在水库中，而是置身于一座献给唯一可以信赖的那位神的神庙中。

当天傍晚，阿蒂里乌斯从山上下来后走进了院子，他的第一个念头就是去查看一下水库的水位。这已经成了他难以排解的一种强烈冲动。可当他去推门时，却发现门上了锁，他随即想起钥匙还系在科拉克斯的腰带上。他已经累得不愿意再去想这件事了。他可以听到远处传来的奥古斯都水道隆隆的响声——它还在流动，这是最重要的。后来，当他有时间细想自己的行为时，他认定这种玩忽职守的事并不能真正怪自己。他当时也毫无办法。不错，就他个人而言，事情的发展可能会截然不同，但从整场危机这个更大的角度来看，那根本微不足道。

于是，他转身离开了地下水库，扫视了一圈空无一人的院子。他前一天晚上已经下达过命令，必须趁他不在时将这地方清扫干净，收拾整齐。他很高兴地看到这项命令已经被执行。一个井然有序的院子能让他感到放心。一堆堆整齐摆放的铅板，一罐罐石灰，一袋袋红沙，一根根红色的赤陶水管——这些都是他童年时就熟悉的情景。还有这气味——石灰散发出的刺鼻气味，被火炙烤后的黏土在阳光下暴晒了一整天后散发出的灰尘味。

他走进工棚，将工具丢在泥地上，转动了一下酸痛的肩膀，然后用衣袖擦了擦脸，看到其他人进来后重新走进了院子。他们根本没有理睬他，而是径直走到饮用水泉旁，轮流大口大口地喝着水，然后将水泼到自己的头上和身上——先是科拉克斯，然后是穆萨，最后是贝科。那两名奴隶耐心地蹲在阴凉处，等着那些自由民先喝完。阿蒂里乌斯知道自己这一天已经丢尽了脸，所以他能够忍受他们的敌意。比这更糟糕的情况他也经历过。

他大声告诉科拉克斯，今天的活干完了，结果得到了科拉克斯嘲讽的鞠躬。然后，他开始顺着狭窄的木梯回自己的住处。

这个院子呈四方形，北面是地下水库的墙壁，西面和南面是储藏间和水务官的办公室，东面是住处：一楼是奴隶们住的工棚，上面是水务官的住所。科拉克斯和其他自由民则与他们的家人一起住在城里。

阿蒂里乌斯来这里时将母亲和妹妹留在了罗马，他想以后慢慢说服她们也来米塞努姆城，在这里租一所房子，由母亲替他管家。不过，他眼下只能睡在他的前任埃克索姆尼乌斯狭窄拥挤的单身宿舍里，并且将埃克索姆尼乌斯那点可怜的家产搬到了过道尽头的一间空屋里。

埃克索姆尼乌斯究竟遭遇了什么？这是阿蒂里乌斯抵达港口时不由自主首先想到的问题。可是谁也无法回答这个问题，要么就是他们不愿意把答案告诉他。他一再询问，一再遭遇沉默不语。老埃克索姆尼乌斯来自西西里岛，管理奥古斯都水道已经将近二十年。两个多星期前的一个早晨，他似乎就这么走了出去，从此杳无音讯。

在正常情况下，负责管理一区和二区（拉丁姆和坎帕尼亚）水道的罗马水务部会让这种事平静一段时间，可是考虑到目前的旱情、奥古斯都水道的战略意义，以及元老院已经于七月第三个星期休会，而且有一半元老都在各自位于那不勒斯湾的度假别墅中，水务部认为立刻派一个人去接替这个职位比较稳妥。阿蒂里乌斯于八月十三日黄昏接到通知，他当时正好干完新阿尼奥水道的一些日常维护工作。阿蒂里乌斯被带到了水务专员阿契里乌斯·阿维奥拉的面前，而且是被带到了水务专员位于帕拉丁山上的官邸里，然后在那里被委以这个重任。阿蒂里乌斯很聪明、很敬业，精力充沛——水务专员知道如何奉承人来达到自己的目的——而且没有妻子儿女在罗马拖他的后腿。他能不能第二天就动身？当然，阿蒂里乌斯立刻就接受了任命，因为这是他事业发展中一个难得的机会。他与家人作别后登上了每天从奥斯蒂亚[①]出发的渡轮。

给家人的信写了一半，搁在他那硬邦邦的木床旁的床头柜上。他不善于写信，因此他绞尽脑汁所写的内容只不过是一些日常琐事——*我已经平安抵达，旅途顺利，天气炎热*。信上的笔迹像小学生那样工工整整，丝毫没有显露出他内心的骚乱：巨大的责任感，他对断水的担忧，他目前孤立无援的处境。不过，母亲和妹妹都是女人，她们能懂什么呢？再说，他从小被灌输的就是按照禁欲主义教义来生活：不把时间浪费在废话上，干活时没有任何怨言，无论在什么情况下——无论是面临身体上的痛苦、心灵上的痛苦还是疾病——他都一如既往，生活俭朴：只需一张简易床铺和一件披风。

他坐在床垫边上，专门伺候他的奴隶菲洛已经摆好一罐水和一个洗脸盆，另外还有一些水果、一长条面包、一罐葡萄酒和一片白色干酪。他仔细地洗了洗，将所有食物吃进肚里，然后把一些葡萄酒掺进水中，喝了下去。他累得都不愿意脱掉鞋子和外衣，和衣躺到了床上，闭上眼睛，几乎立刻进入了半睡半醒的王国中。他仿佛看到亡妻在无休止地漫游，仿佛听到她的声音在呼喊他，恳求他：“水务官！水务官！”

---

① 奥斯蒂亚，罗马港口城市，位于台伯河口，鼎盛时期规模约为庞贝的三倍，罗马帝国的殖民地产物都由此输入，也具有重要的军事功能。

他亲眼看到妻子的尸体在火葬柴堆上的烈焰中化为灰烬。她那年只有二十二岁，可眼前这个女人年龄更小，也许只有十八岁。但是，刚才的梦境仍然在他脑中萦绕，院子里的这个姑娘的身上有着萨比娜的影子，这让他怦然心动。同样乌黑的头发，同样白皙的皮肤，同样丰腴的体形。她就站在他的窗户下，大声喊叫着。

“水务官！”

她的喊叫声越来越大，将几个男人从阴凉处吸引了过来。等他下到楼梯底部时，他们已经在她四周围成一个半圆，正呆呆地看着她。她穿了一件白色的宽松束腰外衣，领口和袖口开得很大——这种衣服通常只能在家中穿，名媛淑女们是不敢在大庭广众之下将自己那乳白色的胳膊和乳房袒露这么多的。阿蒂里乌斯现在看到她并不是一个人，她的身旁还有一个奴隶——一位骨瘦如柴、浑身颤抖的老妪，稀疏的花白头发一半系在脑后，一半耷拉在后背上。

她气喘吁吁地快速说着什么，但他只听出一个大概意思，是她父亲鱼池里的胭脂鱼死了，水里有毒，有个人要被扔进鱼池里去喂鳗鲡，他必须立刻过去。他很难完全听清楚她的话。

他举起一只手打断了她，问她叫什么名字。

“我叫科蕾莉娅·安普里亚特斯，是霍腾希亚别墅主人努姆里乌斯·波比蒂乌斯·安普里亚特斯的女儿。”她不耐烦地做着自我介绍，阿蒂里乌斯注意到，科拉克斯和其他人听到她父亲的名字时相互交换了一下眼色。“你是水务官吗？”

科拉克斯说：“水务官不在这里。”

工程师挥手将他赶到一旁。“不错，是我负责这里的水道。”

“那么跟我来。”

她开始向大门走去，似乎为阿蒂里乌斯没有立刻跟随她而感到惊讶。其他男人开始嘲笑她。穆萨模仿她走路的样子，晃动着臀部，高傲地昂着头说："啊，水务官，跟我来……"

她转过身来，眼睛里闪烁着气恼的泪水。

"科蕾莉娅·安普里亚特斯，"阿蒂里乌斯耐心而和气地说，"虽然我可能买不起胭脂鱼，但我知道这是一种海水鱼，大海的事不归我管。"

科拉克斯咧嘴一笑，用手指着他说："你听到了吗？她以为你是尼普顿呢！"

众人又笑了起来。阿蒂里乌斯厉声喝令他们闭嘴。

"我父亲要处死一个人，这个奴隶在喊叫着要见水务官。我就知道这些。你是他唯一的希望。你跟不跟我去？"

"等等，"阿蒂里乌斯说，朝那年长的女人努努嘴，"这是谁？"那年长的女人正低着头，双手捂着脸在哭泣。

"这是他母亲。"

其他人安静了下来。

"你明白了吗？"科蕾莉娅伸手碰了一下他的胳膊。"来吧，"她轻声说，"求你了。"

"你父亲知道你来这儿吗？"

"不知道。"

"我建议你不要管闲事。"科拉克斯如此说道。

这是明智的建议，阿蒂里乌斯心想，因为如果一个人每次听说有奴隶被虐待都出面干预的话，他会连吃饭睡觉的时间都没有。一个漂满死胭脂鱼的海水鱼池？这和他没有任何关系。他望着科蕾莉娅，可是如果那可怜的人真的请他去呢？

征兆，凶兆，吉兆——

像渔线一样抽动的水蒸气，不断退缩到泥土中的泉水，突然蒸发的水务官，有牧羊人报告说在维苏威山脚下的草场上见到了巨人，有人说赫库兰尼姆城有个女人生下的婴儿没有脚，只有鳍；而现在，米塞努姆城整整一池塘的胭脂鱼短短一个下午就死光了，还没有任何明显的原因。

得有人尽可能弄清楚这一切。

他搔了搔自己的耳朵。“别墅离这儿有多远？”

“求你了，只有几百步，一点儿也不远。”她拉扯着他的胳膊，他任由她拉着向外走去。这个科蕾莉娅·安普里亚特斯不是那种可以轻易被打发的女人。也许他至少可以陪她回家？像她这种年龄和阶层的姑娘在海军基地的街道上露面是很不安全的。他回头呼唤科拉克斯一起去，但科拉克斯耸了耸肩，又说了一遍：“不要管闲事！”于是，阿蒂里乌斯几乎都没有意识到自己在做什么，就出了大门来到街上。其他人全都留在了院子里。

这时是黄昏前一个多时辰，地中海沿岸的人们此刻才三三两两地开始走出家门。倒不是城里此刻已经不再那么炎热。街面上铺的石头仍然像刚出窑的砖头，上了年纪的妇女坐在门廊旁的凳子上，扇着扇子，男人们则站在酒吧里，边喝酒边聊天。留着大胡子的贝西人和达尔马提亚人，耳朵上戴着金耳环的埃及人，红头发的日耳曼人，橄榄色皮肤的希腊人和西西里人，肌肉发达的努比亚人（他们的肤色如木炭般漆黑，眼睛因暴饮而充满了血丝）——他们来自罗马帝国各地，个个要么孤注一掷，要么极端愚蠢，要么野心勃勃，愿意为了得到罗马公民权而将二十五年的人生光阴耗费在船桨上。城里靠近港口的地方传来了水力风琴奏出的乐曲声。

科蕾莉娅用手挽起身上的裙子，步履快捷地向山上走去，柔软的拖鞋踩在石头上悄无声息，那名奴隶老妪跑在最前面。阿蒂里乌斯跟在她们身后。"'只有几百步，'"他自言自语道，"'一点儿也不远'——是啊，可每一步都是上坡路！"他的衣服被汗水浸湿后紧贴在他的后背上。

他们终于来到了平坦的地方，前面是一堵很长的暗褐色高墙，墙上有一个巨大的拱门，门的上方有两个铸铁海豚，在相对跃起亲吻对方。两个女人匆匆穿过无人看守的大门，阿蒂里乌斯朝四周看了一眼后也跟了进去。喧闹、尘土飞扬的真实世界消失了，他进入了一个让人瞠目结舌的寂静的蓝色世界中。绿松石、天青石、靛蓝、蓝宝石——大自然母亲赐予人类的各种蓝色——一层层地展现在他的眼前，从清澈见底的浅水区到远处的深水区，从醒目的天际到一望无际的天空。别墅在他们的下面层层排列，背靠山坡，面向海湾，完全为这壮丽的景色而建。防波堤旁停泊着一艘二十桨豪华游艇，船体被油漆成深红色和金色，甲板上铺着与之相配的地毯。

除了这吞噬一切的蓝色外，他没有时间去细细欣赏其他美景，因为她们在继续往前走。现在带路的是科蕾莉娅，领着他向下走，经过雕像、喷泉、浇灌过的草坪，穿过镶嵌有海洋动物图案的拼花地面，来到了外面的露台上。蓝色的露台上有一个游泳池，池边是大理石，露台向大海突出。一只充气球缓缓地在花砖边上转动着，仿佛玩了一半的游戏突然被终止了一样。他突然意识到这巨大的别墅里似乎没有什么人，当科蕾莉娅示意他走到护栏前，而他小心翼翼地将手放在矮石墙上时，他明白了其中的原因。家中的人大多聚集在海边了。

他过了一会儿才弄明白自己所看到的这一切。那里的背景是渔场，虽然他早就料到了，可渔场的规模仍然超出他的想象，而且从它的外表看年代已久，大概是共和国时期最后几年的产物，因为养鱼就是在那颓废的年代成为一种时尚的。一排排混凝土墙，从岩石旁向外延伸，围出一个个长方形的鱼池，其中一个鱼池的水面上漂浮着死鱼。最远处的鱼池四周围着一群人，正瞪大了眼睛望着水中的什么东西，其中一人握着一根船篙，正在戳着那水中的东西。阿蒂里乌斯用手遮挡住眼睛上方的阳光，想看清楚一些，而当他仔细看清楚后，他感到自己的胃在翻江倒海。那一幕使他想起了圆形竞技场中杀戮的那一刻——一片死寂，观众与牺牲者之间那种近乎色情的同流合污关系。

他身旁的老妪突然开始发出声响——一种夹杂着悲痛与绝望的呜咽。他后退一步，转身望着科蕾莉娅，摇摇头。他想逃离这地方，他渴望着回到自己那一行当中正派简朴的事务上去。他在这里实在是无能为力。

可是她就站在他身旁，挡住了他的去路。“求求你，帮帮她吧。”

她的眼睛也是蓝色的，甚至比萨比娜的眼睛还要蓝。那双眼睛似乎将海湾中的蓝色收集在了一起，然后投向他。他迟疑了一下，咬紧牙关，然后转过身，不太情愿地再次向大海望去。

他强迫自己将目光从天际向下移动，刻意避开鱼池处正在发生的一切，让目光回到海岸边，竭力带着专业的目光审视这一切。他看到了木质的水闸门，看到了打开闸门用的铁把手，看到了为防止鱼儿逃跑而架在一些鱼池上的金属网。通道。水管。水管。

他的目光停在了那些水管上，然后他转过身，眯起眼睛望着山坡。这些金属网位于水下，镶嵌在混凝土池壁上，让上下起伏的海浪涌进来，防止鱼池里的水变成死水。这一点他很清楚。但那些水管——他侧着头，猛地醒悟了过来——那些水管肯定是将淡水引进来，与海水相混合，以降低水中的盐分含量，就像在咸水湖中一样。这是一个人造咸水湖，是最理想的养鱼环境，而对水中含盐度最敏感的便是红胭脂鱼，一种专门为极其富有的人而准备的美食。

他低声问："水道在什么地方连接到你们家？"

科蕾莉娅摇摇头。"我不知道。"

他想：这样规模的别墅，水道的接口一定非常大……

他单腿跪在游泳池旁，掬起一把温暖的池水，尝了一口，皱起了眉头，然后又像评酒行家那样将水在嘴里来回漱着。他唯一能肯定的是水很清，可这或许说明不了什么。他竭力回忆自己最近一次检查水道的水流是什么时候。那还是他前一天晚上睡觉之前的事。

"鱼是什么时候死的？"

科蕾莉娅瞥了一眼那上了年纪的女奴，但她已经完全陷入了自己的世界里。"我不知道，也许两个时辰前？"

两个时辰！

他越过护栏，跳到了下面的露台上，然后大步向海滨走去。

海边的乐趣并没有预期的那么大，可这年头有什么东西能完全称心如意呢？安普里亚特斯越来越觉得自己——或许是因为自己的年纪，或许是因为自己的财富——已经到了人生的某个阶段；在这个阶段，期待被勾起的过程总是比期待达成后的空虚更值得品味。受害者的喊叫声，流出的鲜血，然后呢？只是又死一个人而已。

最好的部分是开始：缓慢的准备过程，然后是那名奴隶漂浮在水面上的漫长过程，他的脸刚好露在水面上——他现在非常安静，不想引起他身下那些鳗鲡的注意，同时集中精力踩水。很有意思。可即使是这样，时间在这热浪中仍然走得太慢，安普里亚特斯不免开始认为喂养鳗鲡的乐趣可能被夸大了，威蒂乌斯·波里奥也许并不像他想象的那样有品位。可是，不，贵族们的做法总是可靠的！正当他准备放弃时，水面开始起皱，接着——扑通一声——水面上的那张脸不见了，就像渔夫垂钓时的浮子，然后重新冒出水面，带着滑稽的表情，最后完全消失。现在回想起来，那表情才是真正的高潮。在那之后，一切都变得索然无味，在这落日的余温中观看也很不舒服。

安普里亚特斯摘下头上的草帽，扇动着，然后回过头来看着自己的儿子。乍看上去，塞尔西努斯的眼睛似乎紧盯着前方，可仔细一看，你会发现他紧闭着双眼，这是这孩子的典型做法。他似乎总是按你的意愿行事，可你随即意识到他只是用他的身体在机械地遵从命令，而他的注意力则完全在别处。安普里亚特斯用手指在儿子的胸前戳了一下，塞尔西努斯猛地睁开眼睛。

他那脑子里在想什么？大概又是在胡思乱想。安普里亚特斯责怪自己。儿子六岁那年——已经是十二年前的事了——他出钱在庞贝建了一座神庙，供奉伊希斯[①]。奴隶出生的他自然不会建一座神庙来敬奉最伟大的神朱庇特[②]或维纳斯，或任何其他最神圣的保护神。不过，伊希斯是埃及的神，适合女人、美发师、演员、香水师这样的人供奉。他以塞尔西努斯的名字命名了那座神庙，目的是希望这孩子将来能进入庞贝的市政委员会。一切都按他的意愿发展，但他没有料到的是塞尔西努斯竟然会如此投入。塞尔西努斯的心中无疑在想着伊希斯，想着伊希斯的丈夫——太阳神

---

① 伊希斯，古埃及司生育和繁殖的女神。

② 朱庇特，罗马神话中的天神，相当于希腊神话中的宙斯。

奥西里斯[①]，想着奥西里斯那诡计多端的弟弟——带来黑暗的塞特，想着每天傍晚日落时奥西里斯都会被塞特屠杀。所有人死后都要接受冥界统治者的审判，如果被判有价值便会被赐予永生，然后在早晨像奥西里斯的儿子——带来光明的新一轮复仇太阳何露斯[②]那样重生，难道塞尔西努斯真的相信这些骗骗女孩子的鬼话？难道他真的认为，比方说，这已经被吞噬了一半的奴隶在日落时死后会在黎明复活，并且回来复仇吗？

安普里亚特斯正准备问他这些问题，但他身后传来的喊声打断了他。聚集在那里的奴隶当中出现了骚乱，坐在椅子上的安普里亚特斯转过身去。一个他不认识的男子正大步走下别墅的台阶，边走边挥舞着手臂，喊叫着。

无论是在罗马、高卢还是在坎帕尼亚，工程原理都非常简单、一致、客观，这正是阿蒂里乌斯喜欢工程原理的原因。甚至在他奔跑时，他也在想象着他眼睛看不到的东西。水道的主管道很可能就在别墅后面的山上，埋在地下一码深的地方，以自北向南的轴线从巴亚城通向地下水库。当一个多世纪前奥古斯都水道建成时，无论这座别墅的主人是谁，几乎都可以肯定他会接两根支管，其中一根将水注入一个巨大的蓄水池，供家里使用，也给游泳池和花园中的喷泉供水：如果这复杂的系统中出现了污染，那么视蓄水池的规模，可能需要一天的时间才能检查完毕。但另一根支管将来自水道的一部分水直接注入渔场，冲洗着大大小小的鱼池：水道只要出现任何问题，那里的后果便会立刻显现。

在他前面，血腥的场面同样越来越清晰：别墅的主人——估

① 奥西里斯，古埃及的冥神和鬼判，伊希斯的兄弟和丈夫。

② 何露斯，也作荷鲁斯，古埃及的太阳神，奥西里斯和伊希斯之子。

计是安普里亚特斯——惊诧地从椅子上站了起来，围观的人也背对着鱼池，齐刷刷地将目光集中到他的身上。他三步并做两步地跑下最后几级台阶，来到了渔场的混凝土斜坡上，在快到安普里亚特斯跟前时放慢了脚步，但并没有停下来。

“快把他拉出来！”他从安普里亚特斯面前跑过时喊叫道。

安普里亚特斯那消瘦的脸庞上挂着怒容，他冲着阿蒂里乌斯的背影喊了一声。阿蒂里乌斯转身跑了回来，同时举起自己的双手，道：“请把他拉出来。”

安普里亚特斯微微张开了嘴巴，眼睛仍然死死盯着阿蒂里乌斯，然后慢慢举起了一只手——一个谜一般的动作，却立刻引发了接二连三的行动，仿佛每个人都在等待着这一时刻。管家将两根手指塞进嘴里，向握着船篙的奴隶打了个呼哨，然后用手做了个向上的动作。那名奴隶转身将船篙伸进鳗鲡池中，钩住什么东西，开始将它往上拉。

阿蒂里乌斯快步向那些水管跑去。随着距离越来越近，他发现水管比他从露台上看时要粗得多。赤陶水管，一对，直径超过一英尺。这两根水管从山坡下来，一起穿过斜坡，在水边分道扬镳，沿着渔场一侧向不同方向延伸。每根水管分别装有一个简陋的检查盘——一根约两英尺长的管子，横着接在水管上——他来到跟前时可以看到其中一个已经被移动过，而且还没有重新放好。它的旁边有一个凿子，仿佛使用凿子的人被突然惊吓跑了一样。

阿蒂里乌斯跪到地上，将凿子塞进水管盖的缝隙中，上下撬动着，直到扁平的凿尖给他创造出足够的空间，可以将手指伸到水管盖下将它掀起来。他根本顾不上水管盖有多重，把它提起来推到一旁。他将脸直接凑到流水前，立刻闻起来。摆脱了水管的束缚后，那刺鼻的气味几乎要令他作呕。确凿无疑的腐烂气味，臭鸡蛋的气味。

来自地狱的呼吸。

硫黄。

那名奴隶已经死了。即使隔着一段距离，也可以明显看出这一点。阿蒂里乌斯蹲在打开的水管旁，看着那血淋淋的尸体从鳗鲡池被捞上来，然后被盖上一个麻袋。他看到围观的人在慢慢散开，开始慢吞吞地向别墅走去。与此同时，那灰白头发的年长女奴从他们身旁穿过，朝与他们方向相反的海边走去。其他奴隶尽量不去看她，并且与她保持距离，仿佛她得了什么传染病。她来到死者跟前后，将双手伸向天空，开始默默地左右晃动着身子。安普里亚特斯没有注意到她。他意味深长地向阿蒂里乌斯走去，身后跟着科蕾莉娅，还有一个长相很像她的青年——估计是她哥哥。他们的后面还跟着其他人，其中几个的腰间别着刀子。

阿蒂里乌斯使注意力重新回到水上。究竟是他的想象还是水压真的在降低？硫黄气味显然已不像刚才水道盖被打开时那么浓烈。他将双手伸进流水中，皱起眉头，想测试一下水流的力度。流水在他的手指间打旋、折曲，像一块肌肉，像一个有生命的东西。他小时候有一次在斗兽场上看到过一头大象被杀——被一群身披豹皮的弓箭手和手持长矛的人猎杀。但他记得的不是猎杀的过程，而是那头大象的驯兽师，应该是陪伴那庞然大物一起从非洲来的。当大象倒在地上奄奄一息时，他凑近大象的耳朵，悄声对它说着话。他现在就是这种感觉。庞大的奥古斯都水道似乎正在他的手中死去。

他听到了一个声音："你是在我家。"

他抬起头来，看到安普里亚特斯正低头盯着他。别墅的主人五十多岁，个子不高，但壮实有力。

“我的家。”安普里亚特斯重复了一遍。

“你的家，是的，但这是皇帝的水。”阿蒂里乌斯站起来，将手在衣服上擦了擦。在旱情如此严重的时候，居然浪费这么多宝贵的水来满足一个富翁所养的鱼。他一想到这里就义愤填膺。“你需要关闭水道的闸门。管网系统里出现了硫黄，而红胭脂鱼最怕水中含有杂质。那——”他特意强调这个词，“——才是你这些宝贝鱼死亡的原因。”

安普里亚特斯微微将头往后仰了仰，听出了阿蒂里乌斯的侮辱。他的相貌还算英俊，眼睛有着和他女儿相同的蓝色。“你究竟是什么人？”

“我叫马尔库斯·阿蒂里乌斯，是奥古斯都水道的水务官。”

“阿蒂里乌斯？”百万富翁皱起了眉头。“埃克索姆尼乌斯出什么事了？”

“这也正是我想知道的。”

“可埃克索姆尼乌斯肯定还是水务官吧？”

“不是。我刚才已经说过，我是新来的水务官。”阿蒂里乌斯没有心情对他表示敬意。如果换一个场合，或许他会非常乐于恭维他几句——卑劣、愚蠢、残酷，可是他现在没有时间。“我必须立刻赶回米塞努姆城，水道出了紧急情况。”

“什么样的紧急情况？是征兆吗？”

“可以这么说吧。”

他准备离开，但安普里亚特斯迅速走到一边，挡住了他的去路。“你侮辱了我，”他说，“而且是在我家里，当着我家人的面。可你现在竟然连一声道歉都没有就想溜走？”他将脸凑到阿蒂里乌斯面前。阿蒂里乌斯可以看到他那稀疏的发际间挂着的汗珠。他的身上散发着番红花油的芳香，那可是最昂贵的香料。“谁允许你来这里的？”

“如果我冒犯了你……”阿蒂里乌斯说，但他随即想起了麻袋包裹着的那个可怜人，他的道歉堵在了他的嗓子眼里。“给我让开。”

他想挤过去，但安普里亚特斯抓住了他的胳膊，有人拔出了刀子。他意识到，只要一刹那，只要刀子捅一下，一切就都结束了。

“父亲，他是为我而来的。是我请他来的。”

“什么？”

安普里亚特斯猛地转过身去望着科蕾莉娅。他可能会做什么，会不会揍她，阿蒂里乌斯不得而知。可就在这一刻，海边突然传来了撕心裂肺的尖叫声，那花白头发的女奴沿着斜坡走了过来。她将儿子的鲜血抹在了自己的脸上，胳膊上，衣服上，她的手指着正前方，皮包骨头的食指和小指僵硬地伸展着。她正用阿蒂里乌斯听不懂的语言喊叫着，不过他也不需要听懂她的话：不管用什么语言，诅咒就是诅咒，而这个诅咒针对的就是安普里亚特斯。

他松开阿蒂里乌斯的胳膊，转过身去望着她，无动于衷地听着她的诅咒。接着，当她脱口而出的那些话渐渐说完时，他放声大笑。四周先是一片寂静，但其他人随即也跟着大笑起来。阿蒂里乌斯瞥了一眼科蕾莉娅，她几乎难以察觉地点了点头，用眼睛示意别墅——她似乎在说，*我会没事的，你快走*——那是他最后看到或听到她说话。他转过身，开始沿着通向别墅的小径向上走去——三步并作两步——双脚像是灌了铅，又像是在梦中逃命。

第十二时辰 18:48

在爆发前夕，（空气中）硫／碳、二氧化硫／二氧化碳、硫／氯之比以及氯化氢的总量都会明显增大……如果水中地幔成分的比例明显增大，这常常是熔岩已经涌入一座休眠火山，而且该火山可能会爆发的迹象。

——《火山学》（第二版）

水道虽说是人类的杰作，却也必须遵循自然法则。工程师们虽然能拦截泉水并改变它原先的流淌路线，但泉水一旦开始流淌便会以平均每时辰两英里半的速度必然地、无怨无悔地奔腾下去，阿蒂里乌斯根本无力阻止它污染米塞努姆城的用水。

然而，他心中仍存有一线希望，希望那硫黄仅仅局限于霍腾希亚别墅，希望渗漏仅仅发生在那座别墅下面的管网系统中，希望安普里亚特斯的产业只是这美丽海湾中孤立的一个肮脏之地。

这一线希望只持续了很短的时间。他跑到山下的地下水库旁，将正在工棚中与穆萨和贝科玩骨牌游戏的科拉克斯叫出来，向他解释所发生的事，不耐烦地等待着工头打开通向水库的门。他的希望在门被打开的那一瞬间化成了泡影，而驱散这一线希望的正是他在渔场水管中闻到的同样的臭味。

"臭气！"科拉克斯厌恶地吐了口气，"这肯定已经聚集几个时辰了。"

"两个时辰。"

"两个时辰？"工头无法掩饰自己的快感，"也就是你让我们在山上白跑一趟的时候？"

"如果我们待在这里又能怎么样呢？"

阿蒂里乌斯用手背捂住鼻子，下了几级台阶。天正慢慢黑下来。在那些柱子的另一边，眼睛看不到的地方，他可以听到水道流淌过来的水注入水库的响声，但已经没有平常的那种轰鸣。正如他在渔场时所怀疑的那样，水压在下降，而且下降得很快。

看到他的希腊奴隶波里特斯正等在台阶顶上，他便大声呼喊他，让他拿几样东西过来——火把、水道主管道的平面图，以及他们放在储藏室里的瓶子。这种瓶子带瓶塞，是专门用来取水样的。波里特斯顺从地小跑了出去。阿蒂里乌斯凝视着暗处，为工头无法看到他脸上的表情而高兴，因为一个人全凭他的那张脸，而他的脸就代表着他这个人。

"科拉克斯，你在奥古斯都水道干多少年了？"

"二十年。"

"以前发生过这种事情吗？"

"从来没有。你给我们大家带来了坏运气。"

阿蒂里乌斯一手扶着墙，小心翼翼地走完剩下的几级台阶，来到水库边。奥古斯都水道出口流出的水所溅起的水花，加上这里的气味以及白天最后一缕惨淡的亮光，使他觉得自己仿佛正在下到地狱中。他的脚旁还真停靠着一条小划船：载着他渡过冥河真是再合适不过。

他想开个玩笑，来掩饰挥之不去的惊恐。"你可以当我的卡戎[①]，"

---

① 卡戎，古希腊和罗马神话中渡亡魂过冥河去阴司的神。

他对科拉克斯说，“只是我没有一个子儿可以付给你。”

“那么，你将注定永远在地狱里游荡。”

这话说得有意思。阿蒂里乌斯将手握成拳头，轻轻敲打着胸前。这是他思考时的习惯动作，然后他冲着院子里大声喊道：“波里特斯！动作快点！”

“来了，水务官！”

门口出现了波里特斯那修长的身影。他手里拿着一个点火用的纸煤和一根火把。他跑下来，将这些东西递给阿蒂里乌斯。阿蒂里乌斯将发出暗红色亮光的纸煤头凑近火把上那团裹着松脂的亚麻丝，它呼的一声立刻被点燃，散发出油燃烧后所带来的热量。他们的身影在混凝土墙壁上舞动着。

阿蒂里乌斯高举着火把，小心翼翼地上了船，然后转身接过卷起来的平面图和取水样用的玻璃瓶。小船又轻又平，是用来进行水库维修的。科拉克斯也上了船，船立刻吃水很深。

我必须战胜心中的恐慌，阿蒂里乌斯心想，我必须是这里的头。

“如果埃克索姆尼乌斯在的话，发生这种情况时他会怎么办？”

“我不知道，但我可以告诉你一点。他比谁都更熟悉这水。他一定会预见到这种结果的。”

“或许他发现了，所以才逃走了。”

“埃克索姆尼乌斯不是胆小鬼，他哪里也没有去。”

“那么他在哪里，科拉克斯？”

“小帅哥，我已经告诉过你一百次了，我不知道。”

科拉克斯探身从绳环上解开缆绳，将船推离了台阶，然后转身坐下来，面对着阿蒂里乌斯，拿起了船桨。在火把的映照下，他的脸黝黑、狡诈，显得比他四十岁的实际年龄要苍老得多。他的家在水库对面的街上，里面住着他的妻子和一大群孩子。阿蒂里乌斯想知道科拉克斯为什么这么恨他。仅仅是因为科拉克斯本人一直在觊觎水务官的职位，因而对这位来自罗马的年轻人恨之入骨？还是另有其他原因？

他让科拉克斯将船划到地下水库的中央。船到了那里后，他将火把递给科拉克斯，打开瓶子，卷起衣袖。他经常观看父亲在克劳蒂亚水道和新阿尼奥水道的地下水库里取水样，究竟看过多少次呢？父亲曾经教过他，每个水道的水槽系统都有自己独特的气味，就像不同年份的葡萄酒一样相互之间有着明显区别。马契亚水道的源头是阿尼奥河三条清澈的泉水，因而那里的水喝起来最甜；阿尔希蒂纳的水最苦，因为它来自含沙量较大的湖中的水，只适合浇灌花园；朱利亚水道中的水柔和、温热；等等。他父亲说过，一位出色的水务官应该懂得更多的东西，而不只是死板的建筑和水利原理，他应该对水、对岩石、对水来到地面时所穿过的土壤有着味觉、嗅觉和触觉之类的感受。人的生命可能会要仰仗这种技能。

他的脑海里浮现出了父亲的形象。父亲五十岁那年去世，死因正是他打了一辈子交道的铅。少年的阿蒂里乌斯在父亲去世后成了一家之主。父亲去世的时候骨瘦如柴，只剩下薄薄的一层白色皮肤紧紧包裹着尖尖凸起的骨头。

父亲或许知道现在该怎么办。

阿蒂里乌斯握着瓶子，瓶口对着水面。他把身子探到船的一侧，将玻璃瓶猛地伸到水下，然后在水下慢慢转过瓶子，让瓶子里的空气变成一串水泡升到水面上。他盖紧瓶塞后将玻璃瓶取了出来。

坐回到船上后，他重新打开玻璃瓶，让它在自己的鼻子下来回晃动。他喝了一口，含漱一番后将它咽进了肚子。水是苦的，但可以饮用，仅此而已。他将瓶子递给科拉克斯，科拉克斯接过瓶子，将火把递给阿蒂里乌斯，然后一口气喝光了瓶子里剩下的水。他用手背擦了一下嘴，然后道："这水可以喝，只是要掺进去足够的葡萄酒。"

小船撞到了一根柱子上。阿蒂里乌斯注意到混凝土上的干燥部分和潮湿部分之间的界线正在变宽——这道界线清晰可辨，已经高出水面一英尺。水库流出的水要远远多于奥古斯都水道注入的水。

又是一阵恐慌。挺住。

"这水库的容量是多少？"

"二百八十昆纳利亚[①]。"

阿蒂里乌斯将火把举向水库顶，看到水库顶消失在了他们头顶上方十五英尺高的黑影中。这意味着水库中的水也许只有三十五英尺深，只占水库容量的三分之二。假设水库里的水现在有二百昆纳利亚。在罗马，人们的计算方式是，一昆纳利亚大约是两百人一天的用水量。米塞努姆城的海军营地有一万多人，外加一万普通百姓。

轻而易举就能算出结果。

水库中的水只够用两天。假如他们配给供水，比方说黎明一个时辰，黄昏一个时辰呢？假如沉积在水库底部的硫黄浓度与水面上的一样呢？他竭力思考着。天然泉水中所含的硫有一定的温度，因此总是会到水面上。可当它冷却到与周围的水相同的温度时，它会如何表现呢？它是会消散、漂浮，还是会沉积？

---

① 昆纳利亚，古罗马计量单位。最初为面积单位，后用于计算供水量，但具体等于多少，专家们众说纷纭。

阿蒂里乌斯向水库北端望去，奥古斯都水道就在那里。“我们应该检测一下水压。”

科拉克斯开始用力划船，熟练地绕过迷宫般的石柱，向水道入口划去。阿蒂里乌斯一手举着火把，一手打开平面图，用前臂将平面图在膝盖上摊开。

从那不勒斯到库米，海湾的整个西端到处都含有硫——对此他非常清楚。在水道主线以北两英里处，人们可以从卢克盖伊山的矿山中挖出一块块绿色的半透明状硫黄。巴亚周围有许多含硫的温泉，来自帝国各地的病人蜂拥而至，进行疗养。附近还有一个名叫波斯迪安的水池，是以克劳狄一世[①]皇帝执政期间一位自由民的名字命名的，池中的水烫得可以煮熟肉食。就连巴亚附近的大海偶尔也会飘起硫黄蒸汽，吸引着身患疾病的人们在浅水区大口大口地呼吸着，希望能治好自己的病。在这烟熏火燎的地区，西比尔女巫[②]有着她的山洞，燃烧的洞穴一直通向地狱，奥古斯都水道肯定在某个地方受到了污染。

他们来到水道的地下水槽前。科拉克斯让小船滑行了一会儿，然后娴熟地朝反方向划了几下，将船正好停在一根石柱旁。阿蒂里乌斯将平面图放到一旁，举起了火把。火把照亮了一层碧绿的青苔，然后又照亮了巨大的尼普顿石像，奥古斯都水道送来的深黑色水通常就是从石像的嘴里奔泻而出的。但即使是在刚才划船离开台阶这段时间里，水流也变小了许多，现在只能算是涓涓细流。

---

① 克劳狄一世（公元前 10—公元 54 年），也叫克劳狄乌斯，罗马帝国尤利安·克劳狄王朝的第四位皇帝，公元四十一年至五十四年在位。他是该王朝最后一位皇帝尼禄的继父。公元五十四年他在一次家宴中因食物中毒而死，时人普遍怀疑是他的续弦，尼禄之母投的毒。

② 西比尔女巫，希腊罗马传说中的预言家，共有十位，居住在洞穴里，其中最著名的在库米城，负责守护阿波罗神庙。

科拉克斯轻轻地吹了声口哨。“我从来没有料到自己能活着见到奥古斯都水道干涸。小帅哥，你的担心是对的。”他望着阿蒂里乌斯，脸上第一次闪过恐惧的神情。“你是在什么星座下出生的，居然给我们带来这种灾祸？”

阿蒂里乌斯感到呼吸困难。他重新用手捂着鼻子，将火把移到水库的水面上。火把的亮光映射在乌黑的水面上，像是水下的深处有火焰在燃烧。

这不可能，他想。水道不会突然断流，不会是这样，不会仅仅在几个时辰内就断流。水槽壁由砖头砌成，再抹上防水水泥，外面是一英尺半厚的混凝土保护层。通常的问题——结构上的缺陷、漏水，以及造成水槽变窄的石灰质沉积，所有这些需要数月乃至一年的时间才会形成。克劳蒂亚水道花了整整十年时间才逐渐完全断流。

他的奴隶波里特斯的喊声打断了他的思绪。“水务官！”

他把头向后转了一半。那些石柱像是从某个散发着臭气的黑暗沼泽里冒出来的硅化橡树，使他无法看到台阶。“什么事？”

“水务官，院子里有个人，刚刚骑马赶来的！他带来了消息，水道断流了！”

科拉克斯嘟哝道：“我们自己能看出来，你这希腊蠢货！”

阿蒂里乌斯重新拿起平面图。“他是从哪个城市来的？”他希望那奴隶的回答是巴亚或库米。如果是普特奥利，情况就会变得非常糟糕；而如果是那不勒斯，那将是一场灾难。

但对方的回答对他而言像是当头一棒：“诺拉！”

报信人浑身上下都是尘土，三分像人七分像鬼。他说诺拉的水库黎明时断水，断水前出现了刺鼻的硫黄气味，那气味大约是半夜开始出现的。就在他介绍这些情况的过程中，他们可以听到外面的道路上又传来了马蹄声，第二匹马冲进了院子。

骑手熟练地下了马，将一卷莎草纸递给阿蒂里乌斯。这是那不勒斯市的元老们派来的报信人，那里的奥古斯都水道于中午断流。

阿蒂里乌斯仔细阅读着那封信，竭力克制着，掩饰着脸上的表情。院子里现在已经聚集了不少人。两匹马，两位骑手，四周围着维护水道的工人——他们丢下晚饭过来听听究竟出了什么事。这闹哄哄的场面开始引起街头路人的注意，也引起当地一些店铺老板的注意。“嗨，管水的人！”街道对面小饭馆的老板嚷道，“出什么事了？”

阿蒂里乌斯心想，只要透露一丝风声，惊恐就会像山坡上的野火一样立刻蔓延到各处。他可以感到自己体内刚刚生出这样一点火花。他大声喊叫着，命令两个奴隶将院子的大门关上，然后吩咐波里特斯给那两位报信人准备吃的喝的。“穆萨，贝科，找一辆车，开始装东西。生石灰，红沙，工具，总之修复水槽所需的一切。要装到两头牛几乎拉不动为止。”

穆萨和贝科相互对视了一眼。“可我们不知道坏到什么程度，”穆萨提出了异议，“一车东西可能不够。”

“那我们经过诺拉时再多买些其他材料。”

他大步走进自己的办公室，诺拉来的报信人紧跟在他身后。

“可我回去后该如何向市政官们汇报？”来报信的还是个孩子，他的脸上只有眼窝四周没有落满尘土，淡粉红色的角膜更加突出了他那惊恐的表情。“祭司们想祭奉尼普顿，他们说这硫黄是个可怕的凶兆。”

“告诉他们我们已经知道这个问题，”阿蒂里乌斯挥舞着手中的图纸，含糊地做了个手势，“就说我们正组织抢修。”

他低头穿过低矮的屋门，走进了自己的小办公室。埃克索姆尼乌斯将奥古斯都水道的记录搞得一团糟。卖契、收据和发货单、期票、法规文件和意见、工程记录、储藏室里的库存、来自水务专员办公室的信件、来自米塞努姆城指挥官的命令——其中一些还是二三十年前的东西——装满了大大小小的箱子，堆了一桌子，散落在混凝土地面上。阿蒂里乌斯用胳膊将桌上的东西推到地上，打开那些图纸。

诺拉！这怎么可能呢？诺拉是一座大城市，位于米塞努姆城以东三十英里处，远离硫黄矿区。他用拇指丈量着距离。如果用牛车运东西的话，他们至少需要整整两天的时间才能到达那里。地图就像一幅画那样清晰地告诉他这场灾难已经蔓延到什么程度，水槽断水的时间几乎像数学一样精确。他的手指顺着图上的线路移动着，嘴唇默默地念叨着。每时辰两英里半！如果诺拉城黎明时断水，那么阿切拉和阿特拉就会在上午过了一半时断水。如果离米塞努姆城只有十二英里的那不勒斯中午断水，那么普特奥利一定会在第八时辰断水，库米在第九时辰断水，巴亚在第十时辰断水。现在，到了第十二时辰，无可避免地轮到了他们。

八座城市断了水。只有位于诺拉城上游几英里处的庞贝至今还没有断水的报告，可即使不把庞贝算在内，那也将会有二十多万人断水。

他注意到身后的门口有人挡住了光线，科拉克斯走了过来，靠着门框，注视着他。

他卷起图纸，将它夹在腋下。“把水闸的钥匙给我。”

“干什么？”

“这还不明显吗？我要把水库关了。”

“那可是海军的用水，你不能那样做，除非得到舰队司令的同意。”

“那你为什么不去征求舰队司令的同意呢？我来关闭水闸。”这是他们今天第二次相互如此近地盯着对方。“你听我说，科拉克斯。皮希纳·米拉比里斯水库是战略储备水。明白吗？这就是它被修建在这里的原因——为的就是在紧急情况出现时将它关闭。我们现在争论是在浪费时间，而浪费时间就是在浪费水。快把钥匙给我，不然你负责向罗马解释。”

“很好，你爱怎么着就怎么着吧，小帅哥。”科拉克斯死死地盯着阿蒂里乌斯的脸，从腰带上的钥匙圈中取出那把钥匙。“我这就去见舰队司令。我会把这里发生的一切都告诉他，然后我们倒要看看究竟谁负责向谁解释。”

阿蒂里乌斯一把抓过钥匙，从科拉克斯身旁挤过，来到了院子里。他对离他最近的奴隶喊叫道：“波里特斯，我出去后赶紧把大门关好。没有我的允许，任何人不得进来。”

“是，水务官。”

外面的街上仍然有一群好奇的围观者，但他们立刻让出一条道由他通过。他没有理会他们的问题。他向左拐，然后再向左拐，下了一溜陡峭的台阶。远处的水力风琴仍然在响着。他的头顶上悬挂着人们洗过的衣服，晾晒在墙与墙之间牵起的绳子上。当他推挤着人们给他让道时，大家都转过身来望着他。一个看起来还不到十岁的雏妓穿着一件鲜艳的红衣服，死死地拽住他的胳膊，不让他走，直到他将手伸进系在腰带上的钱袋，掏出几个铜钱给她。他看到她箭一般地跑过人群，将钱交给一个肥胖的卡帕多西亚人——显然是她的主人。他一面继续匆匆向前走，一面咒骂自己这么轻易上当。

水闸所在的建筑是一个红砖小立方体，最多只有一个人那么高，门旁的一个壁龛中供奉着一尊泉泽女神埃吉利亚的塑像。她的脚旁摆放着几株已经凋零的鲜花，以及一些已经生霉的面包和水果。这些是孕妇们留下的供品，因为她们相信埃吉利亚——和平王子努马[①]的宠妾——能减轻她们分娩时的痛苦。这又是一个毫无意义的迷信，也是在浪费粮食。

他将钥匙塞进锁孔，转动钥匙后怒气冲冲地拉开沉重的木门。

他现在与皮希纳·米拉比里斯水库的底部一样高，从水库流淌出来的水在压力的作用下泻进墙上的一个隧道，通过一个青铜格栅，旋转着流进他脚下一个敞开的水渠中，然后注入呈扇形排列并消失在他身后石板下的三条水管中，它们分别将水引入港口和米塞努姆城城区。水流是通过闸门控制的。闸门与墙壁齐平，由连在一个铁轮上的木头把柄操纵。由于长久未用，闸门很难扳动。他只好用手掌使劲拍打铁轮，让它松动。当他用背抵着它时，铁轮终于开始转动了。他立刻飞快地转动把柄，闸门缓缓落了下去，发出城堡吊门一样的嘎吱声，逐渐拦住了水流，直到水流最后完全停了下来，只留下湿润尘埃的气味。

石槽中只剩下一小摊水，在这炎热的天气中迅速蒸发，他可以看到那摊水在不断缩小。他弯下腰，将手指伸进那潮湿的积水中，蘸了水后再将手指伸到舌头上。没有硫黄的味道。

事情已经做了，他想。在这干旱的季节，在没有得到同意的情况下，尤其是在他上任后的第三天，他就切断了海军的供水。许多人所犯的错误远比这轻得多，可他们却被削职为民，并被送

---

① 努马，罗马王政时代第二位国王，建立了罗马人缔结和约的程序和仪式，为罗马人带来了持久的和平。

去踩踏车[①]。他突然想到自己真是愚蠢，居然派科拉克斯先去见舰队司令。对方肯定会询问此事，而科拉克斯肯定会千方百计地将责任推到他身上。

他锁好水闸房的大门，朝人来人往的街道两头看了看。谁也没有注意他。他们还不知道即将发生什么事。他感到自己掌握了某个天大的秘密，这一点让他变得鬼鬼祟祟起来。他顺着一条狭窄的小巷向港口走去，身体尽量靠墙，眼睛盯着排水沟，尽量避开人们的目光。

舰队司令的别墅很远，位于米塞努姆城的另一边。阿蒂里乌斯走了整整半英里的路程——大多时候是在行走，偶尔会恐慌地奔跑一会儿。他走过狭窄的堤坝，经过将海军基地两个港口分割开来的旋转木桥。

在他离开罗马之前，有人就已经提醒他要注意舰队司令。水务专员说："舰队司令是盖尤斯·普林尼[②]，你早晚会见到他的。他认为世上的一切他无所不知，无所不晓。或许吧。你需要小心地拍拍他的马屁。你应该抽时间看一看他最新的著作——《博物志》。整整三十七卷，记录了我们所了解的大自然母亲的一切。"

屋大维柱廊旁的公共图书馆里有一套《博物志》，阿蒂里乌斯只来得及翻阅了一下目录。

"世界，其形状，其运动。日食与月食。雷电。来自星星的音乐。天空的征兆，历史记载。天空中的光束，天空中的裂口，天空

① 踩踏车，古代对囚犯的一种惩罚手段。

② 盖尤斯·普林尼（公元23—79年），又称老普林尼，古罗马百科全书式的作家，以其所著《博物志》（也叫《自然史》）一书著称。他也是罗马重要的军事将领，其为人及一生被视为当时罗马精神的典范。

的颜色，天空的火焰，天空中的花环，突现的光环。食。石雨……”

图书馆里还有普林尼的其他著作，六卷论演说、八卷论文法、二十卷论日耳曼战争（他在这场战争中曾指挥一个骑兵团），以及三十卷论述帝国当代史（他先后在帝国担任西班牙和比利时高卢地区的行省总督）。阿蒂里乌斯不知道他是如何写出这么多鸿篇巨制，同时还在帝国行政机构中升到如此高的地位的。水务专员说：“因为他没有妻子。”他为自己的笑话放声大笑。“而且他也不睡觉。你要小心他逮住你。”

落日将天空染成了一片红色。他的右边是很大的咸水湖，那里是建造和修理战舰的地方，在这傍晚时分已空无一人，只有几只海鸟在芦苇丛中忧伤地鸣叫着。他的左边是外港，落日的金色余晖中正有一艘客运渡船驶来，船帆已经被卷起，渡船两边各有十多支船桨，正整齐地慢慢划着，驱动着渡船穿行在停泊于港口中属于帝国舰队的三桨座战船之间。这条渡船这么晚才进港，因而不可能来自奥斯蒂亚，很可能是本地的渡船。乘客们一起挤到了渡船的甲板上，重量压得船身吃水很深。

“天空落下的牛奶、鲜血、肉、铁、羊毛、砖头。征兆。大地位于世界中央。地震。裂隙。气孔。水与火构成的奇迹：矿物沥青；石脑油；发光的地区。世界的和谐原理……”

他行走的速度比水管断水的速度要快。当他穿过相当于港口大门的凯旋门时，看到十字路口的公共喷泉仍然在流水。喷泉周围是黄昏时分这里常见的人群——将他们那喝得糊里糊涂的脑袋浸泡在水中清醒一下的水手，尖叫着泼水戏耍的衣衫褴褛的孩童，还有排成一队的妇女和奴隶，或挎着或扛着陶罐，等待着汲水过夜。繁忙的十字路口旁耸立着一尊神君奥古斯都的大理石雕像，提醒着人们是谁给他们带来了幸福。雕像冷冷地凝视着远方，永远保持着青春。

严重超载的渡船已经停靠在码头，前后两块跳板放下了，木板在匆匆上岸的旅客的重压下弯曲着，行李从一只手扔到了另一只手中。一个出租马匹的人看到这下船的速度后大吃一惊，赶紧跑前跑后地踢着马匹，让它们站起来。阿蒂里乌斯隔着街道大声问渡船是从哪里来的，出租马匹的人回头大声说道："那不勒斯，我的朋友——在那之前是庞贝。"

庞贝。

阿蒂里乌斯正准备走开，听到庞贝的名字后突然停下了脚。真是奇怪，他心想。居然没有听到来自庞贝的任何消息，而庞贝是整个水道系统中的第一座城市。他迟疑了一下，转身走进上岸的人流中。"有谁是从庞贝来的吗？"他挥舞着卷起来的奥古斯都水道的图纸，想吸引人们的注意。"有没有谁今天早晨在庞贝？"可是没有人注意他。经过这趟旅途，他们一个个口干舌燥。他意识到，如果他们来自那不勒斯的话，他们肯定渴坏了，因为那里中午就断了水。大多数人匆匆从他身旁经过，急切地要赶到喷泉旁，只有一个人除外。这是一位上了年纪的圣徒，头戴圆锥帽，手持占卜官的弯曲权杖。只见他一面慢慢行走，一面扫视着天空。

"我今天下午在那不勒斯，"阿蒂里乌斯拦住他后，他说，"但我今天早晨在庞贝。你为什么要问这个？有没有什么需要我帮助的，我的孩子？"他那双充满黏液的眼睛立刻换上了精明的神情，并且压低了说话的声音。"别害羞。我完全能解释各种常见的现象——雷电、内脏、鸟所预示的兆头，以及非同寻常的现象。我的收费很合理。"

"请问您什么时候离开庞贝的？"阿蒂里乌斯问。

“天一亮。”

“喷泉有在喷水吗？有没有水？”

他的回答关系重大，阿蒂里乌斯几乎都不敢听。

“有，当然有水。”占卜官皱着眉，将手中的权杖举起来，指着正在淡去的亮光。“可当我抵达那不勒斯时，那里的街上没有水，我在浴室里闻到了硫黄的气味。于是，我决定回到渡船上，来到这里。”他再次眯起眼睛，看看天空有没有鸟的踪迹。“硫黄可是不祥之兆啊。”

“这倒是真的，”阿蒂里乌斯赞同道，“可你能肯定吗？你能肯定庞贝有水吗？”

“当然能肯定，我的孩子。”

喷泉旁出现了骚乱，两个人一起转身向那里望去。起初没有什么大事，只是有人在互相推搡，但很快就演变成了拳打脚踢。人群似乎缩小了很多，也密集了很多，因为一个个都围拢上去观看。突然，一只大陶罐从混战的人群中央飞出，在空中慢慢转着落到码头区摔成了碎片。一个女人在尖叫。一个身穿希腊服装的男子从人群中挤了出来，将一只水囊紧紧抱在胸前。他的太阳穴旁有道口子，鲜血正从那里流淌下来。他摔了一跤，爬起来后跌跌撞撞地向前走去，消失在一条小巷中。

断水终于开始了，阿蒂里乌斯想。先是这个喷泉，然后是港口周围的其他喷泉，然后是广场上的大水池，然后是公共浴室，再然后是军校的水龙头，还有那些大别墅——空空的水管没有任何东西流出来，只有颤抖的铅管发出的铿锵声和风吹过的呼啸声……

远处的水力风琴在一个音符上卡了壳，发出长长的呻吟后便没有了动静。

有人突然高声说，来自那不勒斯的那个混蛋挤到前面，偷走了最后一点水。于是，像头只有简单脑子和神经的野兽，人群转过身，开始顺着狭窄的小巷追赶过去。这场骚乱如同它开始时一样，突然就结束了，留下满地破碎和被遗弃的罐子，几个妇女蜷缩在尘土中，双手护着头，紧挨着已经悄无声息的喷泉。

黄昏 20:07

应力集中的地区会接二连三地发生地震，如断裂带附近，以及正发生压力变化的岩浆周围。

——哈拉尔德·西格德森编，

《火山百科全书》

舰队司令的官邸位于高高的山坡上，俯瞰着整个港口。阿蒂里乌斯到达那里后被带到了露台。此时已是黄昏时分，海湾四周的一座座滨海别墅里，火把、油灯和火盆被一一点亮，于是一条断断续续的黄色灯光线逐渐出现，绵延数英里，勾勒出弯曲的海岸线，直到最后消失在卡普里岛旁的紫色阴霾中。

阿蒂里乌斯到来时，一名海军百人队队长正匆匆离去。只见他一身戎装，前面是胸铠，上面是高冠头盔，腰带上悬挂着宝剑。花格凉棚下有一张石桌，仆人们正忙着将桌上的残羹剩饭清理走。他一开始并没有看到舰队司令，但奴隶刚一通报“奥古斯都水道的水务官马尔库斯·阿蒂里乌斯”，露台尽头一个五十多岁、虎背熊腰的男人便立刻转过身，摇摇晃晃地向他走来。他的身后跟着一群人，阿蒂里乌斯估计都是这场刚刚结束的盛筵上的客人：四个人身穿宽松的外袍，其中至少有一人官服上的紫色条纹表明他是位元老。他们身后跟着那个卑躬屈膝、充满敌意、无处不在的科拉克斯。

不知为什么，阿蒂里乌斯一直以为这位名扬天下的学者应该很清瘦，但普林尼非常胖，肚子凸在外面，很像他战舰上的瞭望塔。他正在用餐巾擦拭着自己的额头。

“水务官，要我现在就把你抓起来吗？要知道，我可以这样做，这一点非常清楚。”他的声音像所有胖子一样尖利、呼哧呼哧的，而当他扳动他那胖鼓鼓的手指，开始数落阿蒂里乌斯的罪行时，他的声音变得更加刺耳。“首先是无能——水被硫黄污染时你在哪里？违抗命令——你有什么权力中断给我们供水？叛逆——对，我还可以指控你犯有叛逆罪。在帝国的码头上挑起事端，煽动叛乱算什么罪？我已经命令一百名海军官兵立刻赶到那里，其中五十人在城里敲碎几个人的脑袋并恢复公共秩序，另外五十人去水库保护那里剩下的水。叛逆……”

他停下来喘口气。他那鼓起的脸颊、撅起的嘴唇以及被汗水浸湿后贴着脑袋垂下来的稀稀拉拉的灰白鬈发，这一切使他看上去像从某幅剥落的天花板绘画中跌落的一个上了年纪、怒气冲冲的小天使。客人中年龄最小的一位——一个不到二十岁、满脸青春痘的青年——赶紧走上前去搀住他的胳膊，但他甩开了青年的手。人群后面的科拉克斯咧嘴笑着，露出满嘴的黑牙。他恶语中伤的本领比阿蒂里乌斯想象的要高。他真是个擅长玩弄权术的小人。他或许可以教给那位元老一两招。

他注意到，维苏威山的上方出现了一颗星星。他以前还从来没有认认真真地看过那座山，当然肯定没有从这个角度看过。天色已经暗下来，但那座山的颜色更深，几乎是漆黑的，尖尖的山顶高耸在海湾上方。他想，那里就是所有这些麻烦的根源所在。就在那座山的某个地方，不是面朝大海的这一边，而是面向陆地的那一边，在山的东北坡上。

“你到底是什么人？”普林尼终于缓过劲来继续说道，“我不认识你。你太年轻。原来那位水务官怎么啦？他叫什么来着？”

“埃克索姆尼乌斯。”科拉克斯说。

“正是，埃克索姆尼乌斯。他在哪儿？阿契里乌斯·阿维奥拉究竟想干什么，给我们派些孩子过来干大人的活儿？怎么啦？你说话呀！你有什么要为自己辩解的吗？”

维苏威的山脚下海滨别墅星罗棋布，在这些别墅微弱的灯光映衬下，舰队司令身后的维苏威山变成了一座完美的天然金字塔。有一两个地方，山的轮廓略微向外凸出，阿蒂里乌斯猜测这些地方一定是城镇。他根据地图上的标志认出了那些城镇，比较近的是赫库兰尼姆[①]，稍远一点的是庞贝。

阿蒂里乌斯挺直了身子，说：“我需要借一条船。”

他在普林尼书房的桌子上摊开地图，用他从摆设柜中取来的两块磁铁压住地图的两端。一个上了年纪的奴隶在舰队司令的身后忙碌着，点燃一个精致的青铜枝形烛台。书房沿墙摆放着雪松木柜，里面塞满了一卷卷的莎草纸，像落满灰尘的蜂窝。尽管通向露台的门敞开着，却没有一丝风能从海面吹进来驱散里面的热气。蜡烛发出的一缕缕黑色油烟笔直地向上升起，没有一丝摇摆。阿蒂里乌斯可以感觉到汗水正顺着自己的腹部往下流淌，这种毛虫蠕动般的感觉让他很难受。

普林尼说：“告诉各位女士，我们一会儿就过去。”他转过脸

① 赫库兰尼姆，意大利古城，位于维苏威火山西麓，与东南面的庞贝古城遥遥相对。公元七十九年维苏威火山爆发时，该城与庞贝及斯塔比亚同时被掩埋。不过，虽然该城当时有五千人口，火山爆发时葬身此地的却并不多，大概都逃往那不勒斯了。与庞贝城居民大多在熔岩中丧生的惨状有所不同。

来，冲着工程师点点头。“好吧，说给我们听听。”

阿蒂里乌斯看了一眼烛光中那些听众的脸，见他们一个个都全神贯注。他们在落座前已经被介绍给了他，他想确保自己记住了这些人：佩蒂乌斯·卡斯库斯，资深元老，他依稀记得这位卡斯库斯多年前曾担任执政官，并且在赫库兰尼姆海边有一座巨大的别墅；庞波尼阿纳斯是普林尼的老战友，从他位于斯塔比亚[①]的别墅坐船过来赴宴；安蒂乌斯，帝国旗舰“维多利亚”号的舰长；那位脸上长着青春痘的青年是普林尼的外甥，盖尤斯·普林尼乌斯·卡契里乌斯·塞孔都斯[②]。

他将手指放到地图上，其他人（甚至包括科拉克斯）全都凑了过来。

“司令大人，我最初以为问题出在这个地方——这里，就是库米城周围那些硫黄矿地区，这能解释水中所含的硫黄。但是，我们后来得知，供水中断的地方包括诺拉以及诺拉以东的地方——这里。这是黎明时分发生的事。时间非常重要，因为按照一位目击证人的说法，他天亮时还在庞贝，而那里的喷泉今天上午还在奔涌。诸位可以看到，庞贝在水道系统中位于诺拉的上游，因此按照逻辑来说，那里的奥古斯都水道应该在午夜断流。它没有断流这一事实只能说明一点，即断流处应该在这里”——他用手指画了个圆圈——“这里的某个地方，也就是水道靠近维苏威山的那五英里。”

普林尼望着地图，皱起了眉头。“那么船呢？船有什么用呢？”

---

① 斯塔比亚，意大利古城，为著名旅游胜地，以其泉水具有治疗效果而闻名。公元七十九年，与庞贝和赫库兰尼姆一同被毁于维苏威火山爆发。

② 盖尤斯·普林尼乌斯·卡契里乌斯·塞孔都斯，普林尼的外甥，后由普林尼收养，成为他的继承人。一般被称为小普林尼，是位重要的政治家、军事家和作家。

“我相信我们剩下的水还够用两天。如果我们通过陆路从米塞努姆城出发，去查找断流的原因，那么光是寻找到断流处就需要两天的时间。但如果我们从海上去庞贝，如果我们轻装出发，然后在庞贝购买我们所需的大多数物资，那我们明天就能开始修复工作。”

他说完后，周围一片寂静，阿蒂里乌斯可以听到门旁的水钟发出的持续的滴答声。围着蜡烛飞舞的几只蚊子被封在了蜡中。

普林尼说：“你有多少人？”

“总共有五十人，但大多数都分散在水道沿线，维护沉淀槽和各个城市里的水库。米塞努姆城总共有十二个人，我将带上一半。如果需要其他劳力，我可以在庞贝当地雇。”

“司令，我们可以给他们派一艘快舰，”安蒂乌斯说，“如果他天一亮就出发，那么他上午就能到达庞贝。”

这个建议似乎让科拉克斯感到很恐惧。“可是大人，这只是他的空话。如果换了我，就不会太重视这种要求。首先，我想知道他怎么能如此肯定庞贝没有断流。”

“大人，我来这里时在码头上遇到了一个人，一个占卜师。渡船刚刚靠岸。他告诉我他今天早晨在庞贝。”

“一个占卜师！”科拉克斯讥讽道，“那真是遗憾，他居然没有看出这问题来！不过好吧，就算他说的是真话，就算水道破裂的地方确实在那里，我对那部分的水道比任何人都更熟悉——五英里长，地上的每一英尺我都了如指掌。仅仅找到破裂处，我们就需要一天多的时间。”

“这不可能，”阿蒂里乌斯反驳道，“水道流失了那么多水，就连一个盲人也能找到破裂处。”

“隧道里存积了那么多水，我们如何进去维修？”

“听我说，”阿蒂里乌斯说，“我们到达庞贝后会分成三个小组。”他其实并没有完全想好，所以他只能边说边想。不过，他可以感觉到安蒂乌斯支持他，而普林尼的眼睛仍然紧紧盯着地图。“第一组去水道，顺着庞贝支线找到与主水道的连接处，然后向西寻找。我可以保证，找到破裂的地方根本不是什么大难题。第二组留在庞贝，召集起修理水道所需的足够人手和物资。第三组骑马去山中，赶到阿贝里努姆泉眼处，带着司令的命令去关闭奥古斯都水道。”

元老猛地抬起头来。“这能行吗？在罗马，如果一条水道要进行维修，它至少要关闭几个星期。”

“元老，按照图纸，这能行。”阿蒂里乌斯本人才刚刚意识到这一点，但他现在有了灵感。在他描述的过程中，整个工程在他的脑子里慢慢成形。“我本人还没有去看过塞里纳斯那些泉眼，可是从这张图纸来看，那些泉水流入一个盆地，而这个盆地有两个出口。大部分的水向西流到我们这里，但也有一小部分向北流，供应贝内文图姆。只要让所有的水流向北面，并且排空两边渠道中的积水，我们就能进去维修。重要的是，我们不必像罗马的水道那样，在维修时必须建一个坝将水拦住，并且建造一个临时分水口。我们维修的速度可以快得多。”

元老将他那无神的眼睛转到科拉克斯身上。“这是真的吗，工头？”

“或许吧。”科拉克斯极不情愿地承认道。他似乎感觉自己已经输了一着，但他不愿意就此低头认输。“不过，司令大人，如果他认为我们在一两天内就能完成这一切，我仍然认为他是在说大话。我刚才已经说过，我对那段水道了如指掌。近二十年前发生大地震时，我们这里遇到过相同的问题。当时的水务官是埃克索姆尼乌斯，也是刚刚上任。他刚刚从罗马过来，第一次负责那样的工程，我们一起干的。好吧，我承认我们当时没有把水道完全关闭，可我们仍然用了几个星期才将隧道里所有的裂缝补好。”

“什么大地震？”阿蒂里乌斯以前从来没有听人说过。

“准确地说，那发生在十七年前，”普林尼的外甥第一次插嘴，“地震发生在二月五日，当时的执政官是雷古卢斯和维吉尼乌斯。尼禄皇帝正好在那不勒斯，在舞台上进行表演。塞内加[①]记录了这一事件。舅舅，您肯定读到过？《论天命》第六卷中有相关的段落。”

“是的，盖尤斯，谢谢你，”普林尼急切地说道，“我当然读过，不过我还是感谢你提及此事。”他紧紧盯着那张地图，鼓起双颊。“不知道——”他低声说，然后在椅子上转了个身，冲着他的奴隶大声喊道，“德鲁姆！给我拿杯酒来。快点儿！”

“您不舒服吗，舅舅？”

“没有，没有。”普林尼双手抱拳，将下巴支在上面，重新把注意力放到地图上。“这就是导致奥古斯都水道受损的原因吗？一次地震？”

“可如果是地震的话，我们一定会感觉到的，对吗？”安蒂乌斯提出了异议。“那次地震摧毁了庞贝城的大部分，那里的人直到今天还在重建庞贝，半座城市都是工地。我们没有接到有任何地震的报告。”

“可是，”普林尼继续说下去，几乎是在自言自语，“这种天气显然最容易发生地震。海面上风平浪静，天空万里无云，连鸟儿都不敢飞了。要是换了平常，肯定会有一场暴风雨到来。可是，

---

① 塞内加（公元前4—公元65年），也作塞涅卡，古罗马哲学家、政治家和剧作家，尼禄的老师，哲学著作有《论天命》《论愤怒》等。

当土星、木星和火星与太阳相合时，雷电不是来自空中，有时是大自然从地下发出的。依我看，这就是地震的定义——地球内部扔出来的雷电。”

那名奴隶拖着脚步来到了普林尼的身旁，手中端着一个托盘，盘子中央有一个巨大的透明玻璃酒杯，里面装了四分之三的酒。普林尼哼了一声，端起酒杯，对着烛光。

“是卡古本陈酿[①]，”庞波尼阿纳斯无比敬畏地低声说，“四十年陈酿，美妙绝伦。”他用舌头舔了舔自己那肥厚的嘴唇。“普林尼，我可不介意再来一杯。”

“等一下。看。”普林尼在他们面前来回晃动着那美酒，它醇厚，甘甜如糖浆，带着蜂蜜般的色泽。酒杯从他鼻子下经过时，阿蒂里乌斯闻到了那芬芳的霉味。“你们现在仔细看好了。”他将酒杯小心翼翼地放在桌上。

阿蒂里乌斯起初不明白普林尼想说明什么，可当他更加仔细地观察酒杯时，他看到酒的表面在微微颤抖。细小的涟漪正在酒杯中央向外扩散，就像被拨动的琴弦在微微颤抖一样。普林尼端起酒杯，杯中的颤抖立刻停止了下来；他重新将酒杯放到桌上，杯中的颤抖重新开始。

“我在用晚餐时注意到了这一点。我算是训练有素，对大自然中的事物非常敏感，而别人可能会忽视。这种颤抖并不是一直持续着，现在看到了吧，这酒已经没有任何动静。”

“这真是太了不起了，普林尼，”庞波尼阿纳斯说，“我祝贺你。如果换了我的话，恐怕酒杯到了我手中酒不喝完是不会被放到桌上的。”

① 卡古本葡萄酒，罗马历史上的高级葡萄酒之一，产于拉丁区沿海，在公元一世纪被认为是最高级的酒。

元老显然没有像庞波尼阿纳斯那样被说服。他交叉着双手，身子在椅子上向后一仰，仿佛觉得自己像个傻瓜，居然会看儿戏表演。“我不明白这有什么意义。就算是桌子在颤抖，这其中的原因也很难说清楚。可能是风——”

“根本没有风。”

“——可能是什么地方传来的沉重脚步，或者是庞波尼阿纳斯躲在桌子下面抚摸着某位小姐。”

笑声冲淡了紧张气氛，只有普林尼没有笑。“我们知道，我们站立其上的这个世界看上去很牢固，其实在不停地旋转着，而且旋转的速度快得难以形容。或许这巨大的质量在穿过空间时会产生一种声音，一种音量超出我们人类耳朵所能听到的范围的声音。比方说，如果我们能听到的话，天空中的星星可能会像风铃一样叮当作响。这葡萄酒酒杯中出现的图案会不会就是天空同一种和谐的物理表现？”

“那它为什么会停下来，为什么又会开始？”

“我无法回答这个问题，卡斯库斯。也许地球曾经无声地滑行过，而在另一个时刻它遇到了阻力。有一个学派认为风是地球朝一个方向运动而星星朝另一个方向运动造成的。水务官，你的看法呢？”

“大人，我只是个工程师，”阿蒂里乌斯说，“不是哲学家。”在他看来，他们是在浪费时间。他想提及一下这天早晨山坡上水蒸气的怪异行为，但觉得还是不说为好。叮当作响的星星！他的脚掌在不耐烦地拍打着地面。“我能告诉你们的是，水道的渠槽建造得能抵抗最极端的外力。奥古斯都水道的大部分都在地下，而它在地下有六英尺高、三英尺宽，下面是一点五英尺厚的混凝土，墙壁的厚度也相同。无论是什么样的力量造成了它的破裂，这种力量都极为强大。”

“比振动了我这杯酒的力量还要强大？”普林尼望着卡斯库斯。“除非我们对付的根本不是自然现象。如果是这样，那又是什么呢？或许是蓄意破坏，为的是袭击舰队？可是有谁敢呢？自从汉尼拔[①]以来，还没有一支外国军队能入侵到意大利的这个地区。”

“蓄意破坏很难解释水中的硫黄。”

“硫黄，”庞波尼阿纳斯突然插嘴道，“雷电就是硫黄，是不是？是谁投下雷电的？”他兴奋地望着四周。“朱庇特！我们应该向朱庇特这位上天的神祇敬奉一头白色的公牛，并且请肠卜师来查看一下那头牛的内脏。他们能告诉我们怎么做。”

阿蒂里乌斯笑了起来。

“这有什么好笑的？”庞波尼阿纳斯厉声说，“不是还有人认为这个世界在空间飞行吗？请允许我这么说，普林尼，这个观点又带来了另一个问题，我们为什么没有摔下去？”

“我的朋友，这个问题问得好，”普林尼安慰他说，“作为舰队的统帅，我恰好还是米塞努姆城的大祭司。我可以向你保证，如果我面前有一头白色的公牛，我现在就会杀了它。至于现在嘛，我们或许需要一个更加实际的解决办法。”他将身子往椅子靠背上一仰，用餐巾擦了擦脸，然后打开餐巾查看着，仿佛那里面含有某个重要的答案。“好吧，水务官。我给你一条船。”他转过身去望着舰长。“安蒂乌斯，舰队里哪一条快舰最快？”

“大人，是‘密涅瓦’号，也就是托夸图斯的那条船，刚刚从拉文纳回来。”

“让它做好准备，天一亮就出发。”

---

① 汉尼拔（公元前 247—前 183 年），迦太基统帅，率大军远征意大利，发动第二次布匿战争，曾三次重创罗马军队。

“是，大人。”

“在每座喷泉旁贴出告示，告诉公民们现在实行配给供水。每天只放两次水，黎明一次，黄昏一次，而且每次只放一个时辰。”

安蒂乌斯皱了一下眉头。“您忘了明天是一个公共假日？如果您还记得的话，明天是火神节。”

“我当然知道明天是火神节。”

的确是的，阿蒂里乌斯想。匆匆忙忙离开罗马后，他一直忙着水道上的事，完全没有去注意日子。八月二十三日是火神节，人们要将活鱼作为祭品扔进篝火中，以此来请求火神息怒。

“可是公共浴室呢？”安蒂乌斯不依不饶地问道。

“先关闭，等待通知。”

“这会引起大家不满的，大人。”

“这是没有办法的事。再说，我们都太养尊处优了。”他瞥了庞波尼阿纳斯一眼，“帝国不是由那些整天在浴室中游手好闲的人建造起来的。体验一下从前的生活对某些人有好处。盖尤斯，你替我起草一封信，我来签字。信写给庞贝的市政官，请他们提供修复水道所需的人力和物力。你知道怎么写。‘以提图斯·恺撒·韦斯巴芗·奥古斯都的名义，依照元老院和罗马人民赋予我的权力，等等，’——总之，让他们立刻行动起来的话语。科拉克斯，显然你比别人更熟悉维苏威山周围的地形。你应该骑马去找到破裂处，水务官留在庞贝准备人员和物资。”

科拉克斯惊恐地张开了嘴巴。

“怎么回事？你不同意？”

“不是，大人。”科拉克斯赶紧掩饰起自己的焦虑，但阿蒂里乌斯还是注意到了。“我当然不介意去查找破裂处。但是，我们应该在水库留下一个人，监督配给供水，这样不是更合理……”

普林尼不耐烦地打断了他。“配给供水是海军的事。那主要是一个公共秩序问题。”

科拉克斯看上去似乎要争辩，但他随即低下了头，皱着眉头。

露台上传来了女人的声音以及银铃般的笑声。

阿蒂里乌斯突然想到，他不想让我去庞贝。今晚整个这场表演——就是为了不让我靠近庞贝。

一个头发精心梳理过的女人在门口露面了，年龄在六十左右。阿蒂里乌斯从没见过挂在她脖子上的那么大的珍珠。她冲着元老勾了勾手指。“卡斯库斯，亲爱的，你还准备让我们等多久？”

“请原谅，雷克蒂娜，”普林尼说，“我们差不多忙完了。谁还有什么要补充的吗？”他依次看着大家。“没有了？那好，我建议把晚餐吃完。”

他将椅子往后一推，大家都站了起来，但是他肚子太大，一时没能站起来。盖尤斯向他伸过手去，但他挥手让其走开。他将身子前后晃动了好几次，终于气喘吁吁地站了起来。他一手紧紧抓住桌子，另一只手伸过去拿酒杯，但他突然停住了，伸出的手指停在了半空中。

杯中的酒又开始令人难以察觉地颤抖了起来。

他吐了口气。“庞波尼阿纳斯，我看我或许还真该用那头白牛来敬神。”他转身对阿蒂里乌斯说，“你必须在两天内恢复供水。”他端起酒杯，喝了一小口。“不然的话，相信我，我们都将需要朱庇特的保护。”

夜阑　23:22

岩浆的运动也可能会改变当地的地下水位，我们可以检测到地下水的流向和温度的变化。

——《火山百科全书》

两个时辰后，毫无睡意的阿蒂里乌斯赤身躺在自己那狭窄的木床上，等待着黎明的到来。水道那熟悉的犹如催眠曲的轰鸣声消失了，取而代之的是夜晚各种细微的响声——哨兵的靴子踩在外面的街道上发出的嘎吱声，老鼠在木椽上走过的瑟瑟声，楼下工房传来的某个奴隶不停的咳嗽声。他闭上眼睛，但几乎立刻又重新睁开。在这场危机带来的惊恐中，他几乎忘记了从鳗鲡池中捞上来的那具血淋淋的尸体，可在这黑暗中，那一幕幕不断地在他眼前浮现——水池边的沉默，被捞上岸的尸体，鲜血，那妇人的尖叫声，那姑娘焦虑的脸和她白皙的胳膊。

他累得反而睡不着了，于是光着脚，站到了温热的地面上。床头柜上的一盏小油灯在摇曳着，他那封没有写完的家信就在油灯旁。他想，现在将它写完没有任何意义。要么他修复奥古斯都水道——如果是那样，他母亲和妹妹在他回来时就能听到他的消息；不然，她们也会得知关于他的情况——他丢尽颜面地被送回罗马，面对调查法庭，给家族带来耻辱。

他端起油灯，走到床脚的架子边，将灯放在一个小神龛前，里面的一个个塑像代表着他祖先的灵魂。他跪下来，伸手拿起他曾祖父的塑像。这老人会不会是当初建造奥古斯都水道的工程师之一？这不是不可能。水务专员的记载表明，阿格里帕运来了四万名奴隶和步兵，仅仅用了十八个月就建成了这条水道。那是在阿格里帕修建了罗马的朱利亚水道后六年，修建维尔戈水道前七年的事情，而水务官的曾祖父参与了后面提到的这两条水道的修建工作。可能有另一位阿蒂里乌斯曾经来到过南方这片酷热难当的土地上，甚至在奴隶们开挖皮希纳·米拉比里斯水库的时候他可能就坐在这个地方——一想到这里，他就不由得感到非常高兴。他感到自己勇气倍增。既然有人建造了奥古斯都水道，就会有人修复它。而他一定能修复它。

还有他的父亲。

他放下一个塑像，拿起另一个，用自己的拇指柔情地抚摸着塑像那光滑的头部。

你父亲非常勇敢，所以你也一定要勇敢。

他父亲建成克劳蒂亚水道时，他还在襁褓中，但他常常听说那条水道落成那天的情形——工程师们聚集在埃斯奎林山上，仅仅四个月大的他被他们轮流扛在肩膀上。他有时觉得自己仿佛能记住当时的一切：年迈的克劳狄皇帝在祭祀尼普顿时浑身颤抖，说不出话来，然后，仿佛有魔力一样，就在他向天空举起双手那一刻，水出现在了水渠中。不过，这与神的力量毫不相干，尽管当时在场的人个个目瞪口呆。那是因为他父亲熟知工程原理，在仪式达到高潮前十八个时辰打开了水道源头的闸门，然后骑马奔回城里，速度当然比水流动的速度快。

他凝视着掌中的塑像。

那么您呢，父亲？您有没有来过米塞努姆城？您认识埃克索姆尼乌斯吗？罗马的水务官就像一家人——您总是说大家亲密无间。在您人生最辉煌的那一天，埃斯奎林山上的那些工程师中有没有埃克索姆尼乌斯？他有没有像其他人那样将我抱在他的怀里？

他凝视着那塑像，亲吻了它一下，然后小心地将它与其他塑像放在一起。

他蹲坐在地上。

首先是水务官失踪，然后是水消失。他越想越觉得这两者之间有联系。然而是什么样的联系呢？他环视着抹了石灰的粗糙墙壁，这里没有答案，这是可以肯定的。这简陋的小屋里没有留下任何人的特性。可是，按照科拉克斯的说法，埃克索姆尼乌斯管理奥古斯都水道已经二十年了。

他端起油灯，用手护着火焰，走进了过道。他拉开对面的帘子，让灯光照进存放着埃克索姆尼乌斯个人物品的小屋。里面有两只木箱、一对青铜枝形烛台、一件斗篷、拖鞋、一个夜壶。光凭这些东西是无法了解一个人的。他注意到两只箱子都没有上锁。

他向楼梯看了一眼，但那里传来的唯一动静是楼下的鼾声。他一手端着油灯，提起离他近的那只箱子的箱盖，开始用另一只手翻动里面的东西。衣服——大多是旧衣服——在他翻动时散发出刺鼻的汗臭味。两件束腰外衣，腰布，一件折叠整齐的外袍。他轻轻将它关上，然后打开另一只箱子，发现里面也没有多少东西。一把洗澡时去油用的皮肤刮刀。一个滑稽的普里阿普斯[①]小塑像，塑像上颀长的阳具垂荡着。一个掷骰子用的广口陶杯，杯缘上雕刻着更多的阳具。然后是骰子，几只装有各种草药和药膏的

① 普里阿普斯，罗马神话中的男性生殖力之神，也是果园、酿酒和牧羊的保护神。

玻璃罐，几只盘子，一个锈迹斑斑的青铜小酒杯。

他将骰子轻轻放进广口陶杯中，摇动它们。他的运气不错，四个六——维纳斯点数。他又试了一下，仍然是维纳斯点数。当他掷出第三个维纳斯点数时，他明白了——这些骰子被灌了铅。

他放好骰子，拿起那只酒杯。这真是青铜的吗？他更加仔细地查看时，反而不敢确定了。他用手掂了掂，将它翻转过来，冲着杯底哈了口气，然后用拇指擦拭着。他看到擦拭过的地方变成了黄金，而且看到了刻在上面的字母P的一部分。他接着擦拭，逐渐增加那片闪耀金属的半径，直到他可以看出所有缩写字母。

N. P. N. l. A.

其中的l代表着“自由”，表明它的主人是某个被解放的奴隶。

这个被主人赐予了自由的奴隶，他的姓氏以字母P开头，现在极其富有但也极其粗俗，居然用金杯喝酒。

他的耳边突然清晰地响起了她的声音，仿佛她一直站在他的身旁。

“我叫科蕾莉娅·安普里亚特斯，是霍腾希亚别墅主人努姆里乌斯·波比蒂乌斯·安普里亚特斯[①]的女儿……”

月光洒在狭窄街道光滑的黑石上，映衬出平坦屋顶的轮廓。天几乎像午后一样炎热，月亮也几乎像太阳一样明亮。他顺着台阶向上走，两旁屋子的百叶窗紧闭，悄无声息。他可以想象她在他前面疾走的姿势以及她那白色衣服下扭动的臀部。

“只有几百步——是啊，但每一步都是上山！”

他又一次来到了上面的平地，来到了豪宅高大的围墙前。一

---

① 这个人姓名的缩写即N. P. A。

只灰猫沿着墙奔跑，消失在了墙壁的另一边。上了锁链的大门上方，那两只闪烁的金属海豚跳起来，互相亲吻。他可以听到远处海浪拍打海岸的响声，以及花园里知了的鸣叫声。他摇晃着铁栅门，将脸贴在温暖的金属上。门房的百叶窗紧闭着，而且上了闩，周围没有任何灯光。

他想起了他出现在海边时安普里亚特斯的反应，“埃克索姆尼乌斯出什么事了？可埃克索姆尼乌斯肯定还是水务官吧？”他现在回想起来后意识到，安普里亚特斯的声音中带着惊讶，或许还带着一丝警觉。

“科蕾莉娅！”他轻声呼唤着她的名字。“科蕾莉娅·安普里亚特斯！”

无人回答。突然，黑暗中传来了一声耳语，低得他差一点没有听到：“走了。”

一个女人的声音，来自他左边某个地方。他后退几步，离开了大门，向黑暗处望去。除了墙边的一堆破衣烂衫外，他什么也没有看到。他走近后才看到那堆破衣烂衫微微动了一下。一只皮包骨的脚伸在外面，像一根骨头。那是被鳗鲡咬死的那位奴隶的母亲。他跪下一条腿，小心地碰了一下她那粗布衣服。她颤抖了一下，呻吟了一声，喃喃说了句什么。他将手缩回来。他的手指上沾着黏糊糊的鲜血。

“你还站得起来吗？”

“他们走了。”她又说了一遍。

他小心地扶着她靠墙坐了起来。她那青肿的脑袋低垂在胸前。他看到她那缠结在一起的头发已经在石头上留下一块湿漉漉的印子。她被残暴地鞭笞后扔到门外等死。

N. P. N. l. A：努姆里乌斯·波比蒂乌斯·努米利·里勃图斯·

安普里亚特斯。他被波比蒂家族赐予了自由。最残酷的主人莫过于从前的奴隶，这真是生活中的真谛。

他将手指轻轻压在她脖子上，看看她是否还活着。然后，他将一只胳膊伸到她的膝盖下，另一手搂住她的肩膀。他毫不费力地站了起来，因为她轻得只剩下骨头和身上的破衣烂衫。靠近海港的街道上，更夫正在大声报出夜晚的时辰：午夜。

阿蒂里乌斯直起身，向山下走去。火曜日正慢慢变成水曜日。

水曜日

八月二十三日

火山爆发的前一天

黎明 06:00

在公元七十九年之前，火山下积聚了大量岩浆。很难说这岩浆库是何时开始形成的，但它的体积至少有三点六立方千米，大约位于地表下三公里处，而且又因为成分的不同分成了几层，富含易挥发物质的碱性岩浆（百分之五十五的二氧化硅和将近百分之十的氧化钾）位于密度略高、铁镁含量很高的岩浆之上。

——彼德·弗朗西斯，《火山：一种地球观》

在宏伟的石头灯塔顶上，奴隶们正在熄灭火焰，迎接黎明的到来。灯塔为南面海角上的山岭所掩映，应该是个神圣的地方。据维吉尔[①]说，这里就是特洛伊传令官弥塞诺斯[②]被海神特赖登杀死后与他的船桨和号角一起下葬的地方。

阿蒂里乌斯凝视着灯塔，看着那上面的红色火焰渐渐淡去，看着海港中战舰的轮廓在灰白色的天空映衬下慢慢清晰起来。

他转过身，沿着码头走回其他人等待的地方。他终于可以看清他们的脸了——穆萨、贝科、科威纳斯、波里特斯——他们正

① 维吉尔（公元前70—前19年），古罗马最伟大的诗人之一，屋大维的密友，最重要的诗歌作品为史诗《埃涅阿斯纪》。他的作品在罗马帝国几乎被视为圣物，也相当受后世尊崇。他对欧洲文学的影响可谓仅次于荷马。

② 弥塞诺斯，维吉尔的史诗中特洛伊的传令官，因向海神特赖登挑战，激怒了他而被溺死。

变得像他的家人一样熟悉。但仍然没有科拉克斯的影子。

“九个妓院！”穆萨说，“相信我，如果你们想过过瘾，那么庞贝是个好去处，就连贝科也可以换换口味，让他的手歇一歇。嗨，水务官！”看到阿蒂里乌斯走过来，他大声喊道：“告诉贝科他可以过足瘾！”

码头边散发着垃圾以及鱼内脏的臭味。阿蒂里乌斯可以看到脚下栈桥的柱子之间有一个臭气熏天的烂瓜，旁边还有一只膨胀的、被海水泡白的死耗子。真是诗人们该描写的画面！他突然渴望见到人们常常挂在嘴边的北方那些寒冷的大海——比方说大西洋或日耳曼海，来自深海的潮水每天冲刷着那里的海滩和岩石；他渴望着某个比这微温的罗马湖泊更健康的地方。

他说：“只要我们能修复奥古斯都水道，哪怕贝科与意大利每个姑娘鬼混，我也不管。”

“听到了吗，贝科，你那玩意儿很快就会变得和你的鼻子一样长……”

普林尼答应他们的船就停泊在他们面前：以智慧女神命名的“密涅瓦”号，船艏雕刻着女神的象征——一只猫头鹰。这是一艘快舰，比庞大的三桨座战船要小一些，但速度要快得多。它那高耸的艉柱位于船身的最后方，像一只准备攻击的蝎子竖起尾巴那样弯曲在下甲板上方。船上没有一个人。

“库库拉和泽米丽娜，还有那红头发的犹太姑娘玛莎。如果你喜欢小姑娘，那里还有一个希腊小女孩，她母亲才刚刚二十岁……”

“一条没有水手的船有什么用？”阿蒂里乌斯喃喃地说道，他已经开始烦躁起来。他一个时辰也浪费不起。“波里特斯，你快跑一趟军营，看看究竟是怎么回事。”

“——安吉拉和玛丽娅——”

年轻的奴隶站了起来。

“不必了，”科威纳斯说，脑袋朝码头大门处一摆，“他们来了。”

阿蒂里乌斯说：“你的耳朵一定比我灵——”但他也听到了。一百双脚，沿着大道从军校跑了过来。他们跑过大堤上的木桥时，快速的节奏变成了皮革敲打在木头上的持续的轰鸣声。接着，他看到了两支火把，看到这支队伍拐进了通向码头的街道。他们来了，五个人一排，领头的是三名军官，身穿铠甲，上戴头盔。一声令下，队伍立刻停了下来；又是一声令下，队伍散开，水兵们向船走去。谁都没有说话。阿蒂里乌斯后退一步，让他们通过。他们身穿无袖束腰外衣，桨手们的肩膀已经变形，手臂上的肌肉异常发达，与下半身的比例严重失调。

“你瞧他们，”个子最高的军官慢吞吞地说，“海军的精英：人牛。”他转身对着阿蒂里乌斯，举起一只拳头向他敬礼。“我叫托夸图斯，是‘密涅瓦’号的舰长。”

“我叫马尔库斯·阿蒂里乌斯，是工程师。我们出发吧。”

装船只用了很短的时间。阿蒂里乌斯认为根本没有必要将一罐罐沉重的生石灰和一袋袋红沙从水库拖下去，再运送到海湾对面。如果庞贝真像他们所描述的那样到处都是建筑工地，他可以借助舰队司令的信来调用他所需的物资。不过，工具就另当别论了。人无论什么时候都应该使用自己的工具。

他让大家排成一行，接力将工具传到船上。他将工具一件件递给穆萨，穆萨再一件件递给科威纳斯——斧头，大锤，锯子，镐和铲，用来盛新鲜水泥的木盘和搅拌水泥的锄头，用来将水泥拍打到位的沉重的铁板——直到这些工具最后到达站在“密涅瓦”

号甲板上的贝科那里。他们干活的速度很快，没有一句语言交流。东西全都装上船后，天已经亮了，船也做好了出发的准备。

阿蒂里乌斯顺着跳板走上去，然后跳到甲板上。一排士兵手持一端有钩的船篙，等待着将船推离码头。托夸图斯和舵手一起站在艉柱下的平台上，他冲着下面大声喊道："工程师，你们准备好了吗？"阿蒂里乌斯也大声回答说准备好了。他们越早出发，情况就会越好。

"可是科拉克斯还没有来。"贝科反对道。

让他见鬼去吧，阿蒂里乌斯想。科拉克斯不来最好，他可以独自安排一切。"那是科拉克斯该担心的事。"

缆绳已经收起，船篙像长矛一样落下，钩着码头。船桨被一一取下，"密涅瓦"号开始移动，阿蒂里乌斯可以感觉到脚下的船在晃动。他回头向岸上望去，公共喷泉旁聚集了一群人，等待着水流出来。他不知道自己是否应该留在水库来监督水闸的开启，但他已经留下六名奴隶来管理皮希纳·米拉比里斯水库，而且那周围布满了普林尼的士兵。

"他来了！"贝科喊叫道，"快看！是科拉克斯！"他高举双手，开始挥舞胳膊。"科拉克斯！在这儿！"他不满地瞪了阿蒂里乌斯一眼道："你瞧见了吗？你应该等一下！"

工头肩上背着一个包，慢吞吞地从公共喷泉旁走过，似乎沉浸在自己的思绪中。但是，他抬起头看到了他们，开始向他们跑过来。对于一个年过四十的人而言，他奔跑的速度算是相当快了。船与码头之间的距离正迅速拉宽——三英尺，四英尺——阿蒂里乌斯觉得他肯定赶不上了，但当他来到码头边时，他将包扔到船上，然后向船扑去，两个水手伸手抓住了他的胳膊，将他拉上了船。他落到了甲板上，靠近船尾，但站直了身子。他怒视着阿蒂里乌斯，冲着他伸出中指。工程师将目光转向了别处。

“密涅瓦”号船艏向前，摇晃着驶出了港口，狭窄的船身两旁各伸出了二十四支船桨。甲板下响起了鼓声，船桨垂到了水面上。鼓声再次响起，船桨划破了水面，每支船桨各有两个人扳动着。船轻盈地向前行驶，起初察觉不到，但随着鼓声的节奏越来越快，船的速度也越来越快。瞭望台上的领航员向前探出身子，眼睛紧盯着前方，手指向右方。托夸图斯高声下达了一个命令，舵手用力扳动充当船舵的一支巨大的船桨，使船从停泊着的两条三桨座战船之间穿了过去。阿蒂里乌斯四天来第一次感到有一丝微风拂过自己的脸庞。

“工程师，有人在等待你的觐见！”托夸图斯高声喊道，然后做了个手势，指着港口上方的小山。阿蒂里乌斯辨认出了掩映在桃金娘树丛中的舰队司令别墅的白色长露台，看到了倚靠在护栏上的普林尼那肥胖的身影。他不知道那老人的心中在想什么。他犹豫不决地举起了胳膊，紧接着，普林尼也举起了胳膊。“密涅瓦”号穿过了两条巨大的战舰——“协和”号与“尼普顿”号，而当他再次向那里望去时，露台上已经没有任何身影。

远处，太阳正从维苏威山背后慢慢升起。

普林尼目送着快舰加速驶向开阔水域。在蒙蒙亮的天色中，船桨划出一道道白光，唤起了他久已淡忘的某个记忆。那也是在黎明，在那铅灰色的莱茵河上，在维特拉——肯定是三十年前的事了——第五军团渡船“云雀”号正将他的骑兵运往遥远的河对岸。那样的岁月！他愿意付出任何代价换取再一次天亮时出航，最好是指挥他的舰队作战——担任舰队司令两年多来，他没有一次这样的经历。但是，走出书房，来到露台上目送“密涅瓦”

号离去——从椅子上站起来，走上短短的几步，已经让他累得气喘吁吁。当他举起手臂回应工程师的挥手时，他觉得自己仿佛在举起健身用的哑铃。

“大自然给予人类的最好礼物就是生命的短暂。感觉会越来越迟钝，四肢会越来越麻木，视觉、听觉、步态乃至牙齿和营养器官在我们离开这人世之前就已经死亡，可这段时间仍然被视作生命的一部分。”

谁都敢说这样的话。当人们还年轻、死亡遥不可及时，写出这种文字是轻而易举的事；可当一个人已经五十六岁，而且敌人正从平原对面大步走来时，写出上述文字就不那么容易了。

他将自己那肥胖的大肚子靠着栏杆，希望他的两个秘书都没有注意到他软弱的一面，然后他离开栏杆，拖着步子回到了屋内。

他一直喜欢阿蒂里乌斯这样的年轻人，当然，不是以希腊人那种肮脏的方式——他根本没有闲工夫去那样胡闹，尽管他看到军中常常有那样的例子——而是一种精神上的喜欢，将他们视作罗马强大美德的化身。元老们可能会梦想建立帝国，士兵们可能会梦想征服帝国，但真正建造帝国、让罗马帝国征服全球的是那些工程师，那些建造道路、挖出水道的工程师。他向自己保证，当这名水务官回来时，他一定召他来吃顿饭，打听清楚奥古斯都水道究竟出了什么事。然后，他们可以一起在他的书房里查阅一些书籍，他可以顺便教他一些大自然的奥秘，而大自然带给人们的惊奇从来没有止境。比方说，这些断断续续、和谐的颤抖究竟是怎么回事？他应该将这个现象记录下来，收录进他的下一版《博物志》中。他每个月都会发现一些需要解释的新东西。

他的两名希腊奴隶耐心地站在桌旁等待着——阿尔克曼负责朗读，亚力克希翁负责记录。自午夜后他们就一直随侍在旁，因为普林尼早就养成了很少休息却能持续工作的习惯。“醒着就是活着”——这是他的座右铭。他所认识的人当中唯一睡眠比他还少的只有已故的皇帝韦斯巴芗[①]。他们习惯于午夜在罗马相聚，处理公务。这就是韦斯巴芗任命他负责舰队的原因：“我那时刻保持警惕的普林尼。”这是韦斯巴芗对他的称呼，而且带着乡巴佬的口音，并且还会捏一下他的脸颊。

他环视屋子四周摆放的各种珍宝，都是他在帝国各地巡游时收集来的。一百六十本笔记，记录了他读到或听说过的每一件有趣的事。西班牙省的总督拉修斯·里契尼乌斯曾经出价四十万塞斯特斯[②]想买下他的所有笔记，但他不为所动。两块从达契亚开采出来的磁铁，被它们那神秘的魔力紧紧吸附在一起。一块来自马其顿的闪亮的灰色石头，据说是从星星上掉下来的。一块来自日耳曼的琥珀，半透明的结构中困着一只古代的蚊子。一面来自非洲的凹镜，能够将太阳的光线聚集在一起，对准一点后产生的温度足以使最坚硬的木头发黑、燃烧。此外还有他的水钟，罗马最精确的时钟，完全按照发明水力风琴的亚历山大的克忒西比乌斯[③]的具体规定制造。水钟的漏孔从黄金和宝石中钻出，为的是防止腐蚀和堵塞。

他需要这只钟。人们都说时钟就像哲学家：你永远无法找到两个完全一模一样的。但是，按照克忒西比乌斯的设计制造的钟，是计时器中的柏拉图。

---

① 韦斯巴芗（公元9—79年），古罗马皇帝，弗拉维王朝创立者，他结束了自尼禄皇帝死后持续十八个月的战乱纷争。在统治的十年期间，他与罗马元老院积极合作，改革内政，重建经济秩序。后世普遍对这位皇帝有正面的评价。

② 塞斯特斯，古罗马的一种货币，初为银铸，后为铜铸。

③ 克忒西比乌斯，古希腊物理学家和发明家，水力学的奠基人。他最著名的发明是水钟和水力风琴。

“阿尔克曼，给我端一碗水来。不——”看到奴隶快走到门口时，他又改变了主意。地理学家斯特拉博[①]不是把富饶的那不勒斯湾形容为“酒碗”吗？“我改变主意了，酒可能更合适。不过，拿便宜一点的，苏伦图姆[②]就可以了。”他重重地坐了下来。“好吧，亚力克希翁，我们刚才说到哪儿了？”

“给皇帝起草报告，用信号发出去，大人。”

“啊，是的。”

现在天已经亮了，他得立刻给新皇帝提图斯[③]发一份急件，提醒其关注水道问题。这份急件将通过光线闪烁从一座信号塔传到另一座信号塔，一路到达罗马，中午就能交到皇帝的手中。他想知道世界的新主人会如何看待这件事。

“我们给皇帝发信号，然后我们启用一本新的笔记本，记录一些观察到的科学现象。这会让你感兴趣吗？”

“会的，大人。”阿尔克曼拿起尖头笔和蜡版，竭力忍住一个呵欠。普林尼假装没有看到。他用手指轻轻拍着自己的嘴唇。他和提图斯很熟，他们曾在日耳曼一起共事。此君风度翩翩，彬彬有礼，聪明绝顶——但也冷酷无情。二十五万人断水这种消息很容易让他大发雷霆，做出极端的事来，因此措辞必须慎之又慎。

“致至高无上的提图斯皇帝，”他说道，“米塞努姆城的舰队司令向您致意！”

---

① 斯特拉博（公元前 63—公元 23 年），古希腊地理学家和历史学家，著有一套四十七册的《历史概览》，对区域地理和希腊文化传统的研究有突出贡献。

② 苏伦图姆，又叫索伦托，位于坎帕尼亚，俯瞰那不勒斯，生产一种著名的柠檬酒，也产葡萄酒。

③ 提图斯（公元 41—81 年），罗马帝国弗拉维王朝第二位皇帝。他在位短短两年期间，发生了三次重大灾害，即公元七十九年的维苏威火山爆发，八十年的罗马大火及瘟疫。提图斯尽力执行救灾重建工作，故颇受人民爱戴。

“密涅瓦”号穿过保护港口入口的巨大的混凝土防波堤，进入了宽阔的海湾中。柠檬色的晨曦在水面上泛着粼粼波光。一排排木杆标出了牡蛎场，海鸥在那里鸣叫，俯冲觅食。阿蒂里乌斯向牡蛎场远处望去，可以看到霍腾希亚别墅的渔场。他站起身，不顾船身的晃动，想更清楚地看看那地方。露台，花园中的小径，安普里亚特斯放下椅子来观看处死过程的山坡，海岸旁的斜坡，鱼池之间的通道，与其他鱼池分割开的巨大的鳗鲡池——现在全都空无一人。别墅那绘有金线的深红色游艇已经不见踪影。

确如阿蒂娅所说：他们都走了。

他黎明离开水库时，那老妪仍然没有清醒过来。他将她放在厨房旁的一间屋子里，里面有一个草垫，并且已经吩咐负责家务事的奴隶菲洛去请医生，然后好好照料她。菲洛做了个鬼脸，但阿蒂里乌斯粗暴地命令他按吩咐照办。如果她死了——那对她而言不啻一种解脱。如果她康复——那么就他而言，她可以留在这里。反正他得再买一个奴隶来照料自己的吃穿。他对生活的要求很低，因此伺候他的活儿很轻松。他从来没有太多地关心过自己的吃穿。有萨比娜的时候，家中的一切都由她料理；她去了之后，他母亲负责料理家中的一切。

巨大的别墅显得黑黝黝、阴森森的，仿佛要举行一场葬礼；而海鸥的鸣叫声也像送葬人的哭喊声。

穆萨说：“我听说他花了一千万。”

阿蒂里乌斯听到后哼了一声，眼睛仍然死死盯着那别墅。“至少他这会儿不在里面。”

“安普里亚特斯？他当然不在，他从来不住在里面。他哪儿都有房子。他最有可能在庞贝。”

“庞贝？”

阿蒂里乌斯听到庞贝的名字后转过身来。穆萨背靠着工具，盘腿坐在那里，吃着一个无花果。他似乎总是在吃东西。他每天来干活时，他妻子总是给他带上满满一包吃的东西，足够五六个人吃的。他将最后一点无花果塞进嘴里，然后吸吮着手指头。“那是他的老家。他就是在庞贝赚的钱。”

“可他还是奴隶出身。”

“这年头尽是这种事，”穆萨尖刻地说，“从前的奴隶现在吃饭时都用上了银盘，而那些老老实实的自由民从早忙到晚只能勉强养家糊口。”

其他人都坐在船尾，围在科拉克斯身旁，听他伸长了脖子悄悄地说着什么——阿蒂里乌斯看到他边说边做着夸张的手势，而且时不时地使劲摇摇头，因此猜测他一定是在讲述前一天晚上与普林尼见面的事。

穆萨打开水囊，猛地喝了一大口，然后擦了擦水囊的嘴，将它递给阿蒂里乌斯。工程师接过水囊，在他身旁蹲了下来。水囊里的水略带一丝苦味。硫黄。他喝了一小口，与其说是因为口渴，不如说是为了拉关系，然后擦了擦水囊的嘴，将它递还回去。

“你说得对，穆萨，”他小心翼翼地说，“安普里亚特斯多大年纪？恐怕连五十岁都不到。你我省吃俭用一辈子可能只买得起一栋到处是臭虫的房子，可他在短短的时间里却从奴隶摇身一变，成了霍腾希亚别墅的主人。一个诚实的人怎么做得到？”

“诚实的百万富翁？那简直像长牙齿的母鸡一样稀罕！我听说，”穆萨回头看了一眼，然后压低了嗓音，“他是在地震后真正开始发迹的。老波比蒂乌斯在遗嘱中赐予了他自由。安普里亚特斯相貌英俊，为了主人他什么事都可以干。老波比蒂乌斯是个大色鬼，男的女的他都干，我估计他恐怕连狗都不会放过。安普里亚特斯还替主人照料他妻子，我想你应该明白我的意思。”穆萨意味深长地看了他一眼。“总之，安普里亚特斯获得了自由，又从别处弄到了一点钱。就在这时，朱庇特觉得应该晃动一下。那还是尼禄当皇帝时候的事。那是很大的一次地震，大家记忆中最糟糕的一次。我当时在诺拉，以为自己肯定活不了了。我可以告诉你。”他亲吻了一下自己的护身符，那是一个青铜铸造的男性生殖器和睾丸，系在他脖子上的一根皮带上。“可你知道人们是怎么说的吗？有人失就有人得。那次地震中受灾最严重的就是庞贝，可就在其他人纷纷出城，念叨着庞贝城已经完蛋时，安普里亚特斯却在四处购买那些破墙烂瓦，几乎没有花什么钱就买下了一些大别墅。他将这些别墅修复后，又将它们分成三四家，然后卖出去，赚了一大笔钱。”

“可这没有什么违法的地方呀。”

“或许吧。可他出售那些房屋时真的拥有那些房子吗？这才是关键。”穆萨轻轻拍了拍鼻子一侧，“房子的主人有些死了，有些失踪了，合法继承人远在千里之外。你别忘了，半座城市都成了一片废墟。皇帝从罗马派了一个专员过来，负责调查什么财产属于谁。那个人名叫苏埃狄乌斯·克雷门斯。”

“安普里亚特斯收买了他？”

“我们还是说，苏埃狄乌斯离开时口袋要比他来的时候鼓得多。至少人们是这么说的。”

“那么埃克索姆尼乌斯呢？地震发生时，他是水务官，因此他一定熟悉安普里亚特斯。”

阿蒂里乌斯立刻看到自己犯了个错误。穆萨眼睛里闲聊的欲望火花立刻熄灭了。“我什么都不知道。”他低声嘀咕道，然后开始忙着整理自己那袋吃的东西。“埃克索姆尼乌斯一直是个好人，替他干活很开心。”

阿蒂里乌斯想，一直是个好人，替他干活很开心。他想开个玩笑来冲淡一下气氛。“你是说他没有在黎明前将你们从床上拖起来过吗？”

“不是，我是说他那人很直率，从来不会拐弯抹角地从一个诚实的人嘴里套话。”

“嗨，穆萨！”科拉克斯喊道，“你在那里干什么？你嚼舌根的样子像个长舌妇！过来喝酒！”

穆萨立刻站了起来，顺着甲板摇晃着走到其他人那里。就在科拉克斯将装酒的皮囊扔给他时，托夸图斯从船尾跳了下来，向甲板中央走来，那里堆放着桅杆和船帆。

“我们恐怕用不着这些。”他身材高大，一只手叉着腰，眼睛扫视着天空。火红的太阳刚刚升起，照耀在他胸前的铠甲上，闪闪发光。气温已经高得令人难受。“你说得对，工程师。我们来看看我的那些公牛的能力。”他踩着梯子，从船舱口下到了下一层甲板。不一会儿，鼓声的节奏越来越快，阿蒂里乌斯感到船头微微翘起了一点，船桨翻飞，霍腾希亚别墅无声无息地渐渐消失在了他们身后的远处。

热浪被困在了海湾中，“密涅瓦”号飞速向前挺进。整整两个时辰，桨手们无怨无悔地保持着不变的节奏。巴亚城那些露天浴场升起的一团团蒸汽在露台上方翻卷着。普特奥利后面的山上，硫黄矿中熊熊燃烧的火焰发出淡绿色的亮光。

阿蒂里乌斯独自坐在一旁，双手抱膝。他将帽子压得很低，来遮挡阳光。他凝视着快速后退的海岸，想从岸上的景色中寻找出奥古斯都水道断流的一些线索。

意大利这个地区的一切都显得那么陌生，他心里如此想。就连普特奥利周围铁锈色的泥土也具有某种魔力，与石灰混合后，扔进大海就会变成岩石。他们将这种土称作“普特奥利红沙”，以纪念其产地。正是这种发现改变了罗马，也使他的家族有了一种职业，因为原先需要大量石头和砖块的艰苦工作现在一夜之间就能完成。阿格里帕用模板和水泥建造出了米塞努姆城的码头，修建了水道来灌溉帝国的土地——坎帕尼亚地区的奥古斯都水道、罗马的朱利亚和维尔戈水道、高卢南部的内茅索斯水道。整个世界被彻底改造。

但是，使用这种水硬水泥最多的仍然是在它被发现的地方。码头与防波堤，露台与堤坝，防浪墙与渔场，这一切彻底改变了那不勒斯湾。一座座宏大的别墅似乎凌驾于波浪之上，漂浮在岸边。曾经只属于超级富翁——恺撒、克拉苏[①]、庞培[②]——的王国，如今满是像安普里亚特斯这种暴发户式的新型百万富翁。阿蒂里乌斯想知道，在这酷热难当、似乎永远也没有尽头的八月进入第四个星期时，那些蛰伏在别墅里的悠闲主人当中有多少人现在已经意识到水道断水。他猜测没有多少人意识到这一点。对于他们而言，水是奴隶们运进来的，或者是塞吉乌斯·奥拉塔[③]发明的淋浴喷头中奇迹般流淌出来的东西。不过，他们很快就会知道的。等到他们开始饮用游泳池中的水时，他们就会知道了。

---

① 克托苏（公元前 115—前 53 年），古罗马军事家、政治家，善于巧取豪夺，通过奴隶买卖、房地产投机等手段积累了巨额财富。斯巴达克斯率奴隶起义时他率军进行残酷镇压。后来他与恺撒、庞培组成三头同盟。

② 庞培（公元前 106—前 48 年），古罗马政治家、重要军事将领，曾与恺撒、克拉苏一起组成三头同盟，后来和恺撒因权力之争爆发内战，败后逃往埃及，为埃及人所杀。

③ 塞古乌斯·奥拉塔，罗马共和国时期著名的商人、水利工程师，发明了可从地下加热的澡池。

他们越往东航行，维苏威屹立在海湾之上的雄姿就越发显得雄伟壮观。它下面的山坡上马赛克似的布满了农田和别墅，但从半山腰开始，山上覆盖着深绿色的原始森林。几朵浮云纹丝不动地悬挂在它那逐渐变细的山顶周围。托夸图斯说那是打猎的理想之地——野猪、鹿、野兔。他多次去过那里，总是带上他的狗、网，当然还有弓箭。不过，也得提防狼。一到冬天，山顶就会为积雪所覆盖。

托夸图斯在阿蒂里乌斯身旁蹲下来，取下头盔，擦了擦额头，说："真是难以想象，这种高温中居然会有雪。"

"容易爬上去吗？"

"不是太难，比看上去要容易。你上去后就会发现，山顶很平。斯巴达克斯[①]曾将那里当作他的叛军的营地。肯定可以算作天然要塞。难怪那人渣居然能抵抗那么久。如果天气晴朗的话，你可以看到几十里之外。"

他们已经过了那不勒斯，现在正与一个较小的镇子平行。托夸图斯说那是赫库兰尼姆，不过，海岸上的建筑已经连成一片，到处都是赭色的墙壁、红色的屋顶以及偶尔切断其他颜色的深绿色柏树林，很难说清楚某个镇子在哪里结束，下一个镇子又从哪里开始。赫库兰尼姆位于长满郁郁葱葱的植物的山脚下，景色壮丽，有着自己独特的魅力。镇子里所有的窗户都面向大海。色彩鲜艳的消遣设施，其中一些的形状宛如海洋动物，在浅水中上下漂浮着。海滩上支着阳伞，防波堤上有人在垂钓。平静的水面上飘来了音乐声和孩子们玩球的喊叫声。

---

① 斯巴达克斯，公元前七十三年，罗马共和国末期率领奴隶起义反抗罗马奴役的格斗士。他在维苏威山顶扎营与罗马军对抗，队伍一度发展到十二万人，后被克拉苏击败。

"那是整个海湾最大的别墅。"托夸图斯说道。他冲着海边点头示意，那里有一座巨大的别墅，仿佛漂浮在海面上，前面是柱廊，后面是层层叠加的露台。"那是卡尔普尼亚山庄。我上个月曾有幸陪同新皇帝去那里，拜见前执政官佩蒂乌斯·卡斯库斯。"

"卡斯库斯？"阿蒂里乌斯的脑海里浮现出前一天晚上见到过的那位脸长得像蜥蜴的元老，穿着带有紫色条纹的外袍。"我倒是没有料到他这么富有。"

"是他妻子雷克蒂娜继承的财产。她与皮索家族有血缘联系。司令大人也常常来这里，去那里的图书馆。你看到那群人了吗，在游泳池边的树荫下看书的那些人？那些是哲学家。"托夸图斯觉得这很可笑。"有些人靠养鸟来打发时光，有些人养狗，而元老则养哲学家！"

"都是些什么类型的哲学家？"

"他们信奉伊壁鸠鲁[1]的教义。卡斯库斯曾经说，这些人认为人的生命是有限的，神对人的命运漠不关心，因此生活中唯一应该做的就是尽情享受。"

"我可以免费把这个道理告诉他。"

托夸图斯再次哈哈大笑起来，然后戴上帽盔，系紧颏带。"工程师，现在离庞贝不远了，再过半个时辰就到了。"

他向船尾走去。

阿蒂里乌斯遮住眼睛上方的阳光，目不转睛地看着那别墅。他向来对这些没有多少兴趣。为什么一个人会继承这样一座宫殿，而另一个人却被鳗鲡撕碎，再一个人要在闷热窒息的黑暗中拼命地划动一艘快舰——如果费尽心思去琢磨这世界为什么会如此安

① 伊壁鸠鲁（公元前341—前270年），古希腊哲学家，强调感性认识的作用，最先提出社会契约说，主张人生目的是追求幸福。

排，人可能都会想疯了。为什么他只能眼睁睁地看着妻子在他面前死去，而她当时还只是个小姑娘？有哪位哲学家能够回答这些？如果有，他或许会开始明白他们的教义。

她一直想来那不勒斯湾度假，而他总是一再推托，总说自己太忙，现在一切都晚了。失去的东西让他悲痛欲绝，而没有做到的事又让他后悔终生，这双重打击又一次不由自主地袭上他的心头，而且像往常一样让他感到万分空虚。他感到自己内心空空荡荡的。他望着海滨，想起了萨比娜下葬那天一位朋友给他看的一封信，信的内容他已牢记在心。一百多年前，法学家塞维乌斯·萨尔匹库斯[①]同样沉浸在巨大的痛苦中。他坐船从亚洲去罗马，看到了地中海沿岸的景色。他事后向同样刚刚失去爱女的西塞罗[②]描述了自己的感受："我的身后是埃吉纳，前面是梅加拉，右边是皮拉尤斯，左边是科林斯。这些曾经繁荣兴旺的城市现在只是我眼前的一堆堆废墟，于是我开始思索，'仅仅在这一个地方就有这么多城市变成无人问津的废墟，那我们这些生命短暂的生灵如果有谁去世或被杀，我们又能抱怨什么呢？忍住你的悲痛吧，塞维乌斯，别忘了你生来就是凡人肉胎。难道你真的会因为失去一个可怜的女孩那脆弱的灵魂而悲痛欲绝吗？'"

对于这个问题，虽然两年多过去了，但阿蒂里乌斯的回答仍然是：是真的。

---

① 塞维乌斯·萨尔匹库斯（公元前106？—前43年），古罗马法学家，写了近一百八十篇有关法律的论文，但都未保留下来。他跟随西塞罗研究修辞学多年，后转攻法律，在公元前五十一年成为执政官。他有两封给西塞罗的信收在西塞罗的《论家庭》中，第一封是悼念西塞罗的女儿之死的信，非常著名。

② 西塞罗（公元前106—前43年），古罗马最伟大的法学家、演说家和哲学家，著有《论至善和至恶》《论法律》《论国家》《论家庭》等。公元前六十三年当选执政官。他一生维护共和制度。

他任由酷热的阳光照耀着自己的身体和脸庞，不知不觉地打起了瞌睡。当他再次睁开眼睛时，赫库兰尼姆已经不见踪影，岸边高大的松树华盖下又出现了一座大别墅，奴隶们或在给草坪浇水，或在打捞游泳池中的落叶。他摇摇头，让自己清醒一下，然后伸手摸了摸所携带的皮包，里面装着他所需的一切——普林尼致庞贝市政官的信、一小袋金币以及奥古斯都水道的平面图。

工作一直是他最大的安慰。他打开平面图，将它摊在膝盖上，突然感到有些焦急。他意识到，图上的比例一点也不准确，根本没能显示出维苏威山的巨大体积。他们现在仍然没有驶过维苏威山，他现在放眼望去时可以肯定这座山的直径一定有七八英里。平面图上看似拇指那么宽的距离，实际上需要顶着烈日在尘土飞扬的道路上行进半个上午。他责备自己太天真，居然没有先查看一下实际地形就在水道的一个用户那舒适的书房里向其吹嘘自己能够做到。真是大错特错了。

他起身走到其他人身旁，看到他们正蹲成一圈，在掷骰子。科拉克斯用一只手蒙住骰子摇筒，正在使劲地摇动着。当阿蒂里乌斯的身影落到他身上时，他连头都没有抬一下。“幸运女神，你这老婊子，行行好。”他嘀咕着，然后摇动了骰子。他摇出了清一色的幺点——狗牌，不满地哼了一声。贝科兴奋地喊叫了一声，将一小堆铜板搂进怀里。

“我刚才运气一直不错，”科拉克斯说，“直到他过来。”他用手指戳了阿蒂里乌斯一下。“伙计们，他比乌鸦还糟糕。你们记住我的话，他会把我们全都带到死神那里。”

“不像埃克索姆尼乌斯，”阿蒂里乌斯说着也在他们身旁蹲了下来，“我敢打赌，他从来没有输过。”他捡起那些骰子。“这些是谁的？”

穆萨说:“是我的。”

“我说,我们来玩一个不同的游戏。我们到达庞贝后,科拉克斯第一个去维苏威山的另一边,去查找奥古斯都水道破裂的地方。必须再有一个人和他一起去。你们干吗不掷骰子来赢得这项荣誉呢?”

“谁赢了谁和科拉克斯一起去!”穆萨喊叫道。

“不,”阿蒂里乌斯说,“谁输了谁去。”

除了科拉克斯外,大家全都放声大笑起来。

“谁输了谁去!”贝科说,“太好了!”

他们轮流掷骰子,每个人在摇动骰子杯时都用双手蒙着杯口,而且每个人都低声嘀咕着自己特有的祈祷。

穆萨是最后一个,结果掷出了清一色的幺点,立刻垂头丧气起来。

“你输了!”贝科开心地说,“穆萨输了!”

“好了,”阿蒂里乌斯说,“骰子已经做出选择。科拉克斯和穆萨去查找破裂处。”

“那其他人呢?”穆萨不满地问道。

“贝科和科威纳斯骑马去阿贝里努姆,关闭那里的闸门。”

“我不明白为什么需要两个人去阿贝里努姆。那波里特斯呢?”

“波里特斯和我留在庞贝,安排工具和运输。”

“这可真是太公平了!”穆萨尖刻地说,“自由民在山上汗流浃背,而奴隶却在庞贝寻花问柳!”他一把抓起骰子,将它们扔进了大海。“这就是我的运气!”

船头的瞭望台上传来一声喊叫——“前方到达庞贝!”六个人齐刷刷地转过头去张望。

庞贝慢慢地从海角背后进入了大家的视野，完全出乎阿蒂里乌斯的预料。它不是巴亚城或那不勒斯那种占地面积很大的度假胜地，没有沿着海岸线修建的山庄和别墅，而是一座能够抵御围困的要塞城市。它坐落在地势较高的地方，离海边有四分之一英里，城市的下方才是港口。

只有当他们渐渐靠近时，阿蒂里乌斯才看到庞贝的城墙并不连贯。罗马帝国多年来的和平使这座城市的执政官们放弃了警惕，居然允许房屋出现在城墙上面的山坡上，而且允许棕榈树掩映的露台一直向码头延伸。一座庙宇面向大海，高耸在平坦的屋顶之上。光洁闪耀的大理石柱上有一些装饰物，乍看上去像乌木塑像，但他随即意识到那些塑像是活人。赤身露背的工匠们被太阳晒得乌黑，正在白色的大理石上来回忙碌着——尽管今天是个公共假日，他们仍然在干活。热浪中回荡着凿子雕琢石头的叮当声，以及锯子发出的刺耳响声。

到处都是热火朝天的场面。有人在城墙顶上行走，有人在面朝大海的花园里忙碌。城前的大道上是蜂拥而至的人群——或步行或骑马，还有的坐着双轮或四轮马车，堵住了从港口通向两座城门的陡峭小径，扬起的尘土弥漫在空中。"密涅瓦"号驶进港口狭窄的入口时，人群的嘈杂声越来越大。从他们的外表来看，这都是从乡村来城里欢庆火神节的民众。阿蒂里乌斯扫视着码头四周，但没有看到一个喷泉。

大家排成一行，默默地站着，各有心思。

他转身问科拉克斯："水从哪里进城？"

"从城市的另一边，"科拉克斯凝视着庞贝城，"就在维苏威城门旁。如果——"他加重了语气，"——它还在流淌的话。"

阿蒂里乌斯想，如果这里也断了水，而他只是听信某个愚蠢的老占卜师的话就将他们一路带到这里，那将是天大的笑话。

“这里的供水由谁管？”

“城里的一个奴隶，他没有什么用。”

“为什么？”

科拉克斯咧嘴一笑，摇摇头。他不愿意开口，算是他自己的笑话吧。

“好吧。那我们就从维苏威城门开始查找。”阿蒂里乌斯拍了拍手。“好了，伙计们，这又不是你们第一次看到城市。旅行结束了。”

他们现在已经进港。码头边上到处都是仓库和吊车，远处是一条河流，挤满了等待卸货的驳船。从阿蒂里乌斯的地图上看，这是萨尔努斯河。托夸图斯大声下达着命令，顺着船身大步走了过来。鼓声的节奏慢下来，最后停息了。船桨被收起后放回到了船上，舵手微微转动着船舵，船身沿着码头慢慢向前滑行，速度与人行走差不多。甲板与码头之间只有一英尺的距离。两组水手带着缆绳跳上岸，飞快地将缆绳系在石柱上。不一会儿，缆绳啪的一声绷紧，船身猛地一摇晃，阿蒂里乌斯差一点摔倒。“密涅瓦”号停了下来。

他站稳脚跟后终于看到了。一个巨大的石头底座，上面有海神尼普顿的头像，水从他的嘴里涌出，落入一个牡蛎壳形状的盆中，而盆中的水正在漫出来——这是他永生难忘的一幕——像小瀑布一样顺着边缘流淌到卵石上，过滤后无人理睬地流向大海。没有人排队喝水，没有人去注意水。他们为什么需要注意水呢？那只是一个很平常的奇迹。他跳下战舰，摇晃着向那喷泉走去。经过穿越海湾的旅程后，坚实的地面让他有一种怪异的感觉。他将皮包丢到地上，将双手伸进呈弧线流淌下来的水中，捧起清澈的流水，将水贴到嘴唇上。水很甜，很纯净，他如释重负，高兴得几乎要笑出声来。他将自己的脑袋伸到水管下，让水任意流淌，流到他的口中、鼻孔中、耳朵里，顺着他的颈项流淌到背上——对周围那些紧盯着他，觉得他像疯了一样的人视而不见。

第四时辰　09:48

对那不勒斯火山岩浆进行的同位素分析显示出了其与周围岩石相互紧密混合在一起的迹象，表明岩浆库不是一个持续熔化的整体，相反，这个岩浆库可能更像一块海绵，岩浆通过岩石上的无数条缝隙慢慢渗透而成。大块的岩浆层可以注入更靠近地表的几个较小的岩浆库，而且这些岩浆库太小，无法用地震研究技术来鉴别……

——美国科学进步协会《新闻公报》，

《维苏威火山的大岩浆层》，

二〇〇一年十一月十六日

在庞贝的港口，你需要的一切都可以买到。印度的鹦鹉，努比亚的黑奴，开罗附近盐池的酸盐，中国的肉桂，非洲的猴子，以性技巧而闻名的东方女奴……这里供人雇用的马匹像苍蝇一样多。六七个出租马匹的人在海关大棚外晃悠着，离得最近的一位坐在凳子上，头顶上有一个招牌，上面粗糙地画着一匹长有双翼的珀加索斯[①]，还有一句广告词——“巴库鲁斯：马匹出租，矫健快速，神亦适用。”

“我需要五匹马，”阿蒂里乌斯对他说，“不是你那些疲劳不堪

① 珀加索斯，希腊神话中从被割下脑袋的女妖美杜莎的血中跳出的飞马，长有双翼。

的劣马。我要强壮的好马，能够干一整天活，而且现在就要。”

“没问题，公民。”巴库鲁斯个子不高，秃顶，脸红得像砖头，呆滞的眼睛表明他嗜酒如命。他戴着一枚过大的铁戒指，神情紧张地用手指不停地转动着那枚戒指。“只要你有钱，在庞贝什么都不成问题。听我说，你得先付押金。我的一匹马上上个星期就被人偷走了。”

“我还需要牛，两组牛和两辆牛车。”

“在这样一个公共假日里？”他嗒嗒地咂着舌头，“依我看，这花的时间要长一些。”

“需要多久？”

“让我想想。”巴库鲁斯眯起眼睛望着太阳。他知道，自己显得越是为难，要价就会越高。“两个时辰，也许三个时辰。”

“可以。”

他们开始讨价还价。巴库鲁斯出的价高得令人难以置信，阿蒂里乌斯立刻将它除以十，但即使是这样，当他们最终握手成交时，阿蒂里乌斯仍然相信自己被骗了，而这像任何浪费一样让他极为气恼。不过，他没有时间去寻找价格更便宜的租马人。他让巴库鲁斯立刻将四匹马带到维苏威城门门口，然后穿过做生意的人群，向“密涅瓦”号走去。

水手们现在都已上了甲板。大多数人已经脱下湿漉漉的衣服，他们那魁梧的身体散发出的汗臭味与附近鱼酱厂散发出的臭气相差无几，那里的一缸缸鱼肉正在阳光下腐烂变成鱼酱。科威纳斯和贝科背着工具从那些桨手中穿过，然后将工具抛给码头上的穆萨和波里特斯。科拉克斯背对着船站在那里，向庞贝城望去，偶尔会踮起脚，越过人群的头顶向城里张望着。

他看到阿蒂里乌斯后不再东张西望。“这么说，水还在流淌。”

他如此说道，交叉着双臂。他的固执、不愿意承认错误的决心几乎带有一点英雄的意味。也就是在这一刻，阿蒂里乌斯知道，等这一切结束后，自己一定要开除他。

“对，水还在流淌。”他说着，然后挥手让其他人停下手中的活，一起聚过来。大家一致同意让波里特斯将东西全部卸下来，然后留在码头看管工具；阿蒂里乌斯会告诉他去什么地方会合。随后，其他五个人向最近的城门走去。科拉克斯走在最后，阿蒂里乌斯每次回头时总能看到他伸长了脖子左顾右盼，似乎在寻找什么人。

阿蒂里乌斯带领大家离开了港口，顺着斜坡向城墙走去。他们穿过修建了一半的维纳斯神庙，走进阴暗的城门洞。一名海关官员草草检查了一下他们，看看他们是否携带了任何可能会出售的东西，然后点头示意他们进城。

城门内的街道既不像城门外的街道那样陡，也没有那么滑，但要窄得多，结果他们差一点就被涌进庞贝城的那些人挤扁。阿蒂里乌斯被人流推着往前走，经过了一家家店铺以及又一座巨大的神庙——这座庙敬奉的是太阳神阿波罗，终于来到了中央广场上。广场宽敞辽阔，人声鼎沸，阳光灿烂得让人几乎睁不开眼睛。

对于一座外省城市而言，这里的景色可谓金碧辉煌：长方形廊柱大厅，室内市场，更多的神庙，一个公共图书馆——这一切在阳光下色彩斑斓，绚烂夺目。三四十位皇帝和当地名流的塑像高耸在底座之上。这一切尚未全部竣工，其中一些大建筑的四周还围着木制脚手架。高高的墙壁吸收着人群发出的嘈杂声，再将这嘈杂声反射给他们——街头艺人的笛声和鼓声，乞丐的哀求声和小贩的叫卖声，烹制食物的嗞嗞声。摆水果摊的在叫卖绿色的无花果和切成片的粉红色西瓜。卖酒的商人蹲在一排排红色的双耳大罐旁，陶罐的外面裹着黄色的干草。附近一座塑像下，一位玩蛇人盘腿而坐，吹着竖笛，一条灰色的蛇在他面前的草席上摇摇摆摆地立起了身子。他的脖子上还盘着一条蛇。炉火上正在煎着小块的鱼肉。被一捆捆木柴压弯了腰的奴隶正轮流匆匆将木柴堆放到广场中央，那里晚上将点燃巨大的篝火来祭祀火神。一位理发师为自己做着广告，声称他也是拔牙专家，并且有一堆一英尺高的灰色和黑色的牙根为证。

阿蒂里乌斯摘下帽子，擦了擦额头。这地方有些他不太喜欢的东西。他想，这真是座充满了欺诈商贩的城市，到处都是追名逐利的人。它欢迎到访者，直到把他榨干为止。他示意科拉克斯过来，然后问他在什么地方可以找到市政官们——他必须将手做成喇叭状，对着科拉克斯的耳朵大声喊叫才能让他听见。科拉克斯用手指了指广场南端，那里有一排小办公室，总共三间，但都因为节日的原因关闭着。一块长告示板上贴满了各种布告，表明这里公务繁忙。阿蒂里乌斯咒骂着自己。什么都不会那么容易。

"你知道怎么去维苏威城门，"他冲着科拉克斯喊叫道，"你带路。"

庞贝城里到处都有供水充足的迹象。他们挤过人群向广场另一端走去时，他可以听到朱庇特神庙旁的大公共厕所里有冲水的响声，再过去的街道上也有流水声。他紧跟在科拉克斯身后，有一两次踏入街道旁的小沟中蹚水，这里的水带着尘土和垃圾顺着山坡流向大海。他数了一下，总共看到七个公共喷泉，全部有水溢出。奥古斯都水道其他地方的损失显然让庞贝受益匪浅，水道中水流的力量无处可去，只能在这里发泄自己。因此，就在海湾其他城市被烈日烤干的同时，庞贝的孩子们却在街头玩水。

顺着山坡向上爬真不是件容易的事。熙熙攘攘的人群大多涌向相反的方向，下山去那热闹的广场。当他们终于来到巨大的北城门门口时，巴库鲁斯早已带着马匹等在了那里。他将马拴在倚城墙而建的一栋小建筑旁的拴马柱上。阿蒂里乌斯问：“这是水堡水库[①]？”科拉克斯点点头。

阿蒂里乌斯看了它一眼——与皮希纳·米拉比里斯水库一样的红砖结构，一样低沉的流水声。这似乎是城中地势最高的地方，但这非常合乎情理：水道总是从地势最高的城墙下穿过。他向山下望去，可以看到控制水压的水塔。他让穆萨进去找管水的奴隶，而他自己则将注意力转到了马匹身上。这些马还算不错，虽说没有强壮到能够去大竞技场参加赛马活动，但干活还是绰绰有余的。他点出一小堆金币交给巴库鲁斯，后者用牙咬着每一枚金币，以确认其真伪。“牛呢？”

巴库鲁斯郑重其事地将双手合在胸前，眼望天空，保证在第七时辰准备好。他祝他们一路都有墨丘利[②]照应，然后转身离开，但阿蒂里乌斯注意到，他只是去了街对面的酒店。

阿蒂里乌斯根据马的健壮程度将它们进行了分配。他将最好的马匹给了贝科和科威纳斯，理由是他们骑马行走的路程最长。正当他还在向愤愤不平的科拉克斯解释时，穆萨出来了，说水库里空无一人。

“什么？”阿蒂里乌斯猛地转过身来道，“那里一个人都没有？”

“今天是火神节，你忘了吗？”

---

① 水堡水库为奥古斯都水道末端供应庞贝用水的水库，位于庞贝最高处的维苏威城门边。

② 墨丘利，罗马神话中众神的信使，掌管商业、手工技艺、智巧、欺诈和盗窃的神。

科拉克斯说："我告诉过你，他根本指望不上。"

"公共假日！"阿蒂里乌斯气恼得简直想对着那砖墙打上一拳。"这座城市里最好还有人愿意工作。"他不安地审视着自己这微不足道的远征，再次想到自己在舰队司令的书房里时多么不理智，居然将理论上可行的事错当成了实际能做到的事。可现在已经别无选择。他清了清嗓子，然后道："好了，大家都清楚自己的任务了吧？贝科，科威纳斯——你们有谁以前去过阿贝里努姆吗？"

贝科说："我去过。"

"那里的结构如何？"

"泉水从一座供奉水神的庙下面涌出，然后流进宁芙女神[①]池。那里负责的水务官叫普罗勃斯，他也是那座水神庙的祭司。"

"水务官当祭司！"阿蒂里乌斯苦笑着说，然后摇了摇头。"好吧，不管他是谁，你们就告诉这位伺候天神的工程师，说有着神仙智慧的女神们要求他关闭主闸门，将所有的水调往贝内文图姆。你们一到那里就要确保这一点。贝科，你留在阿贝里努姆，负责让水闸关闭十二个时辰，然后再重新将它打开。十二个时辰——尽可能保持时间的精确。听明白了吗？"

贝科点点头。

"可万一我们无法在十二个时辰里修复水道，那怎么办？"科拉克斯讥讽地说。

"我已经考虑到这一点。水闸一关上，科威纳斯就留下贝科待在那里，然后沿着奥古斯都水道下山，与我们其他人在维苏威山东北角会合。到那时我们应该很清楚有多少活要干。如果我们无法在十二个时辰内解决问题，他可以回去告诉贝科继续关闭水

① 宁芙女神，希腊神话中的自然界精灵，会栖居于山林、田野、泉水及大海等地，并据此有树宁芙、泉水宁芙等不同名称。

闸，直到我们修复为止。这可是要骑很长的路，科威纳斯。你能行吗？”

“能行。”

“太好了。”

“十二个时辰！”科拉克斯摇摇头，“这意味着我们得通宵干活？”

“你这是怎么啦，科拉克斯？害怕天黑？”他又一次逗得其他人放声大笑。“你找到破裂处之后，估算一下修复它大约需要多少材料、多少人力。你留在那里，让穆萨回来向我汇报。我一定要确保从几位市政官那里征用到足够的火把和其他物资。所有东西装到车上后，我在这水库等待你的消息。”

“万一我没有找到破裂处呢？”

阿蒂里乌斯突然想到，工头在气急败坏的情况下真的可能试图破坏整个任务。“那也无所谓，我们反正会动身，赶在天黑前与你们会合。”他笑着说，“所以别给我搞鬼。”

“我相信，想搞你的人有很多，小帅哥，但我不想。”科拉克斯斜睨着他。“小马尔库斯·阿蒂里乌斯，这儿离你的家可远了。接受我的忠告。在这座城市里——你要当心背后。希望你明白我的意思。”

说完，他又像阿蒂里乌斯前一天在山坡上寻找泉水时所看到过的那样，胯部一前一后地运动着，做起了那下流的动作。

他目送着他们离开小广场，这是维苏威城门外的圣界，敬献给了这座城市的守护神，因此周围没有任何建筑。

大道像竞技场中的跑道那样环绕着庞贝城，经过一座青铜塑像后还要穿过一片巨大的墓地。他们一一上马时，阿蒂里乌斯觉得自己似乎应该说些什么——像恺撒大帝在战斗前夕鼓励士兵们的那番话，但他可能永远找不出那种语言。他苍白无力地说道："完工后，我请大家去喝酒，而且是去庞贝最好的地方。"

"还有女人，"穆萨指着他说，"水务官，别忘记请女人！"

"女人嘛，你们自己付钱。"

"就怕他找不到要他的女人。"

"去你的，贝科。再见了，你们这些混蛋！"

阿蒂里乌斯还没有来得及想好再说些什么，他们就已经用脚后跟踢着马肚，穿过涌向庞贝城内的人群，消失在了远处——科拉克斯和穆萨向左去诺拉，贝科和科威纳斯向右去努切利亚和阿贝里努姆。他们策马冲进墓地时，只有科拉克斯回头看了一眼——不是看阿蒂里乌斯，而是越过他的头顶看着城墙。他的目光最后一次扫过城墙和瞭望塔，然后他在马鞍上牢牢坐直身子，向维苏威山方向而去。

阿蒂里乌斯目送他们消失在墓地后面，只有白色石棺上方扬起的褐色尘土透露出他们去往的方向。他站了一会儿，然后转身向城门走去。他几乎不了解他们，可他的诸多希望以及未来却又都寄托在他们身上。

他加入城门前排成的行人长队中时才注意到地面上略微隆起的地方，水道的隧道就是在那里穿过城墙的。他站住脚，转过身来，顺着隧道来到最近的一个检修孔，意外地发现它的方向正对着维苏威山顶。在尘土和热浪的双重雾霭中，维苏威比在海上看到时显得更加雄伟壮观，却不如在海上看到时那样清晰；它不再是绿色，而是青灰色。水道的支线不可能径直通向维苏威山本身。他猜测这条支线肯定在低矮的山坡边缘拐向东面，朝背离大海的方向延伸，然后连接到奥古斯都水道的主线上。他想知道那究竟在什么地方，并且希望自己熟悉这里的地形，了解岩石和土壤的特性。可是，坎帕尼亚对他而言是个谜。

他穿过阴凉的城门，再次来到阳光炫目的小广场上，突然意识到自己现在孤身一人，而且是在一个陌生的城市里。庞贝城对于城墙外出现的危机知道多少，又在乎多少？这地方无忧无虑的热闹场面似乎在刻意嘲笑他。他绕过水库，沿着一条小巷来到了水库门口。“里面有人吗？”

无人回答。他在这里可以更加清晰地听到水道哗啦哗啦的流水声，他推开低矮的木门，立刻被溅起的水花包裹，也立刻闻到了那熟悉而甜蜜的气味——这是淡水落在温暖石头上的气味，也是他毕生所追求的气味。

他走了进去。头顶上方的高处有两个小窗户，几缕细长的亮光穿透了阴凉的黑暗，但他不需要任何亮光就能知道水库里面的结构，因为这么多年来他已经见过几十座地下水库，完全相同，全都按照维特鲁威的原理设计。庞贝支线的隧道虽然比奥古斯都主水槽要小，但仍然大得足以让一个人挤身进去维修。水从它的出口涌出，穿过一道青铜网，注入一个较浅的混凝土水库。水库又被几道木门分割，而这些木门则将水引向三根大铅管，中间的管道将水送往饮用喷泉；左边的管道将水送往民宅，右边的管道则将水送往公共浴室和剧院。非同寻常之处是水压。水不仅湿润了墙壁，而且将隧道中大量的沉淀物冲了下来，堵在金属网栅后面。他可以看出里面有树叶和树枝，甚至还有小石块。真是疏于管理，难怪科拉克斯说管水的奴隶毫无用处。

他一条腿跨过水库的混凝土墙，然后另一条腿也跨了过去。随后，他跳进旋转的水池中。水深几乎到他的腰部，那种感觉就像踩在了温暖的绸缎上。他蹚着水向前走了几步，来到格栅前，然后将手伸到水下，在格栅框的边缘摸索着寻找紧固件。当他终于找到后，他拧开了那里的螺丝。格栅的上面还有两颗螺丝，他也将它们一一拧开，然后打开格栅，站到旁边，让格栅后面淤积的垃圾从他身旁冲走。

“里面有人吗？”

这声音让他吃了一惊。门口站着一个年轻人。“这里当然有人啦，你这蠢货。难道你没有看见吗？”

“你在干什么？”

“你就是那管水的奴隶？那么我在替你干着这该死的活——这就是我正在做的。你在那儿等着。”阿蒂里乌斯将格栅重新安上去，然后将螺丝一一拧好，涉水来到水库边上，爬了上去。“我叫马尔库斯·阿蒂里乌斯，是奥古斯都水道的新任水务官。除了叫你懒惰的白痴外，他们还怎么称呼你？”

“蒂洛，水务官。”那男孩惊讶地睁大了眼睛，眼珠向左右查看着。“请原谅，”他跪了下来，“水务官，今天过节——我起来晚了——我——”

“好了，别担心。”这孩子大约只有十六岁，骨瘦如柴，简直没有人形。阿蒂里乌斯有些后悔，自己不该说话那么粗暴。“好了，起来吧。我需要你带我去见执政官。”他伸过手去，但那奴隶没有去握他的手，眼睛仍然朝四周张望着。阿蒂里乌斯将自己的手掌在蒂洛的面前挥舞了一下。“你看不见？”

“是的，水务官。”

一个盲人向导。难怪阿蒂里乌斯向科拉克斯询问这里管水的人时，科拉克斯的脸上会挂着那种怪异的笑容。让一个盲人在这不太友好的城市里给自己带路！“可如果你眼睛看不见，你又如何管理这里呢？”

“我比任何人都听得更清楚。”尽管有些紧张，蒂洛说这句话时仍然带着一丝自豪。“我只要听流水的声音就能知道水流的情况，知道它是否被堵住了。我可以闻它。我可以尝一尝水中有没有杂质。”他抬起头，闻了闻水库里的空气。“今天早晨我就不必调整那些木门。我还从来没有听到过水流这么强。”

“这倒是真的。”阿蒂里乌斯点点头，他低估了这孩子。“主水道在这里和诺拉之间的某个地方被堵住了，因此我来到了这里，要寻求帮助去修复它。你是市政府的奴隶？”蒂洛点点头。“执政官都是谁？”

“马尔库斯·霍尔孔尼乌斯和昆图斯·布里蒂乌斯，”蒂洛立刻回答道，“市政官是卢修斯·波比蒂乌斯和盖尤斯·库斯比乌斯。”

“谁负责供水的事务？”

“波比蒂乌斯。”

“我在哪儿能找到他？”

“今天过节……”

“那么他的家在哪儿？”

“就在山下，水务官，靠近斯塔比亚城门。左边。经过大十字路口就到了。”蒂洛立刻站了起来。“如果你愿意，我可以带你去。”

“我自己可以找到吗？”

“不，不，”蒂洛已经走到小巷中，急于证明自己的能力，“我可以领你去那里。你看着吧。”

他们一起下山来到了城里。庞贝城就在他们的脚下，杂乱的赤褐色屋顶一直蔓延到波光粼粼的大海边。城市左边是苏伦图姆半岛那蓝色的山脊，右边是林木郁郁葱葱的维苏威山坡。阿蒂里乌斯很难想象有比这更完美的地方来建造一座城市，既有一定的高度，能够接纳偶尔从海湾吹来的清风，又离海岸比较近，能够充分享用地中海贸易带来的好处。难怪它在遭受地震后这么快又重新屹立在了这里。

街道两旁的房屋鳞次栉比，不像罗马的住宅那样占据很大面积，而是正面狭窄、没有窗户，似乎要刻意背对着车水马龙的街道，将所有注意力集中于自身。有几扇门敞开着，可以让人瞥见门内的景色——清凉的拼花过道，洒满阳光的花园，喷泉。但除了这些偶尔瞥见的情形外，唯一打破这黄褐色墙壁单调色彩的就是用红色颜料书写的竞选标语。

“全体公民坚决支持库斯比乌斯竞选市政官。”

“水果商和灶神维斯太一致要求选举马尔库斯·霍尔孔尼乌斯·普里斯库斯担任负责司法的执政官。”

“信奉伊希斯的人一致要求选举卢修斯·波比蒂乌斯·塞孔都斯为市政官。”

“蒂洛，好像你们整个城市都在忙着选举。这里的情况比罗马有过之而无不及。”

“水务官，自由民每年三月投票选举新的执政官。”

他们走得很快，蒂洛在阿蒂里乌斯前面几步，沿着拥挤的人行道向前走，偶尔踏进街道旁的小沟中，踩着水穿行。阿蒂里乌斯只好让他放慢脚步。蒂洛道了声歉。他兴奋地说，他生下来就什么都看不见，被扔在城墙外的垃圾堆上等死。但有人收养了他，他自六岁起就在这座城市里帮人跑腿，以此维持生计。他靠本能熟悉道路。

“这个市政官波比蒂乌斯，”阿蒂里乌斯说，第三次看到墙上的标语中出现这个人的名字，“安普里亚特斯以前一定就是他家的奴隶。”

蒂洛虽然耳朵灵敏，却似乎没有听到他的话。

他们来到了一个大十字路口，这里有四根大理石柱，上面有一座巨大的凯旋门。蔚蓝的天空映衬出四匹石马，只见它们低着头或直立起后腿，正在拉着金色战车中的胜利女神。这座凯旋门纪念的是另一位霍尔孔尼乌斯——六十年前去世的马尔库斯·霍尔孔尼乌斯·卢福斯。阿蒂里乌斯久久地站在那里，细看着上面的铭文：军团司令、奥古斯都祭司、五任市政官、城市的庇护人。

他想，总是这几个名字。霍尔孔尼乌斯、波比蒂乌斯、库斯比乌斯……普通公民每年春天必须穿上外袍，去聆听他们的演说，将自己的木牌投进陶罐中，选举新一轮的市政官。但是，熟悉的面孔总是一再出现。阿蒂里乌斯几乎没有时间给予政治家们，就像他没有时间给予神一样。

他正要举步过街，突然又将脚收了回来。他觉得那些巨大的石头台阶似乎微微有些起皱。一阵巨大的波动正经过城市。紧接着，他身子一歪，就像他在“密涅瓦”号靠岸时所遇到的那样，赶紧抓住蒂洛的胳膊避免摔倒。有几个人尖叫了起来，一匹马嘶鸣着。十字路口对面的角落里，一块瓦从陡峭的屋顶上滑了下来，在人行道上摔成了碎片。顷刻间，庞贝市中心几乎鸦雀无声。接着，喧闹声重新慢慢开始。人们松了口气。交谈继续进行。赶车的人挥动鞭子，驱赶着吓得惊慌失措的马匹，马车再次向前冲去。

蒂洛利用交通停止下来的间隙，箭一般地冲到了街道对面，阿蒂里乌斯迟疑片刻之后也跟了过去，有些担心脚下那些隆起的巨石会再次让他踩空。尽管他不愿意承认，但刚才的刺激确实让他吓了一跳。如果你连脚下的大地都无法信赖，那么你还能信赖什么呢？

蒂洛在街道对面等着他。他那无神的眼睛不停地东张西望，寻找着他无法看见的东西，也令他给人一种时刻不安的感觉。“别担心，水务官。这种事今年夏天常常发生，光是在过去两天中就发生了五次，甚至十次。大地是在抱怨这高温！”

他向阿蒂里乌斯伸出手去，但后者没有握他的手——他觉得让一个眼睛看不见的人来安慰眼睛正常的人真是太丢面子了。阿蒂里乌斯没有要蒂洛搀扶就上了高高的人行道，然后恼火地问道：“那该死的房子究竟在哪儿？”蒂洛含糊地做了个手势，指了指街道对面的一个门道，还要再过去几步路。

那看上去并不太起眼，与周围的墙壁毫无区别。大门一旁有家面包店，还有一家门口排起了长龙的甜食店。对面的洗衣房散发出刺鼻的臭味，人行道上摆放着一个个尿壶，让路人们在大街上方便（没有什么东西可以比人尿将衣服洗得更干净）。洗衣房旁是剧院。大门的上方有一条到处可见的红色标语：“邻居们要求选举卢修斯·波比蒂乌斯为市政官。他将证明自己实至名归。”阿蒂里乌斯永远无法独自找到这地方。

“水务官，我可以问你一个问题吗？”

“什么问题？”

“埃克索姆尼乌斯去哪里了？”

“谁也不知道，蒂洛。他失踪了。”

蒂洛这次听了进去，慢慢点点头。“埃克索姆尼乌斯很像你。他也不习惯地面的这种晃动。他说这让他想起多年前大地震前的情形。我就是在那一年出生的。”

他似乎快要流泪了。阿蒂里乌斯将手放到他的肩膀上，眼睛紧紧盯着他。

“埃克索姆尼乌斯最近来过庞贝吗？”

“那当然，他就住在这里。”

阿蒂里乌斯的手抓紧了。“他住在这里？住在庞贝？”

他感到万分惊讶，可他立刻明白这肯定是真的。这也能解释为什么埃克索姆尼乌斯在米塞努姆城的住处几乎没有个人物品，为什么科拉克斯不希望他来这里，为什么科拉克斯在庞贝的行为那么怪异——不停地东张西望，在人群中寻找着一张熟悉的面孔。

“他在非洲佬那里有房间，”蒂洛说，“虽说他并不是时刻在这里，但在这里的时间还是比较多的。”

“你最后一次见到他是什么时候？”

“我不记得了。”蒂洛真的开始显得非常害怕。他转过头去，似乎要看看阿蒂里乌斯抓住他肩膀的那只手。工程师立刻松开手，轻轻拍了拍他的胳膊来安慰他。

“蒂洛，你仔细想想，这可能很重要。”

“我不知道。”

“是在海神节前还是在海神节后？”海神节是七月二十三日，对与水道有关的人而言，这一天是日历中最神圣的日子。

“在那之后。我可以肯定。也许是两星期前吧。”

“两星期前？那么你肯定是最后与他说过话的人之一。这些地面的颤抖让他担心？”蒂洛又点了点头。“那么安普里亚特斯呢？他与安普里亚特斯是好朋友，对不对？他们常常在一起吗？”

蒂洛用手指了指自己的眼睛。“我看不见……”

阿蒂里乌斯心想，你是看不见，但我相信你听到了他们在一起，没有多少事能逃脱你那双耳朵。他向街道对面的波比蒂乌斯家看了一眼。“好了，蒂洛。你可以回水库去了。该干什么就干什么去吧。我很感谢你的帮助。”

“谢谢你，水务官。”蒂洛微微鞠了一躬，抓起阿蒂里乌斯的手亲吻了一下，然后转身向山上的维苏威城门走去，不时躲闪着庆祝节日的人群。

第五时辰 11:07

新岩浆的注入也会诱发火山爆发，因为新岩浆会打破较浅岩浆库中原有岩浆的热量、化学或力学平衡。来自更深处、温度更高的新岩浆会使原有的温度较低的岩浆突然升温，造成原有岩浆对流并产生气泡。

——《火山学》(第二版)

波比蒂乌斯家的双扇大门紧闭，上面布满了饰钉，用的是青铜门轴。阿蒂里乌斯用拳头使劲捶打了几下，但街上的吵闹声太大，他敲门的声音似乎轻得让人听不见。不过，几乎就在他捶门的那一刻，大门微微开了条缝，门房探出头来。这是一个努比亚黑奴，身材高大，简直像一座黑塔，身上穿着深红色的无袖长袍。他那粗壮的胳膊和脖子像树干一样结实，油光发亮，就像一块擦得闪亮的非洲硬木。

阿蒂里乌斯轻声说："我看出来了，只有这样的门房才配得上这样的大门。"

门房没有露出笑容。"你有什么事。"

"奥古斯都水道的水务官马尔库斯·阿蒂里乌斯有事求见卢修斯·波比蒂乌斯·塞孔都斯大人。"

"今天是公共假日。他不在家。"

阿蒂里乌斯用脚抵住门。"他这会儿就在家里。"他打开包，从里面抽出普林尼的那封信，“你看到这官印了吗？把这交给他，就说这是米塞努姆城总司令的来信。告诉他，我有皇帝的公务在身，需要见他。”

门房低头看着阿蒂里乌斯的脚。如果他将门关上的话，他会像折断树枝那样折断那只脚。他的身后传来了一个男人的声音：“马萨沃，他刚才是说皇帝的事务？你最好让他进来。”努比亚黑奴犹豫了一下——阿蒂里乌斯想，马萨沃这名字对他再合适不过[①]——然后后退了一步。阿蒂里乌斯立刻溜了进去。门在他身后关上了，并且落了锁；城市的喧闹声被挡在了外面。

刚才说话的这个人也穿着与门房相同的深红色制服，但他的腰间挂着一串钥匙，估计是管家。他接过信，用拇指摸了摸火印，看看是否被打开过。见火印完好无损，他满意地上下打量着阿蒂里乌斯。“卢修斯·波比蒂乌斯正在款待火神节的客人，不过我会负责把信交给他的。”

“不行，”阿蒂里乌斯说，“我必须亲自交给他，立刻。”

他伸出手去，管家用卷成圆筒状的信轻轻敲着自己的牙齿，拿不定主意该怎么做。“好吧，”他把信还给阿蒂里乌斯，“你跟我来。”

他领头顺着门厅狭窄的通道向阳光下的中庭走去，阿蒂里乌斯第一次注意到这老宅居然这么大。狭窄的正门外表只是个错觉。越过管家的肩膀，他可以看到宅子的内部景色，一百五十多英尺进深，光与色彩构成的美景让人目不暇接——阴凉的通道中铺着黑白相间的拼花地板；阳光灿烂的中庭里有一个大理石喷泉；接待客人用的家史记事室[②]门口立着两尊青铜半身塑像；然后是一个

---

① 马萨沃的意思是“巨人”。

② 家史记事室，在罗马住宅里，中庭的尽头有间小屋，用来保存家族记录，墙上经常挂着祖先肖像或名贵的艺术品，接待客人时可以炫耀家世。

游泳池，池边有一圈廊柱，柱子上爬满了常青藤。他可以听到附近鸟舍中的金翅雀在歌唱，还可以听到女人的笑声。

他们走进中庭后，管家粗暴地说了声“等在这儿”，然后就消失在左边遮挡着一条狭窄通道的帘子后。阿蒂里乌斯环视着四周。这便是金钱，古老家族的金钱，用来在喧闹的市中心买下绝对的世外桃源。太阳几乎就在他的头顶上，从中庭屋顶上的方形小孔中照射进来，热空气中夹杂着玫瑰的甜蜜芳香。他从自己所站的地方可以看到游泳池的大部分。在离他最近的这一端，游泳池的台阶上装饰着精心制作的青铜雕塑——一只野猪、一头雄狮、一条盘身抬头的蛇，以及弹奏基萨拉琴[①]的阿波罗。游泳池的远端有四个女人，躺在长椅上，摇动着手中的扇子，身后分别站着自己的女仆。她们注意到了阿蒂里乌斯在看着她们，赶紧用扇子遮住脸，发出一阵笑声。他感到自己羞红了脸，立刻转身背对着她们。就在这时，帘子一掀，管家重新露面，示意他过去。

里面的湿度很高，散发着油膏的香味，阿蒂里乌斯立刻意识到自己被带进了这一家的私人浴室。他想，这座豪宅当然有自己的浴室，因为像金钱多到了这种份上的家庭，为什么还要去公共浴室与平民百姓混杂在一起呢？管家带他进了更衣室，让他脱掉鞋子，然后回到过道中，进入了温水浴间，里面有一个极其肥胖的老人，光着身子面朝下趴在一张桌子上，由一位年轻的按摩师给他按摩。他那雪白的屁股随着按摩师在他脊柱上的来回动作上下起伏着。阿蒂里乌斯进来时，他微微抬起头，用一只充血的灰眼睛打量了他一下，然后又闭上了。

管家推开一扇门，昏暗的洗浴间立刻有一股芳香的蒸汽向他

① 基萨拉琴，古希腊的一种乐器，通常有七至十一根琴弦。

们扑来。然后，管家站到一旁，让阿蒂里乌斯进去。

里面是热水池，阿蒂里乌斯起初看不太清楚，里面唯一的亮光来自插在墙上的几支火把，以及炉子里红彤彤的炭火——屋里的蒸汽正是从那里散发出的。他逐渐看清了，巨大的水池中有三个黑黝黝的脑袋，看似脱离了躯体，漂浮在灰色的水面上。其中一个脑袋动了一下，激起一圈涟漪；接着，水花一溅，一只手举了起来，向他微微挥动着。

“这边，水务官，”一个懒洋洋的声音说道，“我听说你带来了皇帝给我的信？我不认识这些弗拉维家族的人。我相信他们的祖上是税务官。不过，尼禄是我的好朋友。”

又一个脑袋动了一下。“将火把拿过来！”他命令道，“至少让我们看看是谁在这享用美食的日子里打搅我们。”

阿蒂里乌斯没有注意到屋子角落里有一名奴隶，这名奴隶从墙上取下一支火把，举到工程师的面前，好让其他人仔细将他看清楚。三个脑袋现在都转向了他。阿蒂里乌斯可以感觉到自己皮肤上的毛孔在张开，汗水正顺着他的身体往下流淌。拼花地面正炙烤着他那赤裸的双脚——他意识到这是火坑供暖系统。波比蒂乌斯家的奢侈真是一个接着一个。他想知道安普里亚特斯在这里当奴隶时，是否也被迫于盛夏在这火炉上挥汗如雨。

火把贴近他脸颊时的高温让他难以忍受。“这不是商谈皇帝事务的地方，”他说着推开了那名奴隶的手臂，“我是在和谁说话？”

“他的确没有教养。”第三个脑袋大声说道。

“我是卢修斯·波比蒂乌斯，”那个懒洋洋的声音说道，“这两位是盖尤斯·库斯比乌斯和马尔库斯·霍尔孔尼乌斯，外面温水池中的是我们尊敬的朋友昆图斯·布里蒂乌斯。你知道我们的身份吗？”

“你们是庞贝城民选的四位执政官。”

“对，”波比蒂乌斯说，“水务官，这是我们的城市，所以你说话要留点神。”

阿蒂里乌斯知道政府机构的运作方式。作为市政官，波比蒂乌斯和库斯比乌斯向所有商业机构颁发许可证，从妓院到浴室；他们负责保持街道整洁，负责供水，负责开放神庙。霍尔孔尼乌斯和布里蒂乌斯组成两人委员会，主持审判厅中的法律事务，为皇帝伸张正义：这里判鞭笞，那里将人钉死在十字架上，当然只要有可能，还会用罚款来充实庞贝城的金库。如果没有这些人的帮助，他将无法实现自己的目标，于是他强迫自己静静地站在那里，等待着他们开口。时间，他想，我正在浪费太多的时间。

“好了，”波比蒂乌斯过了一会儿开口道，“我估计我已经泡够了。”他叹了口气，站起身，身影在蒸汽中犹如鬼魅，然后他伸手要毛巾。那名奴隶将火把重新插到墙上，跪在主人面前，将一块布围在他的腰间。“好了，那封信在哪里？”他接过信，啪嗒啪嗒地走进了隔壁的屋子，阿蒂里乌斯跟在他身后。

布里蒂乌斯仰面朝天地躺在桌子上，那年轻的奴隶显然不只是对他进行了按摩，因为他那充血的阴茎变得红彤彤、硬邦邦的，直挺挺地顶着他那小山似的肚子。这老家伙拍打开那奴隶的双手，伸手去拿毛巾。他的脸涨得通红，眼睛瞪着阿蒂里乌斯。“这是什么人，波比？”

“新任奥古斯都水务官，顶替埃克索姆尼乌斯的。他从米塞努姆城过来。”波比蒂乌斯拆开火印，打开信。他四十出头，相貌英俊。他低头看信时，整齐地梳在一对小耳朵后的黑发更加突出了他那鹰钩鼻子的侧影；他身上的皮肤白皙、光洁。阿蒂里乌斯感到一阵恶心：他准是让人拔掉了身上的所有毛发。

另外两人现在也走出了热水池，想知道究竟发生了什么事，他们身上的水滴落在黑白相间的地面上。四周的墙壁上有一幅壁画，画的是木栅栏围着的一个花园。凹室里有一个雕刻成类似水宁芙的底座，上面有一个大理石圆盆。

布里蒂乌斯用胳膊支撑起身子。“大声念出来，波比。那上面说了什么？”

蹙眉弄皱了波比蒂乌斯那光滑的皮肤。“是普林尼的来信。‘以提图斯·恺撒·韦斯巴芗·奥古斯都皇帝的名义，依照元老院和罗马帝国人民赋予我的权力……’”

“跳过这些套话，”布里蒂乌斯说，“说说信中的内容。”他像数钱那样用拇指摩擦着中指。“他想干什么？”

“看样子水道在维苏威山附近破裂了，从诺拉向西的所有城市都已断水。他说他要我们——‘命令我们’，他说——‘立刻让庞贝防区提供充足的人力和物力，在隶属于罗马总水务部的马尔库斯·阿蒂里乌斯·普里姆斯工程师的指挥下修复奥古斯都水道’。”

“他真是这么说的？那么钱由谁出？”

“他没有说。”

阿蒂里乌斯插嘴道：“钱不是问题，我可以向诸位大人保证，水务专员将支付所有费用。”

“是吗？他授权你做出这样的承诺了吗？”

阿蒂里乌斯犹豫了一下。“我可以向你们保证。”

“你向我们保证？你的保证根本无法让用出去的钱回到我们的国库中。”

“你看看这个。”另一个人说道。这个人二十多岁，小脑袋，浑身肌肉发达。阿蒂里乌斯猜测他肯定是市政官库斯比乌斯。他打开圆盆上方的龙头，水立刻奔涌而出。“我们这里没有断水，你看到了吗？所以我要说的是，这和我们有什么关系？你需要人手和材料？去那些已经断水的城市呀。去诺拉。我们这里多的是水！瞧！”为了证明他的观点，他将水龙头开得更大，让它就这么流着。

“再说，”布里蒂乌斯狡猾地说，“这对做生意是件好事。整个海湾如果有人想洗澡或者想喝水，他可以来庞贝，更何况是在这样一个公共假日里。你觉得呢，霍尔孔尼乌斯？”

老法官调整了一下身上的毛巾，将它像外袍一样披在身上。“在神圣的日子里让人干活是对祭司们的不敬，”他英明地大声说道，“大家应该像我们这样，应该与亲朋好友聚集在一起，来举行宗教仪式。我投票表决，为表达对普林尼司令应有的敬意，我们让这年轻人从这里滚出去。”

布里蒂乌斯放声大笑，一面使劲拍打着桌子边，表示同意。波比蒂乌斯微笑着卷起那封信。“水务官，我认为你已经得到了我们的回答。你干吗不明天再来一趟，让我们看看能不能出点力？”

他想把信还给阿蒂里乌斯，但阿蒂里乌斯绕过他，坚决地关上了水龙头。瞧他们这副模样，这三个人浑身滴水——而且是他的水，布里蒂乌斯的阴茎在刚刚那短暂的勃起过后，现在耷拉在他那松松垮垮的大腿上。香得腻人的高温令人难以忍受。他用衣袖擦了擦脸。

“诸位大人，你们听我说。从今晚午夜起，庞贝也将断水。所有供水都将被调往贝内文图姆，这样我们才能钻进水道的隧道中进行维修。我已经派我的手下进山去关闭水闸了。”他听到了愤怒的声音，但他举起一只手止住了他们。“你们的合作显然会造福于湾区的所有公民，对不对？”他望着库斯比乌斯道，“不错，我可以去诺拉寻求帮助，但那至少需要一天的时间。那将意味着，除了他们外，你们断水的时间也将多一天。”

“对，但有一个区别，”库斯比乌斯说，“我们可以贴出告示。你觉得这点子怎么样，波比蒂乌斯？我们可以发出公告，让我们的公民将所有坛坛罐罐装满水。这样一来，我们将成为湾区唯一有水的城市。”

“我们甚至可以卖水，”布里蒂乌斯说，“断水的时间越长，我们卖出的价钱就越高。”

“这不是你们的水！”阿蒂里乌斯再也忍不住了，“如果你们拒绝提供帮助，我发誓主水道修复后我要做的第一件事就是关闭通向庞贝的水道支线。”他没有权力发出这种威胁，但他继续说了下去，并且用手指捅了一下库斯比乌斯的胸口。“我将请求罗马派一个调查官来这里，调查你们滥用帝国水道的情况。我要你们为超出定量之外的每一杯水付出代价！”

“如此傲慢无礼！”布里蒂乌斯嚷了起来。

“他碰了我！”库斯比乌斯怒不可遏，“你们都看到了吗？这个人渣居然真的用他那肮脏的手碰了我！”他抬起下巴，走到阿蒂里乌斯的身旁，准备出手。阿蒂里乌斯肯定会还击，而那无论是对他还是对他的使命来说都将是一场灾难。但帘子被掀到了一旁，那里露出了另一个人的身影。这个人显然一直站在过道里，聆听着他们之间的对话。

阿蒂里乌斯虽然只见过这个人一次，但永远都不会忘记他：努姆里乌斯·波比蒂乌斯·安普里亚特斯。

阿蒂里乌斯从再次见到他时的震惊中恢复过来后，最让他惊奇的是其他四个人居然都对安普里亚特斯俯首帖耳，就连布里蒂乌斯也赶紧将他那胖乎乎的双腿放到了桌子旁，并且坐直了身子，仿佛当着这从前奴隶的面躺在那里多少有些不敬似的。安普里亚特斯将手放在库斯比乌斯的肩膀上制止了他，并且在他的耳旁轻声说了几句，使了个眼色，搔了搔他的头发，而他的眼睛始终不离阿蒂里乌斯。

阿蒂里乌斯的眼前又浮现出从鳗鲡池打捞上来的奴隶那血淋淋的尸体，浮现出那女奴被鞭笞过的后背。

“这一切是怎么回事，先生们？”安普里亚特斯突然露出了笑脸，用手指着阿蒂里乌斯，“在浴室里争吵？在宗教节日里争吵？真不得体。你们都是在哪儿长大的？”

波比蒂乌斯说：“这位是新任水务官。”

“我认识马尔库斯·阿蒂里乌斯，我们已经见过面，是不是，水务官？我可以看看吗？”他从波比蒂乌斯的手中拿过普林尼的来信，飞快地扫了一眼，然后打量着阿蒂里乌斯。安普里亚特斯穿了一件镶有金边的宽松束腰衣，头发油光锃亮，身上散发着阿蒂里乌斯前一天注意到的那种昂贵的油膏的芳香。

“你有什么计划？”

“沿着庞贝支线查找到支线与奥古斯都水道的连接处，然后再沿着主水道朝诺拉方向一路寻找，直到找到水道破裂处为止。”

“你需要什么？”

“现在还不知道。”阿蒂里乌斯迟疑了一下，安普里亚特斯的突然出现搅乱了他的思路。“生石灰、红沙、砖头、木料、火把，还有人手。”

“每样东西各需要多少？”

“开始时大约需要六罐生石灰，十多筐红沙，五十根木料，五百块砖头，火把有多少要多少。另外还需要十个强壮劳力。我可能用不了这么多，也可能这些还不够，这完全取决于水道受到破坏的程度。”

“你需要多久才能知道？”

“我的一个人下午会回来报告情况。”

安普里亚特斯点点头。“诸位大人，如果你们想听听我的意见，我认为我们应该竭尽全力来提供帮助。永远不要被人们说，古老的庞贝城对皇帝的请求置之不理。再说，我在米塞努姆城有个渔场，那玩意儿耗起水来就像布里蒂乌斯喝起酒来一样没有尽头。我希望水道尽早恢复供水。诸位的意见呢？”

几位执政官不安地交换了一下眼色，波比蒂乌斯终于开口道：“我们刚才或许是太草率了。”

只有库斯比乌斯大着胆子提出了反对意见：“我仍然认为这应该是诺拉的义务……”

安普里亚特斯打断了他。“就这么定了。马尔库斯·阿蒂里乌斯，我可以把你需要的一切都给你。请到外面等一下。”他回头冲着管家大声喊道：“斯库塔里乌斯！把水务官的鞋子给他！”

其他几位没有一人再与阿蒂里乌斯说话，也没有再看他一眼。他们就像顽童在打闹时被老师发现了一样。

阿蒂里乌斯拿起自己的鞋子，出了温水池，走进了阴森森的过道中。他身后的帘子立刻被拉上了。他靠着墙，把鞋子穿上，竖起耳朵想听听他们在说什么，但他什么也听不到。他听到中庭方向有水花溅起的响声，有人跳进了游泳池。他突然想到这家人正忙着为过节做准备，这也让他下定了决心。他不敢冒险偷听，免得被人抓住。他打开第二道帘子，来到了令人目眩的阳光下。中庭的尽头，家史记事室再过去，入水时的冲击波仍然在游泳池的水面翻腾。在游泳池的另一端，执政官们的妻子仍然在闲聊，只是她们的身旁现在多了一位衣着过时的中年女监护，只见她郑重其事地坐在一旁，双手交叉着放在膝盖上。几个奴隶端着盘子从她们身后经过，盘子里堆满了各种美食。空气中弥漫着烹饪的香味。一场盛宴正在准备之中。

他的眼睛看到金光闪闪的水面下有一个黑影，紧接着，那个黑影露出了水面。

“科蕾莉娅·安普里亚塔！”

他情不自禁地大声叫出了她的名字。她没有听到，摇摇头，将乌黑的头发从紧闭的眼睛前捋开，然后用双手将头发聚拢到脑后。她张开双臂，白皙的脸微微抬起，正对着太阳，完全没有注意到他在看着她。

“科蕾莉娅！”他低声喊道，不想引起另外几位女人的注意。她这一次转过头来，过了一会儿才在刺眼的中庭中看到他。不过，看到他后，她开始涉水向他走来。她穿着一件薄面料的宽松连衣裙，几乎一直垂到她的膝盖处。当她的躯体露出水面时，她用一只仍然滴水的胳膊护着胸前，另一只手捂住双腿之间，宛如从波浪中升起的美神维纳斯。他走进家史记事室，向游泳池走去，经过了波比蒂乌斯家族已故先辈们的面具。红色的丝带将那些亡者的形象连在一起，显示他们之间的关系。这种相互交叉的权力结构可以一直追溯到几代人前。

“水务官，”她低声说，“你必须离开这地方！”她站在通向游泳池的圆形台阶上。“快出去！快走！我父亲在这里，如果他看到你……”

“来不及了。我们已经见过了。”但他还是后退了一步，不让游泳池另一头的那些女人看到他。我应该将视线转向别处，他心想。那才是光明磊落之举。可他就是无法将目光转向别处。“你在这里干什么？”

“我在这里干什么？”她那眼神仿佛他是个白痴，然后她向他探过身去。“我还能在哪儿呢？这房子是我父亲的。”

他起初没有完全明白她的话。“可我听说卢修斯·波比蒂乌斯住在这里……”

“他是住在这里。”

他仍然没有醒悟过来。“可是……”

“我们就要成婚了。”她毫无表情地说道，然后耸耸肩。她这个动作有一种可怕的含义，一种彻底的无望。他突然明白了一切——安普里亚特斯突然露面，波比蒂乌斯对他毕恭毕敬，其他几位也对他言听计从。安普里亚特斯显然已经设法买下了波比蒂乌斯家的老宅，现在想通过将自己的女儿嫁给他以前的主人，最后完全拥有这家产。一想到那中年花花公子，想到他那拔光了毛发的身子居然要和科蕾莉娅同床共眠，他突然感到怒不可遏，尽管他告诫自己这与他毫无关系。

“可像波比蒂乌斯这样年纪的人肯定已经结婚了。”

“他结过婚，后来又被迫离婚。”

“波比蒂乌斯本人对这种安排有何看法？”

“他当然认为与地位比自己低的人结婚是一种耻辱……你肯定也是这样看的。”

“我根本没有，科蕾莉娅，”他赶紧如此说道，他看到她眼睛里噙着泪水，“相反，我应该说一百个乃至一千个波比蒂乌斯也配不上你。”

“我恨他。”她如此说道，但他无法肯定她指的是波比蒂乌斯还是她父亲。

过道里传来了急促的脚步声，以及安普里亚特斯的喊叫声：“水务官！”

她打了个寒战。“请快走，我求你了。你是个好人，昨天曾帮过我。但你千万别像我们所有其他人那样中他的圈套。”

阿蒂里乌斯骄傲地说：“我是罗马帝国的自由公民，而且是水务专员的手下，为皇帝效力，来这里是为了修复帝国水道这一公务。我不是可以被扔去喂鳗鲡的奴隶，也不是因这件事而被鞭笞得奄奄一息的那位年迈妇女。”

现在轮到她感到震惊了。她用双手捂着嘴。“阿蒂娅？”

“阿蒂娅，这是她的名字？我昨晚发现她躺在街上，便把她带到了我的住处。她被鞭笞得奄奄一息，像条老狗一样被丢在屋外等死。”

“恶魔！”科蕾莉娅后退一步，双手仍然捂着脸，然后浸到了水中。

“水务官，你倒是很会利用我的善心得寸进尺啊！”安普里亚特斯说道。他正从家史记事室的另一头走过来。“我只是让你等我，没让你干别的。”他怒视着科蕾莉娅——“听过我昨晚说的那番话后，你应该更懂事一些！”——然后冲着游泳池对面喊道——“切尔西亚！”——阿蒂里乌斯刚才看到的那个悄无声息的女人立刻从椅子上站了起来。“让我们的女儿赶紧离开游泳池！让她到处给人看奶子真是丢人现眼！”他转身望着阿蒂里乌斯。“你瞧瞧她们，像一群抱窝的胖母鸡！”他冲着她们拍打着自己的双臂，发出一连串的咯咯声——咯咯，咯咯，咯咯！——那些女人厌恶地用扇子遮住了脸。“不过，她们飞不了，飞不了。我从罗马帝国的贵族那里了解到了一点——只要有免费宴席，他哪儿都会去。他的女人更是如此。”他大声喊叫道，“一个时辰后回来！别不等我回来就开吃！”他向阿蒂里乌斯做了个手势，让他跟在身后，然后波比蒂乌斯官邸的新主人转身大步向大门走去。

他们穿过中庭时，阿蒂里乌斯回头看了一眼，科蕾莉娅仍然全身浸泡在水下，仿佛她认为将全身浸泡到水中后她可以洗去所发生的一切。

第六时辰　12:00

岩浆从深处来到地表时，压力也急剧下降。例如，在十公里深处，压力大约为三百兆帕（MPa），相当于大气压的三千倍。这样巨大的压力变化对于岩浆的物理特性和流动有着很大影响。

——《火山百科全书》

安普里亚特斯有一顶轿子和八个奴隶等在外面的人行道上，奴隶们穿着与管家和门房相同的深红色制服。看到主人出现后，他们立刻站起来听命令，但他径直从他们身边走了过去，就如同他对蹲在街对面墙根下的一小群乞丐视而不见一样。尽管这是公共假日，这些衣衫褴褛的乞丐仍然在呼喊他的名字。

“我们步行过去。”他如此说道，顺着山坡向十字路口走去，保持着像他在家时一样的快捷步子。阿蒂里乌斯跟在他的身旁。现在是正午，空气似乎在沸腾，道路上终于安静了下来，几个路人看到安普里亚特斯走近时，要么跳进排水沟中，要么躲进店铺的门道里。他边走边哼着歌，偶尔点头与人打招呼。阿蒂里乌斯回头望去时，看到自己的身后有一大群跟班，足以让一位元老脸上有光——前面是那些抬着轿子的奴隶，与他们谨慎地保持着一段距离；在他们的身后是一群凌乱的乞求者：他们从天一亮就开始曲意伺候大人物，虽然明知自己注定要失望而归，却仍极尽讨好之能事，此时脸上带着沮丧、疲惫的神情。

他们沿着通向维苏威城门的山坡走了一半——阿蒂里乌斯数了数，三个街区——安普里亚特斯向右拐，穿过街道，打开墙上的一扇小木门。他将手搁在阿蒂里乌斯的肩膀上，领着他进去。阿蒂里乌斯感到自己的肌肉在被百万富翁接触时抽搐了一下。

“千万别像我们其他人那样中他的圈套。”

他推开抓着他肩膀的那几根手指。安普里亚特斯随手关上了门，阿蒂里乌斯看到自己置身在一个没有人的大空间里。这是一个建筑工地，占据了整个街区最好的部分。左边是一道砖墙，墙顶上是倾斜的红瓦屋顶——一排店铺的背面，正中间有两扇巨大的木门；右边是一个新建筑群，快要竣工了，巨大的木窗正对着开阔的灌木丛和瓦砾堆。窗户的正下方正在挖一个长方形水池。

安普里亚特斯双手叉腰，正在仔细观察着阿蒂里乌斯的反应。“我说，你觉得我在建什么？我让你猜一次。”

“浴室。”

“对。你觉得怎么样？”

“很气派。”阿蒂里乌斯如此说道，他的确这么认为。至少不亚于他过去十年在罗马看到的类似建筑。砖瓦部分与石柱已经完成，工艺精湛。这空间有一种宁静祥和的感觉，清幽明亮。高大的窗户开向西南方，以便最大限度地利用午后的太阳。阳光现在正照射进室内。“祝贺你。”

“我得拆毁差不多整个街区来建造这玩意儿，”安普里亚特斯说，“这当然有些不得人心。不过付出这样的代价还是值得的，这将是罗马城外最精美的浴室，比这里的任何浴室都更先进。”他自豪地环视着四周。“要知道，我们这些外省人只要有心去做，也能让你们这些来自罗马的城里人看到一两个奇迹。”他将双手在嘴巴上做成一个喇叭，喊叫道："杰努阿里乌斯！"

院子另一边传来一声应答，台阶顶上随即出现了一个高个子男人。他认出了自己的主人，赶紧冲下台阶，跑过院子，用衣服擦着双手，走近时脑袋一上一下不停地鞠着躬。

"杰努阿里乌斯——这是我朋友，奥古斯都的水务官。他为皇帝陛下效劳！"

"非常荣幸。"杰努阿里乌斯说着，又向阿蒂里乌斯鞠了一躬。

"杰努阿里乌斯是我的一个工头。人都到哪儿去了？"

"都在工棚里，大人。"他显得非常害怕，仿佛偷懒时被抓住了一样，"今天过节——"

"别管什么节日！我们现在就需要他们。水务官，你是说需要十个人？最好给你十二个人。杰努阿里乌斯，把我们最强壮的十二个人叫过来。就叫布雷毕克斯那一伙吧。让他们带上一天的粮食和饮水。你还需要什么？"

"生石灰，"阿蒂里乌斯说，"红沙……"

"对了，所有那些东西。木料，砖头，火把——别忘了火把。把他要的一切给他准备好。你还需要运输工具吧？几对拉车的牛？"

"我已经雇好了。"

"但你要用我的牛——一定要。"

"不用了。"安普里亚特斯的慷慨让工程师开始感到不安。先是给你送礼，然后礼物就会变成欠的人情，而这份人情将变成一笔永远还不清的债务。波比蒂乌斯可能就是这样落到了失去家园的地步。一座到处是骗子的城市。他看了一眼天空。"现在已经是中午，那些牛应该到了下面的港口。我让一个奴隶带着工具等在那里。"

“你从谁那里雇的牛？”

“巴库鲁斯。”

“巴库鲁斯！那个整天喝得醉醺醺的小偷！我的牛要好得多。你至少可以让我和他说一说，给你大幅优惠。”

阿蒂里乌斯耸了耸肩道：“如果你坚持的话。”

“那当然。杰努阿里乌斯，把他们从工棚叫过来，再派一个人去码头，把水务官的牛车带到这里来装车。水务官，趁着等待的间隙，我带你在这儿转转。”他又一次将手放到了工程师的肩膀上。“走。”

沐浴不是一种奢侈。沐浴是文明的基础。沐浴让罗马最贫穷的公民也优于最富有的野蛮人。沐浴灌输着三重教义：清洁，健康，生活严格有序。最初修建水道不正是为了给浴场供水吗？沐浴不是像罗马帝国的大军一样有效地将罗马的精神特质传播到了欧洲、非洲和亚洲各地吗？即使是在帝国最偏远的城市，人们至少也可以找到这一宝贵的家乡味。

安普里亚特斯带着阿蒂里乌斯参观他梦想的躯壳时，给他灌输的正是这一套理论。洗浴间还没有配置家具，里面散发着浓烈的油漆和灰泥的气味。他们的脚步声在里面回荡着。他们穿过一个个小隔间和健身间，走进了建筑的主体部分。这里已经画好壁画。葱翠的尼罗河流淌进众神的王国。一条条鳄鱼在晒着太阳。特赖登[①]在阿尔戈英雄们的身旁畅游，将他们带回到平安处。尼普顿将儿子变成了一只天鹅。珀尔修斯[②]从被派去埃塞俄比亚的海妖

① 特赖登，大海的信使，拥有人身鱼尾，他把寻找金羊毛的阿尔戈英雄安全地带出了地中海。

② 珀尔修斯，希腊神话中的英雄，宙斯之子。

口中救下了安德洛墨达①。热水池足以同时容纳二十八位付费顾客。当沐浴者仰面朝天地躺在那里时，他们可以凝视宝蓝色的天花板，相信自己漂浮在海底的某个洞穴里，因为天花板会被五百盏灯照亮，里面游动着各种海洋动物。

为了获得他想要的那种奢华，安普里亚特斯使用了意大利最先进的技术、最好的材料以及最熟练的工匠。蒸汽浴室（汗蒸间）穹顶上有那不勒斯风格玻璃窗户，玻璃有人的手指厚。地板、墙壁和天花板是中空的，用来加热浴室的炉子威力强大，即便是浴室外的地面上堆着积雪，里面的空气也足以把人给热化了。浴室还能抗震。所有的主要配件，如水管、排水管、格栅、通风口、水龙头、旋塞阀、喷头，甚至用来冲厕所的手柄都是用黄铜制作的。盥洗室的座位用的是弗里吉亚大理石，扶手雕刻成海豚和奇美拉②的形状。全程都有冷热自来水。文明。

阿蒂里乌斯不得不钦佩这个人的远见。安普里亚特斯非常自豪地给他展示一切，仿佛在游说阿蒂里乌斯投资。事实上，如果阿蒂里乌斯真有钱的话，如果他薪水的大部分没有寄给家中的母亲和妹妹的话，他一定会把自己的每分钱都交给他，因为他还从来没有遇到过比努姆里乌斯·波比蒂乌斯·安普里亚特斯更有口才的推销员。

“还要多久才能完工？”

“大约一个月吧。我还需要请木工。我需要一些架子，几个柜子。我打算在更衣室铺有弹性的木地板。我正在考虑使用松木。”

“不，”阿蒂里乌斯说，“你得用桤木。”

“桤木？为什么？”

---

① 安德洛墨达，埃塞俄比亚公主，后来成为珀尔修斯的妻子。

② 希腊神话中的怪兽，拥有狮头、羊身和蟒蛇的尾巴，能够喷火。

“因为桤木遇水后不会腐烂。我会用松木或者柏木来做百叶窗，不过这些木头必须来自阳光充足的低地。千万不要用山上的松木，至少这种质量的建筑绝对不能用。”

“还有其他建议吗？”

“永远使用秋天砍伐的木料，而不是春天砍伐的。春天的树木饱含雨水，木质很软。至于防滑钉，要用烘烤过的橄榄木——一百年都不会坏。不过你可能早就知道这些了。”

“根本不知道。不错，我是建过许多房屋，但我从来就不太懂木料和石头，我只懂钱。至于钱嘛，最让人痛快的是在你能大把大把地赚到钱时，你根本不在乎它。这是一种全年都有收成的庄稼。”他为自己的玩笑哈哈大笑起来，然后转过身来望着阿蒂里乌斯。他盯着别人时那种专注的眼神让人感到不安，因为那眼神不是一成不变，而是在不停地变化着，仿佛他在时刻掂量说话对象的不同方面。阿蒂里乌斯心想，不，你精通的不是钱，而是人——他们的长处与短处；什么时候奉承，什么时候恐吓。“那么你呢，水务官？”安普里亚特斯低声说，“你精通什么？”

“水。”

“水可是非常重要的东西，至少像金钱一样宝贵。”

“是吗？那我为什么没有发财呢？”

“也许你可以发财。”他的话很随意，话音在巨大的圆顶下停留了片刻。然后，他接着说道：“水务官，你有没有停下来去想一想这世界的安排多么有意思？等这地方开张后，我又会赚一大笔钱，然后我再用这笔钱去赚下一笔钱，再下一笔钱。但如果没有你的水道，我就无法修建这个浴场。是不是这样？没有阿蒂里乌斯就没有安普里亚特斯。”

“可惜那不是我的水道。我没有修建它，是皇帝修建了水道。”

“不错，而且每英里的造价高达两百万！‘已故的奥古斯都’——还有谁比他更配得上被称作圣人呢？我总觉得神君奥古斯都比朱庇特更重要，每天都向他祈祷。”他闻了一下周围的空气。“这刚刷过的油漆闻久了让人有些头痛。我带你去看看整个布局。”

他领头顺原路走了出来。太阳现在直射进了敞开的大窗户，但这些空空荡荡的屋子里有一种阴森森的感觉——让人昏昏欲睡的宁静，在阳光中飞舞的灰尘，从工人们住处传来的鸽子的咕咕叫声。肯定有一只鸟飞进了蒸汽浴间，结果被困在了里面。它在天花板上突然拍打翅膀的响声让工程师的心猛地一跳。

外面，热浪中的明亮空气几乎像固体，仿佛是熔化的玻璃，但安普里亚特斯似乎根本没有感觉到。他轻松地爬上了露天楼梯，登上小小的日光浴平台。他从这里纵览自己的小王国。他说，这里将是健身用的院子。他会在四周种下悬铃木来遮阳。他正在试验一种方法，可以将户外水池中的水加热。他拍了拍低矮的石头挡墙。“我的第一份产业就是在这里。我十七年前将它买了下来。如果告诉你我当时付的钱有多少，你都不会相信。你听我说，地震过后这里没剩下多少东西。没有屋顶，只有墙壁。我当时二十八岁，无论是从前还是以后，都没有那么开心过。我将它维修后租出去，再买下一家，然后再租出去。其中一些共和国时代修建的豪宅大得令人难以置信。我将它们分割开来，让十户人家住了进去。打那之后，我一直干着这一行。我的朋友，我给你一个忠告：庞贝城里没有比房产更安全的投资。”

他拍死了脖子后的一只苍蝇，然后查看着手指之间那糨糊状的苍蝇尸体，将它弹出去。阿蒂里乌斯可以想象他年轻时的样子——冷酷无情，精力充沛，没有半点怜悯之心。“波比蒂乌斯家族当时已经赐予你自由了吗？”

安普里亚特斯猛地看了他一眼。阿蒂里乌斯想，无论他装出一副多么谦恭有礼的样子，他的那双眼睛永远会背叛他。

“水务官，如果你这话算是一种侮辱，那没有用。人人都知道努姆里乌斯·波比蒂乌斯·安普里亚特斯是奴隶出身，这没什么好感到耻辱的。是的，我当时已经自由了。我二十岁那年，主人在他的遗嘱中解放了我。他儿子卢修斯，也就是你刚才见到的那个人，让我当了他的管家。后来，我替一个名叫尤孔都斯的放债的老家伙追债，而他教会了我许多东西。不过，如果没有那场地震的话，我永远富不起来。”他深情地看着远处的维苏威山，说话的声音柔和了许多。“那是二月的一个早晨，地震像地下一阵风似的从山上传了过来。我看着它过来，看到它经过时大树弯了腰，而当它过去后，这座城市变成了一片废墟。那时候，谁出身是自由民，谁出身是奴隶已经根本不重要。这地方空空荡荡的。你可以沿着街道走上一个时辰，除了死人外见不到一个活人。”

“谁负责这座城市的重建工作？”

“没有人！这正是耻辱所在。所有最富的家庭都逃到了乡间的庄园中，他们全都相信还会有另一场地震。”

“包括波比蒂乌斯吗？”

“尤其是波比蒂乌斯！”他扭动着双手，装出一副哭哭啼啼的样子说道，“‘啊，安普里亚特斯，神已经不要我们了！啊，安普里亚特斯，神在惩罚我们！’什么都是神！我倒要问问你！好像神会在乎我们是谁，和什么人上床，如何生活一样。好像地震就不像温泉和夏季旱灾那样是坎帕尼亚生活中的一部分！当然，他们看到安全无事后又一个个偷偷摸摸地溜了回来，可这时情势已经开始发生变化。‘利益至上！’这就是新庞贝的座右铭，你在城里到处都可以看到。‘利益就是欢乐！’我告诉你，不是金钱——任何蠢货都可以继承金钱——而是获利，这需要能耐。”他越过低矮的护墙，向下面的街道吐了口痰。“卢修斯·波比蒂乌斯！他有什么能耐？当然，他可以喝进去凉水，撒出来热尿，仅此而已。而你——”阿蒂里乌斯再次感到自己在被他上下打量，“——我觉得你这个人有些能耐。我在你身上看到了我自己年轻时的影子。我可以用你这样的人。”

“用我？”

“第一步嘛，这些浴室就需要一个懂水的人，作为回报，我可以把你算在内，让你分到一部分利润。”

阿蒂里乌斯笑着摇摇头道：“我不这么看。”

安普里亚特斯也笑了。“啊，你很会讨价还价！我欣赏这种能力。很好，再给你一份股权。”

“不，谢谢你。我深感荣幸，但我们家为帝国的水道效力了整整一百年。我生下来就注定要成为水道的工程师，而且毕生都将是这样。”

“为什么不同时身兼数职呢？”

“什么？”

“一边管着水道，一边替我出主意。人不知鬼不晓。”

阿蒂里乌斯紧紧盯着他那张透着狡诈、带着期盼的脸。去掉金钱、暴力和权力欲望外，他充其量只是小城市中的一个骗子。“不行，”他冷冷地说，“这不可能。”

他的脸上肯定流露出了不屑的神情，因为安普里亚特斯立刻改弦易辙了。“你说得对，”他点点头道，“请别往心里去。我这个人有时不明事理，总是没有想清楚就有这些奇怪念头。”

“就像还没有弄清楚一个奴隶是否在说实话就先将他处死？”

安普里亚特斯咧嘴一笑，用手指着阿蒂里乌斯。“太好了！你说得对。可你怎么能指望像我这样的人明白事理呢？即使你富可敌国，这也并不意味着你就是绅士，对吗？你可能会认为自己在仿效贵族，做事带一点品位，结果却发现自己只是个恶魔。科蕾莉娅不是这样说我的吗？恶魔？”

“那么埃克索姆尼乌斯呢？”阿蒂里乌斯脱口问道，“你是不是和他也有某种人不知鬼不晓的约定？”

安普里亚特斯的脸上依旧挂着笑容。这时，街上传来了沉重的木轮压在石头上的隆隆声。“你听，我可以听到你的牛车来了。我们最好下去，让他们进来。”

刚才这番交谈仿佛从来没有发生过。安普里亚特斯重新哼着曲子，大摇大摆地走过了堆满废物的院子。他猛地拉开沉重的大门，波里特斯牵着第一辆牛车进来时，他郑重其事地鞠了一躬。一个阿蒂里乌斯不认识的人牵着第二辆牛车，空空的车上还坐着两个人，腿在车身旁晃荡着。这两个人一看到安普里亚特斯就立刻跳了下来，毕恭毕敬地垂头站在那里。

“干得不错，小伙子们，”安普里亚特斯说，“在这种节日里干活，我会给你们奖赏的。不过，事情很急，我们都得齐心协力，帮着把水道修好。为了造福于大家，是不是这样，水务官？”他在离他最近的那个人的脸上拧了一下。“你们现在听他指挥。好好伺候他。水务官，需要什么尽管拿。材料都在院子里，火把在储藏室里。还有什么别的要我效劳吗？”他显然急着要走。

“我会登记我们所用的材料，”阿蒂里乌斯认真地说，“然后付钱给你。”

“不必了，不过随你便吧。我可不想被人指控，说我想贿赂你！”他放声大笑，然后又用手指了指道，“我倒是很想留下来，亲自帮你装车——从来没有人说努姆里乌斯·波比蒂乌斯·安普里亚特斯害怕把手弄脏！——可你也知道实情。因为过节的缘故，我们今天用餐比较早，我可不想让那些绅士淑女等着，显得我出身微贱。”他伸出手来，然后说道：“所以，我祝你好运，水务官。”

阿蒂里乌斯握住了他的手。安普里亚特斯的手上没有汗，但非常结实，手掌和手指像他本人一样，布满了体力活带来的老茧。阿蒂里乌斯点点头道：“谢谢你。”

安普里亚特斯嘟哝了一声，转身走了。在外面宁静的街道上，他的轿子还在等着他，他这次直接坐了上去。奴隶们赶紧跑过去，各就各位，一边四个人。安普里亚特斯打了个响指，奴隶们抬起包着青铜的轿竿——先是抬到腰间，然后一用力，举到了肩膀上。他们的主人背靠着坐垫，双眼凝视着前方——对周围的一切视而不见，沉浸在自己的思绪中。他将手伸到肩膀后面，解开帘子，让它垂落下来。阿蒂里乌斯站在门口，目送他远去，深红色的轿顶下山时左右晃动着，后面仍然跟着那一小群疲惫的乞丐。

他走回了院子。

正如安普里亚特斯所承诺的那样，他所需的一切这里应有尽有。有那么一会儿，阿蒂里乌斯干着简单的体力活，竭力使自己忘掉一切。再次亲手处理他这一行的各种材料真是件惬意的事——沉甸甸、有棱有角的砖块，大小刚好能让人将它们抓起来，还有它们被堆到牛车上时那熟悉且清脆的声音；一筐筐粉末状的红沙，总是比你预想的更加沉重、密度更大，顺着牛车上粗糙的木板被推滑过去；木料的感觉，他扛着木料穿过院子时，那温暖、光滑的木料紧贴着他的脸颊；最后还有生石灰，装在凸肚双耳陶罐中——很难握住，也很难举到牛车上。

他和其他人一起紧张地干着活，感到自己至少已经有了进展。安普里亚特斯显然冷酷无情，只有上帝才知道他还有什么劣迹，不过他的东西的确是好货，如果落在诚实的人手中，一定能更好地物尽其用。他刚才说只要六罐生石灰，但现在决定拿上十二罐，并且将红沙的量相应增加到了二十筐。他可不想再回来找安普里亚特斯，如果有剩余，他可以退还给他。

他走进浴场去寻找火把，结果在最大的储藏室里找到了。就连这些火把也质量超群——一层层紧紧裹着的亚麻布，饱含着松脂和沥青；结实的木头手柄一捆捆地用绳子系着。火把旁边是一个个敞开的木箱，里面装着油灯，大多是赤陶的，但也有一些是黄铜的，而且这里的蜡烛多得足以点亮一座神庙。正如安普里亚特斯所说，质量超群。显然这浴室将是一个最奢侈的建筑。

“这将是罗马城外最好的浴室……”

他突然很好奇，抱着一些火把，看了看其他储藏间里的情况。其中一间堆满了毛巾，另一间是一坛坛芳香的按摩油，再过去一间是健身用的铅制哑铃、一圈圈粗绳以及一个个皮球。一切准备就绪，只等着使用；一切都已到位，只剩下叽叽喳喳、汗流浃背的顾客赋予它们生命。当然，还有水。他站在敞开的门口，望着一排排的洗浴间。这地方会用许多水。四五个水池、淋浴、冲厕、蒸汽房……只有像喷泉这样的公共设施才可以免费接到水道上，因为那些是皇帝赐予臣民的礼物。但是，像这样的私人浴室光是水税就得付一大笔钱。如果安普里亚特斯发财的过程是收购一些大的房产，将它们分割成小住宅，然后再出租，那么他的总用水量将会大得惊人。他想知道安普里亚特斯付了多少钱。也许，他回到米塞努姆城后就能立刻查出来，而且就能整理一下埃克索姆尼乌斯在奥古斯都水道记录中留下的糊涂账。

也许一分钱也没付。

他站在阳光下，望着回声很大的浴室，听着鸽子的咕咕鸣叫声，心中琢磨着这种可能性。水道一直是滋生腐败的地方。农夫们在穿过他们田地的水道主线上私自接水管。公民们多接一根或两根水管，买通水务检查，让他们视而不见。公共项目被交给私人承包商，然后便是子虚乌有的工程来骗取款项。建筑材料丢失。阿蒂里乌斯怀疑这种腐败一直延伸到最高层——甚至有谣传说水务专员阿契里乌斯·阿维奥拉本人也一定要从肥水中抽取回报。阿蒂里乌斯从来不染指这些事，但是在罗马，诚实的人已经成了一种稀罕物，而且诚实的人是笨蛋。

火把的重量压得他的胳膊开始有些发痛。他走到外面，将火把堆放到一辆牛车上，然后靠着车思考。又有几名安普里亚特斯的手下赶来了。车已经装好，他们三三两两地蹲在阴凉处，等候着命令。那几头牛一动不动地站着，晃动着尾巴，脑袋周围飞舞着一大群苍蝇。

如果皮希纳·米拉比里斯水库保存的奥古斯都水道的账目那么混乱，会不会是因为里面的数据被篡改过？

他抬头望着万里无云的天空，太阳已经过了天顶，贝科和科威纳斯现在应该已经赶到了阿贝里努姆。也许水闸已经关闭，水道正开始断水。他再次感到时间紧迫。尽管如此，他还是打定了主意，对波里特斯吩咐道："赶紧去浴室，再拿几十根火把、十几盏灯和一坛橄榄油。顺便再拿一捆绳子，别的都不要了。等这里的一切停当后，将牛车和这些人带到维苏威城门旁的地下水库，在那里等我。科拉克斯应该很快就会回来了。顺便看看能不能买点吃的。”他将自己的包递给波里特斯。“里面有钱，你替我保管好。我一会儿就回来。”

他掸掉衣服前摆上的砖头屑和红沙，走出了敞开的大门。

第七时辰　14:10

在岩浆时刻会从高海拔岩浆库中流出的情况下，即使是很小的区域性应力变化（通常与地震相关），都会影响系统的稳定性，导致火山爆发。

——《火山学》（第二版）

安普里亚特斯的宴席已经进行到第二个时辰，斜倚在餐桌周围的十二位用餐者中，只有一个人真正对这场宴席感到兴趣盎然，这个人便是安普里亚特斯本人。

首先，天太热。尽管餐厅的一面墙壁完全透风，而且还有三个奴隶穿着深红色的制服站在餐桌旁挥动着孔雀羽毛扇，温度仍然高得令人难以忍受。游泳池旁有位竖琴师，正凄楚地弹着一首杂乱的曲子。

其次，每张卧榻上居然有四个人！在卢修斯·波比蒂乌斯看来，这至少多出了一个人，因此每当一道新上的菜被放在他们面前时，他只能暗自痛苦地呻吟。他始终坚信瓦罗[①]的规定，即宴席上的客人不得少于美惠女神（三人），也不得多于缪斯女神（九人）。这意味着在今天的宴席上，大家相互之间挨得太近。比方说，波比蒂乌斯就只能被夹在安普里亚特斯那乏味的妻子切尔西亚和他自己的母亲塔蒂娅·塞孔达之间，近得可以感觉到她们身体散发出的热量。真令人作

① 瓦罗（公元前116—前27年），古罗马学者，讽刺作家，有涉及各学科著作六百二十多卷，但绝大多数已失传。

呕。当他用左肘支撑起身子，然后伸出右手去夹菜时，他的后脑勺会碰到切尔西亚那扁平的乳房；或者更为糟糕的是，他的耳环偶尔会缠到他母亲头上那金色的假发中。那是从一个日耳曼女奴头上剪下来的，现在正遮掩着他母亲那日渐稀疏的花白头发。

最后便是这吃的东西！炎热的天气只需安排一些简单的冷盘，可所有这些形形色色的酱，所有这些挖空心思精心制作的菜肴，早在克劳狄一世时代就已经过时。难道安普里亚特斯不明白这些吗？第一道冷盘还不错——牡蛎。这种牡蛎产自布隆迪西乌姆，然后被运到两百英里外的鲁克林湖，让它们在那里长肥，因此可以从中品尝到两地不同的口味。橄榄和沙丁鱼，用鳀鱼末调味的鸡蛋——全都不错。但接下来便是龙虾、海胆，最后是粘了蜂蜜和罂粟籽的老鼠。波比蒂乌斯觉得自己无论如何也得将至少一只老鼠吞进肚，好让他的主人高兴，但那些小骨头被咬碎时的嘎嘣声让他恶心得直冒汗。

母猪乳房，里面塞了腰子，盘子上的配菜是母猪的外阴，像没有牙齿的嘴巴一样在冲着用餐者们微笑。烤野猪，肚子里塞着活的歌鸫，当野猪的肚子被切开时，这些歌鸫一只只拍打着翅膀飞了出来，边飞边拉屎。（安普里亚特斯看到这一幕时，拍手大笑起来。）然后是各种美味佳肴：鹳和火烈鸟的舌头（还不错），但鹦鹉的舌头在波比蒂乌斯看来很像蛆，而且吃到嘴里的味道也很像他想象中的沾了醋的蛆。接下来是炖夜莺肝……

他看了看周围满脸红光的其他客人。肥胖的布里蒂乌斯曾吹嘘自己吃过整整一条象鼻，而且最推崇的就是塞内加的格言——“吃了吐，吐了吃”[①]，可就连他现在也开始脸色发青。他与波比蒂乌斯

① 此处指的是维特里乌斯（公元15—69年）。他是尼禄死后那段动乱时期中四帝之年的第三位皇帝，尤其喜爱饮食，经常一天宴饮四次：早宴、午宴、晚宴和长夜宴饮。他会在食物入口后服用催吐剂吐出，以便自己可以不断地享受盛宴。他还派人在帝国境内搜寻各式珍馐，十分喜爱海鳗肝、野鸡和孔雀的脑髓、红鹤的舌头等。

四目相遇，冲着后者做了个口型。波比蒂乌斯没能猜出他说的是什么，于是窝起一只手挡在耳朵后。布里蒂乌斯又说了一遍，用餐巾遮着嘴巴，不让安普里亚特斯看到，然后一个一个音节地说道:“特里—玛尔—契—奥”。

波比蒂乌斯差一点笑出声来。特里玛尔契奥！太好了！提图斯·佩特罗尼乌斯[①]所写的讽刺小品中那位富可敌国的被释奴，请他的客人们享用的正是这样的盛宴，却不知自己这样摆阔是多么的粗俗、可笑。哈哈！特里玛尔契奥！波比蒂乌斯想起了二十年前的事，他那时是尼禄皇帝朝廷中的年轻贵族，那位很有品位的裁判官佩特罗尼乌斯，常常在餐桌上一连几个时辰对那些新贵冷嘲热讽，让其他人开心不已。

他突然很伤感。可怜的老佩特罗尼乌斯，太滑稽，太有个性。终于，尼禄怀疑自己至高无上的地位正被他巧妙地嘲弄，于是隔着翡翠单片眼镜最后看了他一眼，命令他自刎，但佩特罗尼乌斯甚至成功地将这也变成了一个玩笑——他在自己位于库米城的家中摆下盛宴，在宴席开始时割断了自己的静脉，将伤口绑好后坐下来，边吃边和他的朋友们说长道短；然后将伤口松开，之后再绑好，就这样反复着，直到他慢慢虚弱下去。他最后一个清醒的动作是打碎一个萤石长柄酒勺。那玩意儿价值三十万塞斯特斯，是皇帝希望能继承的东西。那才是个性！那才叫品位。

波比蒂乌斯痛苦地想到，佩特罗尼乌斯会如何嘲弄我呢？我这个波比蒂乌斯家族的人，曾经和世界主宰们一起玩耍歌唱，居然在四十五岁时会落到这个地步：成为特里玛尔契奥的囚徒！

---

① 提图斯·佩特罗尼乌斯，尼禄在位时的重要作家，他所著的《讽世书》为罗马文学史上两部重要小说之一。书中描述了罗马帝国的荒淫豪奢。主角是一个被释放的奴隶，他办了一场筵席。安普里亚特斯席上的菜式几乎都抄自该书。

他望着桌子对面，那里坐着他从前的奴隶，现在居然神气活现地坐在主席的位子上。他还无法完全肯定这一切是如何发生的。当然，曾经发生的那场地震。几年后尼禄皇帝死了。然后是内战，一个马贩子当上了皇帝，波比蒂乌斯的世界完全倒了个儿。几乎是一夜之间，到处都是安普里亚特斯的身影——重建城市，修建神庙，让他还在襁褓中的儿子混进了市政会，操控选举，甚至买下了隔壁的房子。波比蒂乌斯向来对数字没有什么概念，所以当安普里亚特斯告诉他，说他也可以挣点钱时，他都没有细看一下就在那些合同上签了字。也不知怎么的，那些钱亏了，再后来便是他们家的老宅变成了担保物，他面临着被驱赶出家门的耻辱，唯一的解决办法就是娶安普里亚特斯的女儿。想想看，他自己从前的奴隶居然变成了他的岳父！他认为这种奇耻大辱一定会要了他母亲的命。自从事情发生之后，他母亲几乎从不开口，失眠和焦虑使她面容憔悴。

他倒是渴望能与科蕾莉娅同床共眠。他如饥似渴地望着她，看到她斜倚在那里，背对着库斯比乌斯，正与她哥哥悄声说着什么。他也想在那男孩身上过过瘾。他感到自己那玩意儿在变硬。也许他可以建议来一次三人游戏？不，她永远不会同意的。她是个冷冰冰的小婊子，不过他很快会让她融化的。他的目光再次与布里蒂乌斯相遇。多么滑稽的家伙。他使了个眼色，用眼睛指着安普里亚特斯，又做了个口型说道："特里玛尔契奥！"

"你在说什么，波比蒂乌斯？"

桌子一端传来安普里亚特斯的声音，像鞭子抽过来一样，波比蒂乌斯立刻畏缩了起来。

"他在说，'多么丰盛的宴席啊！'"布里蒂乌斯举起了酒杯。"我们刚才都在这么说，安普里亚特斯。多么丰盛的宴席啊。"餐桌四周立刻响起了一片赞同声。

“最好的菜还没有上呢。”安普里亚特斯说着拍了拍手，一名奴隶匆匆走出餐厅，向厨房走去。

波比蒂乌斯勉强挤出一丝笑容道：“安普里亚特斯，我还留了点肚子吃甜品。”而实际上，他感到自己快要呕吐了，而且根本不需要像往常那样喝一杯加了芥末的温盐水来催吐。“那么是什么东西？一篮来自大马士革山的李子？还是你的点心大厨用阿蒂卡的蜂蜜做的馅饼？”安普里亚特斯的厨师是名噪一时的加吉里乌斯，是他花了二十五万连人带菜谱一起买来的。这就是那不勒斯湾区当时的行情。大厨比他们伺候的人更出名，因而价格也被推到了几乎疯狂的地步。真不该让这些人有钱。

“哦，还没有到用甜品的时候，我亲爱的波比蒂乌斯，或许我该叫你‘女婿’？”安普里亚特斯用手指着他笑道，波比蒂乌斯凭着超人的毅力才掩饰住自己的极度厌恶。啊，特里玛尔契奥，他想，特里玛尔契奥……

外面传来匆匆的脚步声，门口出现了四个奴隶，肩膀上抬着一个三桨座战船的模型，纯银打造，有一个人的身高那么长，漂浮在由镶嵌的蓝宝石组成的大海上。客人们拍手鼓掌。这四个奴隶跪着挪到餐桌前，吃力地将那条三桨座战船模型头朝前地推到餐桌上，上面装着一条巨大的鳗鲡。鳗鲡的眼睛已经被取走，取而代之的是红宝石；它的下巴被撬开，嘴里塞着象牙；它的背鳍上有一个很粗的金环。

波比蒂乌斯第一个开口。“我说，安普里亚特斯，这真是个庞然大物。”

“是从我米塞努姆城的鱼池里捉来的，”安普里亚特斯自豪地说，“是一条海鳝，肯定有三十岁了。我昨晚让人把它抓上来的。

你们看到这金环了吗？波比蒂乌斯，我相信这就是你朋友尼禄经常唱歌给它听的那一条。”他拿起一把很大的银餐刀。“谁来第一块？你，科蕾莉娅，我认为你应该第一个品尝它。”

波比蒂乌斯想，这算是安普里亚特斯在示好，安普里亚特斯一直在刻意不搭理科蕾莉娅，波比蒂乌斯已经开始怀疑他们父女之间是否关系很僵，但眼下这却是宠爱的一个迹象。因此，当他看到科蕾莉娅仇恨地瞪了她父亲一眼，扔下餐巾从卧榻上站起来抽泣着从桌旁跑开时，他感到非常惊讶。

阿蒂里乌斯迎上去打听的头两个路人都发誓说，他们从来没有听说过非洲佬的住处。不过，顺着街道再往前走了一会儿后，他在拥挤不堪的赫拉克勒斯酒吧打听到了消息。吧台后面的一个男人偷偷瞥了他一眼，然后低声告诉他：沿着下山的路再走一个街区，然后向右拐，再向左拐，最后再向人打听一下。“公民，要当心你问话的对象。”

阿蒂里乌斯能够猜出那是什么意思，果不其然，从他离开大道那一刻起，街道拐弯后立刻开始变窄，房屋比前面更破旧、更拥挤。几扇肮脏的大门旁有石头雕刻的阴茎和睾丸，阴暗的地方到处可见衣着鲜艳的妓女，就像一朵朵蓝色和黄色的花朵。这么说，这里就是埃克索姆尼乌斯选择度过岁月的地方！阿蒂里乌斯放慢了脚步。他不知道自己是否应该回去。任何事情都不能阻碍这一天的首要任务。不过，当他再次想到父亲奄奄一息地躺在他们那小陋室角落里的垫子上——又是一个诚实的傻瓜，固执的正直使他的遗孀一贫如洗——时，他继续向前走去，而且加快了脚步，心中的怒火也更大。

在街道尽头，二楼的阳台凸出在街道之上，令道路狭窄得只有一条通道那么宽。他侧身从一群游荡的男人中间穿过，走进最近的一扇敞开的大门，进入一个昏暗的门厅。由于喝酒再加上天热，那些人的脸通红。里面散发着刺鼻的气味，像野兽发出的尿臊味和汗臭味。人们把这些地方称作妓院（lupanar），取自母狼（lupa）的嚎叫声，而母狼则是妓女的代名词——娼妓。这一行业让他感到恶心。楼上传来了笛声、地板上的跺脚声、男人的大笑声。他两边那些拉着帘子的小间里传出了夜间的响声——呻吟，低语，孩子的哭泣。

昏暗中，一个身穿绿色短衣的女人叉开双腿坐在凳子上。听到他进来的响声后，她立刻起身，急切地向他走来，伸开双臂迎接他，朱红色的嘴唇分开后变成了笑容。她用锑来画黑眉毛，一直画到鼻梁两边。有些男人认为这样很美，但这却让阿蒂里乌斯想起波比蒂乌斯家的那些死亡面具。无法说清她的年龄——十五岁还是五十岁，他在昏暗的光线中看不出。

他说："是非洲佬吗？"

"谁？"她带着浓重的口音，或许是西西里人，"不在这里。"她立刻说道。

"那么埃克索姆尼乌斯呢？"一听到埃克索姆尼乌斯的名字，她那描过的嘴巴立刻张得更大。她想拦住他，但他轻轻将她推到了一旁，双手抓住她那袒露的肩膀，掀开了她身后的帘子。一个男子赤身露体地蹲在茅厕上，他那骨头凸出的屁股在黑暗中泛着青色。他吃了一惊，猛地抬起头来。阿蒂里乌斯问："你就是那位非洲佬？"那男子的脸上毫无表情。"请见谅，公民。"阿蒂里乌斯放下帘子，向门厅另一边的小单间走去，但那个妓女猜到了他的企图，伸出双臂拦着他。

"不，"她说，"别惹麻烦。他不在这里。"

“那么在哪里？”

她犹豫了一下。“在上面。”她用下巴示意天花板。

阿蒂里乌斯环顾四周，没有看到楼梯。

“我怎么上去？告诉我。”

她没有动，可当他向另一扇门帘走去时，她又拦住了他。“我带你去，”她说，“这边走。”

她将他带到另一扇门前，门旁的单间里有一个男人正在亢奋地喊叫着。阿蒂里乌斯来到了街上。她跟在他身后。阿蒂里乌斯在阳光下看到，她那精心梳理过的头发中已经夹着几丝银发，一道道汗水在她那松松垮垮、涂脂抹粉的脸上留下一道道痕迹。她继续在这里谋生的可能性已经不大，她的主人会将她赶出去，然后她就得住到维苏威城门外的墓地中去，躲在坟墓后面向乞丐们张开她的大腿。

她仿佛猜到了他的心思，将手放到自己的乳沟处，用手指了指几步外的台阶，然后匆匆进了屋。就在他开始顺着石头台阶往上走时，他听到她吹了声口哨。他想，我就像迷宫中的忒修斯[①]，却没有阿里阿德涅的线团可以引导我回到平安处。如果他的上面突然有人要攻击他，而另一个人堵住他逃跑的路，他没有任何逃生的机会。他上到台阶顶上后，敲也没有敲一下就猛地推开了屋门。

他所追踪的目标已经半个身子爬出窗户，大概是听到了那老妓女的口哨暗号。不过，他还没有来得及跳到下面的平坦屋顶上，阿蒂里乌斯就冲过屋，抓住了他的腰带。他骨瘦如柴，身子很轻，阿蒂里乌斯轻轻松松地将他拉了进来，就像主人拽着项圈把狗拉

---

① 忒修斯，希腊神话中的雅典国王，杀死牛首人身的怪物弥诺陶洛斯。

回来一样容易，然后将他放到地毯上。

阿蒂里乌斯显然搅乱了一场聚会。两个男人躺在卧榻上，一个黑人男孩手握笛子，笛子贴着他赤裸的前胸。一个橄榄色皮肤的女孩，最多只有十二三岁，全身一丝不挂，乳头漆成了银色，站在一张桌子上，因为惊呆了而停下了舞步。那一刻，谁也没有动弹。油灯摇曳，映照出墙上几幅很粗糙的色情画：一个女人骑在一个男人身上；一个男人从背后与一个女人交媾；两个男人躺着，相互握着对方的阳具。斜躺着的一个客人开始慢慢将手在卧榻下向前摸索，轻轻拍打着地板，想拿起放在一盘削了皮的水果旁的刀子。阿蒂里乌斯用脚死死踩住非洲佬的后背，非洲佬呻吟着，那个人立刻将手缩了回来。

"好。"阿蒂里乌斯点点头道。他笑了，弯腰重新抓住非洲佬的腰带，将他拖到了门外。

"真是个孩子！"科蕾莉娅的脚步声消失后，安普里亚特斯说，"这只是她结婚前精神紧张而已。跟你说实话，波比蒂乌斯，我很高兴把她交给你，由你来管她。"他看到自己的妻子起身要跟过去。"不，女人！随她去！"切尔西亚赶紧温顺地重新斜倚在卧榻上，并且抱歉地向其他客人笑了笑。安普里亚特斯朝她皱起了眉头。他希望她没有那么做。她为什么要对那些所谓的上等人低头哈腰呢？他可以将他们全部买下来，再卖出去！

他将自己的餐刀插进鳗鲡身体的一侧，转动了一下刀子，然后恼怒地做了个手势，让离他最近的奴隶接替他动刀。鳗鲡那无神的红眼睛瞪着他。他想，这就是皇帝的宠物，在鱼池中也曾经是王子。如今再也不是了。

他将面包浸泡在醋碗里，然后吸吮着面包，同时注视着那名奴隶娴熟地将一块块带骨头的灰色鳗鲡肉堆到他们的盘子里。谁也不想吃，但谁也不想第一个拒绝。餐桌四周笼罩着一种阴郁的气氛，如同四周的空气一样凝重，又如同食物的气味一样发出酸味。安普里亚特斯任由这种沉寂持续着。他为什么要让他们感到轻松呢？当年做奴隶、在餐桌旁伺候时，他被严禁当着客人的面开口说话。

鳗鲡肉首先被端给了他，但他一直等到所有客人的面前都摆上了金盘子后，才伸手切下一块鱼肉。他将肉举到自己的嘴边，停顿了一下，扫视着餐桌四周，看到他们在波比蒂乌斯的带领下一个个极不情愿地仿效着他。

整整一天，他一直等待的就是这一刻。威蒂乌斯·波里奥曾经将奴隶扔进鱼池去喂鳗鲡，不仅是为了观看一个人在水下被撕成碎片（而不是观看一个人在竞技场中被猛兽吞噬）所带来的新奇，而且是因为从美食的角度来说，他认为人肉能使海鳝的肉质更加鲜美。安普里亚特斯细细地咀嚼着，但他没有尝出任何味道。鳗鲡的肉淡而无味，口感坚韧——不好吃，他又有了前一天下午在海滨所体验过的那种失望的感觉。他又一次想体验那种极致的感觉，但他又一次一无所获。

他用手指将鱼肉从嘴里抠出来，厌恶地扔到盘子里。他想尽量显得轻松一些——“瞧瞧！鳗鲡似乎也像女人一样，还是年轻的时候最有味！”——然后端起酒杯，用酒洗去嘴里的余味。不过，有一点不容置疑，这天下午的乐趣已经荡然无存。他的客人们正出于礼貌咳嗽着将鳗鲡肉吐到餐巾中或者将小鱼刺从牙缝里剔出来。他知道这些人一出门就会连着数天拿他当笑柄，尤其是霍尔孔尼乌斯和那位肥胖的好色之徒布里蒂乌斯。

“我亲爱的朋友，你有没有听说安普里亚特斯最新的笑话？他认为鱼也像美酒一样，年份越久越好！”

他又喝了点酒，含在嘴里漱口，正准备站起来建议大家干杯——为皇帝干杯！为军队干杯！——突然看到管家捧着一个小盒子向餐厅走来。斯库塔里乌斯显得有些犹豫不决，显然是不想在主人用餐时打扰他，安普里亚特斯正要大发雷霆，但管家脸上的表情……

他将餐巾揉成一团，站起身，彬彬有礼地向客人们点头致歉，示意斯库塔里乌斯跟着他去家史记事室。刚出了客人们的视线，他就伸出了手指。“什么东西？给我。”

这是一个不值钱的桦木文件盒，上面蒙着皮革，很像小学生用来装书的那种盒子。盒子上的锁已经被撬开，安普里亚特斯打开盒盖，看到里面有十多张卷好的莎草纸。他随意抽出一张，上面写满了一列列数字。安普里亚特斯眯起眼睛看了片刻，感到困惑不解，但随即明白了那些数字的意思——他一直有数学头脑。“把这东西拿来的那个人在哪儿？”

“在门厅里等着了，主人。”

“你带他去老花园，让厨房赶紧上甜品，并且告诉我的客人们我马上就回去。”

安普里亚特斯沿着餐室后面的隐秘小道，走上宽阔的台阶，进入自己老宅的院子里。这是他十年前买下的房子，特意让自己住在波比蒂乌斯祖屋的隔壁。与自己原来的主人平起平坐并且耐心地等待时机是多么惬意的事啊！而且他知道自己迟早有一天会在那厚厚的花园墙壁上打个洞，像复仇的军队占领敌军城市一样攻入墙壁的另一侧。

他在花园中央的圆石凳上坐下来，头顶上方是长满了玫瑰的凉棚。这是他处理机密事务时最喜欢的地方。他总是可以不被打搅地在这里与人说事。任何人走近都不会逃脱他的视线。他再次打开那只盒子，取出里面的每一张莎草纸，然后抬头看了一眼万里无云的苍穹。他可以听到科蕾莉娅的金翅雀在屋顶上的鸟舍里欢快歌唱，外面是漫长午休后重新恢复生气的城市传来的嘈杂声。那肯定是酒馆和饭铺发出的，因为人们现在正涌入大大小小的街道，准备祭祀火神。

利益至上！

利益就是欢乐！

他听到客人走近的脚步声时并没有抬头。

“看样子，”他说，“我们似乎遇到了一个问题。”

他们家搬到这里之后不久，在她十岁生日那天，科蕾莉娅得到了这些金翅雀。她一直精心喂养着它们，在它们生病时悉心照料它们，看着它们孵化出来、交配、成长、死亡，现在只要她想一人独处，她便总是会来到这鸟舍旁。鸟舍位于与外界隔绝的花园之上，占据了她卧室外阳台的一半。鸟笼的顶上有遮阳用的防护板。

她正坐在这里，躲在阴暗的角落里，双臂紧紧抱着双腿，下巴搁在膝盖上。突然，她听到有人走进了院子。她向前挪动着屁股，越过低矮的栏杆向下偷偷望去。她看到自己的父亲坐在圆石凳上，身旁放着一个盒子，正在看着一些文件。他将最后一份放到一旁，眼睛望着天空，慢慢转向她这一边。她立刻低下头。大家都说她像他：“哦，她是她父亲的翻版！”由于他相貌英俊，人们的这种评价以前总是让她感到很骄傲。

她听到他说：“看样子，我们似乎遇到了一个问题。”

她很小的时候就发现，这些回廊有一个奇特之处，墙壁和柱子似乎能抓住说话声，然后像漏斗一样让它向上放大，结果就连在地面上几乎听不到的低声细语，在这上面也清晰得如同选举日演讲台上的演说。这自然进一步增加了她这秘密去处的神秘性。她从小到大在这里听到的事——合同、权限、利率——大多与她毫不相干，真正刺激的是能够有一扇完全属于她自己的窗户，可以让她窥视大人们的世界。她甚至从来没有把自己所知道的事情告诉过她哥哥，因为她只是在过去几个月里才开始听懂她父亲生意中的那些神秘语言。一个月前，也就是在这里，她听到了父亲与波比蒂乌斯就她的未来进行的讨价还价：只要宣布这场婚约，就能减免那么多债务；只要正式结婚，所有债务就会一笔勾销；如取消上述婚约，所有财产将自动归对方，所有财产将在成年时完全继承……

“我的小维纳斯，”他以前一直这样叫她，“我那勇敢的小戴安娜。”

……如果外科大夫庞彭尼乌斯·马戈尼亚乌斯证明她仍是处女，另外还得支付一笔保险费。但只要在规定期限内签下合同，该保险费便可被减免……

“我总是说，”她父亲当时低声说，“波比蒂乌斯，在这里不妨像男人对男人那样说话，不要太循规蹈矩——房事爽快是无法用价格衡量的。”

“我的小维纳斯……”

“我们似乎遇到了一个问题。”

一个男人的声音——嘶哑，她从来没有听过这个声音——回答道：“是的，我们遇到了一个问题。”

安普里亚特斯回答道：“他的名字叫马尔库斯·阿蒂里乌斯……”

她再次向前探身，绝不错过一个字。

非洲佬不想惹麻烦，他是个诚实的人。阿蒂里乌斯押着他走下楼梯时，一面心不在焉地听着他唠唠叨叨地辩解，一面不时回头张望，以确保没有人跟踪他们。“我是皇帝派来的官员，有公务在身。我需要看看埃克索姆尼乌斯的住处。快点！”一听到阿蒂里乌斯提及皇帝，非洲佬立刻再次喋喋不休地声称自己名声正派。阿蒂里乌斯抓住他摇晃着，然后道：“我没有时间来听你废话，快带我去他的屋子。”

“锁着呢。”

“钥匙在哪儿？”

“在楼下。”

“去拿来。”

他们来到街上时，阿蒂里乌斯立刻将妓院老板推进了昏暗的门厅，然后守在那里，等待着非洲佬将钱盒从藏着的地方取出来。那位身穿绿色短衣的妓女重新坐到了自己的凳子上：非洲佬叫她泽米丽娜——“泽米丽娜，哪一把是埃克索姆尼乌斯屋子的钥匙？”——他的手抖个不停，当他终于打开钱盒拿出钥匙时，他都没有拿稳，让钥匙掉到了地上。泽米丽娜只好俯身替他捡起钥匙，然后从那一串钥匙中找出一把，举了起来。

“你为什么要这样害怕？”阿蒂里乌斯问，“为什么刚听到一个人的名字就想溜走？”

“我不想惹麻烦。”非洲佬再次说道。他拿过钥匙，带路走进了隔壁的酒吧。这是那种廉价场所，只有一个粗糙的石头柜台，上面挖出了一个个小洞，里面放着一坛坛美酒。这里连坐的地方都没有，喝酒的人大多在外面的人行道上靠墙站着。阿蒂里乌斯估计这里是客人们等候巷里的女人，并在事后恢复精力，吹嘘自己高超本领的地方。这里同样散发着与妓院一样的恶臭。他心中暗想：埃克索姆尼乌斯真是堕落到了可怕的地步，他的灵魂一定被腐蚀了，否则他不会落到这种地步。

非洲佬身材矮小，但动作敏捷，双臂和双腿像猴子一样布满了毛发。或许这就是他那名字的由来——来自广场上那些被链子绑着表演把戏，为它们的主人挣几个小钱的非洲猴。他匆匆穿过酒吧，顺着摇摇晃晃的木楼梯来到了楼梯平台上。他在这里站住，手中握着钥匙，脑袋一歪，看着阿蒂里乌斯。“你是什么人？”

“把门打开。”

“我可以向你保证，里面的东西从来没有动过。”

“我相信，现在把门打开。”

妓院老板将手伸得老远，将钥匙插进门锁中。他突然惊讶地喊了起来，做了个手势，指着门锁。阿蒂里乌斯走到他身旁时看到门锁已经被人撬开。屋子里黑洞洞的，被困在里面的各种气味让人喘不过气来——床垫、皮革、霉烂的食物。对面墙壁上照射进来网格状的灿烂阳光，显示出被关着的百叶窗。非洲佬先走了进去，黑暗中碰到了什么东西，然后打开了窗户。午后的阳光立刻倾泻而进，照出屋里的一片狼藉：衣服撒了一地，家具倒在地上。非洲佬惊恐地看着四周。“这跟我完全无关——我发誓。”

阿蒂里乌斯一眼就看到了屋里的一切。首先，屋子里本来就没有多少东西——一张床、薄床垫、枕头、粗糙的褐色床单、一个洗衣用的大罐、尿壶、一个箱子、一张凳子。这一切全都被仔细翻找过，就连床垫也被用刀划开，露出里面一团团的马毛。

“我发誓。”非洲佬又说道。

“好了，”阿蒂里乌斯说，“我相信你。”他也的确相信他的话。既然手里掌握着钥匙，非洲佬根本不用撬烂自己的门锁，让屋里变得这么混乱。一张三足桌上看着像有一块淡绿色的大理石，凑近后一看才发现是一块吃了一半的面包，旁边还有一把刀子以及一个已经腐烂的苹果。灰尘中有一个新鲜的指纹。阿蒂里乌斯摸了一下桌面，然后仔细看着自己被弄黑的手指。这是最近发生的事，他心想。灰尘还没有来得及重新落到桌面上。也许这能够解释安普里亚特斯为什么那么急于要让他看新浴室的每个细节——缠住他，好让人搜查这间屋子？他真是笨蛋，居然诲人不倦地跟他大谈低地上的松树和烘烤过的橄榄木！他问道："埃克索姆尼乌斯租下这地方有多久了？"

"三年，也许四年吧。"

"但他不是长住这里，对吗？"

"他来来去去。"

阿蒂里乌斯突然意识到，自己连埃克索姆尼乌斯的长相都不知道，只是在追查一个幽灵。"他没有奴隶吗？"

"没有。"

"你最后一次看到他是什么时候？"

"埃克索姆尼乌斯？"非洲佬摊开双手道。他怎么会记得呢？有那么多客人，那么多张脸。

"他什么时候付的房租？"

"都是预付，每个月的头一天。"

"那么他在八月的头一天给你付过钱吗？"非洲佬点点头。这么说，有一件事可以确定了。不管他遭遇到了什么事，埃克索姆尼乌斯并没有计划逃跑。这个人显然嗜钱如命。如果他不打算使用的话，绝对不会付房租。"你去吧，"他说，"我来整理一下。"

非洲佬似乎要争辩，但当阿蒂里乌斯向他逼近一步时，他立刻举手投降，退到了外面的楼梯口。阿蒂里乌斯随手关上门锁已经坏了的门，听着他下楼去酒吧的脚步声。

他在屋子里转动着，重新将东西摆放好，这样他可以对屋里原来的布置有一个印象，似乎这样做他就能得出一些线索，知道这里原来的状况。他将已经掏空的床垫放回到床上，然后将已被划开的枕头放在床头。他将薄薄的床单叠好，然后躺下来。当他转过头来时，他注意到墙上有一些小的黑印子，仔细一看原来是被拍打死的小昆虫。他想象着埃克索姆尼乌斯忍受着酷热躺在这里，拍打着床上的臭虫。阿蒂里乌斯心中想，如果他在接受安普里亚特斯的贿赂，那他为什么还要选择过这种贫困潦倒的生活呢？也许他把所有的钱都花在妓女身上了？可这又似乎不大可能。与非洲佬手下的某个姑娘鬼混一次最多只需几个铜板。

一块楼板吱嘎响了一声。

他慢慢坐起身，转过脸向门口望去。廉价木板下出现了一双移动的脚，他一时觉得那肯定是埃克索姆尼乌斯，进来让这个抢占了他的工作、闯进他家的陌生人解释，为什么他会在这一片狼藉的屋子里，会躺在他的床上。“谁在那儿？”他大声问。门慢慢开了，那里只有泽米丽娜，他感到既失望又怪异。“什么事？”他说，“你想要干什么？我告诉过你的主人，不要让人来打搅我。”

她站在门槛那儿，裙摆叉开，露出修长的双腿。她的大腿上有一处正在消退的瘀斑，大小如拳头。她扫视着屋内的情景，惊恐地用双手捂住了自己的嘴巴。“谁干的？”

“这要你告诉我呀。”

“他说过他会照顾我的。”

“什么？”

她走进了屋。“他说他回来时会照顾我的。”

“谁？”

“埃里亚努斯。他说过的。”

阿蒂里乌斯愣了一下，随即才意识到她说的是埃克索姆尼乌斯，埃克索姆尼乌斯·埃里亚努斯。她是他遇到的第一个称呼埃克索姆尼乌斯的名而不是姓的人，这几乎说明了他的一切。他唯一亲近的人居然是个妓女。“好了，他不会再回来了，”他粗声粗气地说，“不会再来照顾你，更不会来照顾其他人。”

她用手背在鼻子上擦了几次，他意识到她在哭泣。“他死了？”

“这得由你来告诉我，”阿蒂里乌斯语气和缓了一些，“事实上，没有人知道。”

“他说过，要把我从非洲佬那里赎出来，不再做妓女，专门伺候他，你懂吗？”她拍了拍自己的胸脯，向阿蒂里乌斯做了个手势，然后又拍了拍胸脯。

“我懂。”

他饶有兴趣地打量着泽米丽娜。他知道，这种情况并非罕见，尤其是在意大利的这个地区。外国籍水手在服役了二十五年后离开海军时，可以获得罗马公民权——他们大多数人拿到遣散费后所做的第一件事就是去最近的奴隶市场，给自己买个老婆。这个妓女现在跪到地上，捡起散落在地上的衣服，将它们叠好后放进箱子里。阿蒂里乌斯想，埃克索姆尼乌斯决定选择这个女人而不是更年轻漂亮的女人，或许说明他这个人还不错。不过，或许他只是在空口许诺，从来没有打算回来接她。不管是哪种情况，她的未来差不多都随着她最主要的客人一起消失了。

“他很有钱，是吗？有足够的钱为你赎身？从这里看可看不出来这一点。”

“不在这里，”她蹲在那里，抬起头来鄙夷地看着他道，“钱在这里不安全，都藏起来了，许多钱。藏钱的地方很巧妙，谁也发现不了。他说，谁也发现不了。”

“有人试图……”

“这里没有钱。”

她说话的口气很肯定。她一定趁他不在时将这地方搜查过许多遍。“他有没有告诉过你那地方在哪儿？”

她睁大了眼睛望着他，血红的嘴唇张得很大。她突然低下头，肩膀在颤抖。他起初以为她又在哭泣，可当她转过身来时，他看到她眼中闪动的是笑出的泪花。“没有！”她又笑了起来，再次浑身颤抖，那副开心的样子简直像个少女。她开心地拍着手，说这是她听过的最好笑的事，他也必须承认这种想法——埃克索姆尼乌斯会将藏钱的地方告诉非洲佬手下的一个妓女——的确太可笑。他自己也笑了起来，然后转身将双脚搁到地上。

再在这里浪费时间已经毫无意义。

他走到楼梯口时回头看了一眼，她仍然低着头跪在那里，用埃克索姆尼乌斯的一件衣服捂着脸。

阿蒂里乌斯按原路沿着阴凉的小街走了回去。他想，这一定就是埃克索姆尼乌斯从妓院去地下水库的路线，他每次来到这里时看到的肯定就是这一幕——妓女和酒鬼，一摊摊的尿，一堆堆在阴沟中被太阳烤得硬邦邦的呕吐物，墙壁上的涂鸦，门道旁那些普里阿普斯的小石像，他那巨大的阳具上挂着铃铛，用来驱邪。那么当他最后一次从这里经过时，他脑子里在想些什么？泽米丽娜？安普里亚特斯？他那些藏着的钱是否安全？

他回头看了一眼，没有一个人注意他，但尽管如此，来到宽阔的中央大街上、来到让人感到安全的阳光下时，他仍然感到很高兴。

此时的庞贝比早晨时要安静了许多，炽热的太阳使大多数人不敢待在街道上，因此他上山向维苏威山走去时很顺利。在走近地下水库前的小广场时，他可以看到那些牛车现在已经装满工具和材料。一小群人三三两两地聚集在酒吧外的尘土中，因为什么事而开心地笑着。他雇的马匹被拴在石柱上。他看到了波里特斯——忠心耿耿的波里特斯，他的手下中最可靠的一个——正大步走来迎接他。

“水务官，你去了很长一段时间。”

阿蒂里乌斯不去理睬他话语中的责备语气。“我现在不是来了吗？穆萨呢？”

“还没有来。”

“什么？”他骂了一声，用手遮住眼睛，查看着太阳的位置。其他人骑马走了至少已经有四个时辰。不，将近五个时辰。他以为现在应该有一些回信了。“我们有多少人？”

“十二个。”波里特斯不安地搓着双手。

“你这是怎么啦？”

“水务官，他们看上去好像一个个都不太好惹。”

“是吗？我不在乎他们的外表，我只在乎他们是否能干活。”

“他们喝酒已经喝一个时辰了。”

“那最好让他们停下来。”

阿蒂里乌斯向广场对面的酒吧走去。安普里亚特斯答应给他派十二个最强壮的奴隶，他又一次超额兑现了自己的承诺，仿佛给阿蒂里乌斯提供了一支角斗士队伍。一个大酒壶正在他们之间传递着，从一双有文身的胳膊传到另一双胳膊，而且为了打发时光，他们从地下水库叫来了蒂洛，正在拿他开心。其中一人猛地扯掉了蒂洛的毡帽，每当他无助地转向他认为拿着他帽子的那个方向时，毡帽就会被扔给别人。

“别玩了，”工程师说，“别欺负这孩子。”他们对他置之不理。他提高了嗓门：“我叫马尔库斯·阿蒂里乌斯，是奥古斯都水道的水务官，你们现在听我指挥。”他一把抓过蒂洛的帽子，将它塞进他的手中。“回水库去，蒂洛。”然后，他对那群奴隶说道：“酒也喝够了，我们这就出发。”

酒壶刚好传到一个人的手中，这个人根本不理睬阿蒂里乌斯。他将酒壶举到自己的嘴边，脑袋往后一仰，继续喝酒。酒从他的下巴流淌到了胸前。周围一片给他鼓劲的欢呼声，阿蒂里乌斯感到内心的怒火在熊熊燃烧。当初他接受训练时那么刻苦，将那么多技术和创新用在修建这些水道上——仅仅是为了给这种人以及“非洲佬”那样的野蛮人供水。真该让这些人在某个蚊虫飞舞的沼泽旁打滚。“你们谁是头？”

正在喝酒的那一位放下了酒壶。“头？”他嘲弄道，“什么是头？你以为这是该死的军队吗？”

“你喝醉了，”阿蒂里乌斯平静地说，“但我脑子清醒，而且事情紧迫。现在快起来赶路。”他一脚过去，将酒壶从那人的手中踢飞。酒壶在空中打了个圈，侧身落到地上，没有破，里面的酒淌到了石头上。在那一刻，四周鸦雀无声，只有酒壶里的酒流淌出来时发出的咕噜声，随即便是匆匆忙忙的行动——他们一个个站了起来，吼叫着，刚才抱着酒壶的那个人猛地扑上前，显然打算朝阿蒂里乌斯的大腿咬上一口。就在这一片混乱之中，一个闷雷似的声音盖过了所有人——“住手！”——一个身材极其魁梧的人从广场对面跑了过来，站到了阿蒂里乌斯和其他人之间。这个人身高超过六英尺，他伸出手臂将其他人推了回去。

“我叫布雷毕克斯，”他说，“是个自由民。”他那红色的络腮胡子被精心修剪成铲子状。“如果有头的话，那就是我。”

“布雷毕克斯。”阿蒂里乌斯点点头。他会记住这个名字的。他看到，这个人是货真价实的角斗士，确切地说以前是角斗士。他的手臂上烫有他原来所属军团的烙印——一条后缩、准备攻击的蛇。“你一个时辰前就应该到这里。告诉这些人，如果他们有什么意见，可以回去向安普里亚特斯说。告诉他们，他们谁都可以不去，但任何留下的人必须向他们的主人解释清楚。现在把那些牛车赶出城门，我在城墙外等你们。”

从另外几家酒吧里出来了一群喝酒的人，一起挤到了广场上，希望能看到一场格斗。阿蒂里乌斯转过身去，这些人立刻站到一旁，让他通过。他气得浑身发抖，只能用一只手掌握住拳头来竭力不让怒火显露出来。“波里特斯！”他喊叫道。

“什么事？”波里特斯从人群中挤了过来。

“把我的马牵过来。我们在这里浪费的时间太多了。”

波里特斯不安地看了看布雷毕克斯，见他正领着那群极不情愿的家伙向牛车走去。“这些人，水务官，我不信任他们。”

“我也不信任他们，可我们还有什么别的办法呢？快点，把我的马牵过来。我们可以在路上与穆萨会合。”

波里特斯匆匆走去牵马时，阿蒂里乌斯低头向山下看了一眼。庞贝与其说像海滨度假地，不如说更像一座边疆要塞：一座繁荣兴旺的城市。安普里亚特斯正在按照自己的想象重建这座城市。如果再也见不到这座城市，阿蒂里乌斯不会感到遗憾——除了科蕾莉娅。他想知道她在干什么，可就在她从那波光粼粼的游泳池蹚水向他走来的形象开始在他脑海里浮现时，他强迫自己将这形象赶了出去。赶快离开这里，赶快抵达奥古斯都水道，赶快让水流淌起来，然后回到米塞努姆城，核查水道的用水记录，寻找证据来证明埃克索姆尼乌斯的腐败。这些是他最紧迫的使命，此刻去考虑其他任何事都是愚蠢的。

蒂洛蜷缩在地下水库的阴影中，阿蒂里乌斯正要挥手与他告别，突然看到了他那双不停眨巴的无神眼睛。

阿蒂里乌斯骑马穿过长长的维苏威城门拱顶时，注意到公共日晷显示已经是第九时辰了。马蹄踏在石头上的响声回荡着，像一支小小的骑兵队伍。海关官员将脑袋从岗亭里探出来，看看出了什么事，然后他打了个呵欠，将目光转向了别处。

阿蒂里乌斯向来不擅长骑马，不过他这次很高兴自己是骑在马背上。这增加了他的高度，他需要利用能得到的一切优势。当他策马跑到布雷毕克斯和那些人身旁时，他们只能无奈地眯起眼睛、望着灿烂天空映衬着的他。

他说："我们沿着水道向维苏威山方向去。"马转了个身，他只好回头喊叫道："别再磨蹭，天黑前我们必须赶到那里。"

"赶到什么地方？"布雷毕克斯问。

"我还不知道，我们看到时就知道了。"

他这含糊的回答在那些人当中引起了不安的骚动，这当然不能怪他们。他自己也想知道应该赶到什么地方。该死的穆萨！他勒住马，掉转马头，向开阔的乡间奔走。他在马鞍上挺直身子，好看清楚墓地另一边的道路状况。路很直，一直通向维苏威山。道路两旁是整整齐齐的长方形橄榄树田和玉米田，由矮石墙和小沟渠分割开。这些都是古老的土地，几十年前被赐予了退伍军人。铺了石板的大道上没有多少车马，只是偶尔能见到一两辆牛车或几个路人。他没有看到任何骑马狂奔的人必然会掀起的尘土云。该死的，该死的……

布雷毕克斯说："有几个人天黑后不是太愿意靠近维苏威山。"

"为什么？"

一个人高声说道："有巨人！"

"巨人？"

布雷毕克斯带着几分歉意说："水务官，有人已经看到了巨人，比任何人都大。白天黑夜都在游荡，有时还在空中行走。他们的声音像雷声。"

"或许就是雷声，"阿蒂里乌斯说，"你们有没有这样想过？有时没有雨也会打雷。"

"是啊，可这种雷从来没有在天上出现过，总是在地面上，甚至在地下。"

"所以你们就认为那是巨人了？"阿蒂里乌斯放声大笑起来。"因为你们害怕天黑后出城墙？你以前是角斗士对吗，布雷毕克斯？我庆幸自己从来没有在你身上下过赌注！要不就是你们军团的人只和那些瞎了眼的孩子角斗？"布雷毕克斯开始骂人，但工程师对这群人说话的声音盖住了他。"我向你们的主人借的是男子汉，不是女人！我们浪费的口舌太多了！天黑前我们还要赶五英里路，或许是十英里。现在跟着我，赶着那些牛车前进。"

他用脚后跟踢了一下马的肋腹，马开始慢慢小跑起来。他沿着坟墓之间的大道前进，其中一些坟墓前有鲜花和小的祭品，以纪念火神节。柏树下有几个人在野餐，几只黑色小蜥蜴爬在石头拱门上，看上去就像那里出现了裂缝一样。他没有回头。他相信那些人会跟上的。他已经激励了他们，而且他们害怕安普里亚特斯。

他在墓地旁勒住马，等待着，终于听到了牛车车轮碾过石头时发出的吱嘎声。这些只是粗糙的农用牛车——车轴随车轮一起转动，而车轮其实只是树干的一部分，有一英尺厚。它们滚动时发出的隆隆声在一英里外都能听得清清楚楚。首先是牛低着头从他身边经过，每一组牛都由一个手持木棍的人牵着；然后是缓缓驶过的牛车，最后是其他人。他数了一下，一个不少，包括布雷毕克斯。大道旁是水道的路标石，每一百步一块，一直延伸下去，直到逐渐消失在远方。每隔一段距离便会有一个圆形石盖，能够让人进入隧道进行检查，其规律性与精确性给了阿蒂里乌斯一份自信。如果说他有所擅长的话，那就是他知道这玩意儿的工作原理。

他催了一下自己的坐骑。

一个时辰后，傍晚的太阳慢慢向海湾低垂，他们已经在平原上走了一半的路程。四周都是被太阳炙烤过的狭长田地以及纵横交错的干旱水渠，庞贝城那赭色的墙壁和瞭望塔在他们身后渐渐消失在尘土中。水道像一条线，无情地带领着他们向前，朝着青灰色的维苏威山前进。金字塔般的维苏威山就屹立在他们的前方，比任何时候都更加巍峨。

第十二时辰　18:47

> 虽然岩石的抗压能力极强，它们的张力却很弱（强度约为 1.5×10^7 巴）。因此，早在岩浆变成固体之前，覆盖在逐渐冷却、成多孔状的岩浆体上的岩石的强度就能轻而易举地被超过。一旦发生这种情况，就会发生爆炸性喷发。
>
> ——《火山：一种地球观》

普林尼一整天都在监视颤抖的频率——或者更精确地说，他的秘书亚力克希翁在替他监测。他坐在普林尼书房里的一张桌子旁，一边放着水钟，另一边放着酒碗。

这天是个公共假日，但这对司令的日常安排没有丝毫影响。他工作起来时根本不管是什么日子。他只在上午过了一半时中断过一次阅读和口述，为的是与他的那些客人作别，并且坚持要送他们去港口，看着他们登上各自的船只。卢修斯·庞波尼阿纳斯和里维娅要去海湾另一边的斯塔比亚，他们已经安排好用自己的小船将雷克蒂娜带到赫库兰尼姆的卡尔普尼亚别墅。佩蒂乌斯·卡斯库斯则丢下妻子，乘坐自己那人员配备整齐的快舰去罗马，参加皇帝召开的政务会议。这些亲密的老朋友！他热情地一一拥抱着他们。虽说庞波尼阿纳斯会做傻事，但他的父亲，那了不起的庞波尼阿纳斯·塞孔都斯却一直是普林尼的保护人，因此普林尼觉得自己欠庞波尼阿纳斯家族一个人情。至于佩蒂乌斯和雷克蒂娜，他们对他慷慨到了极点。生活在远离罗马的地方，如果不能使用他们的藏书，他很难完成他的《博物志》。

佩蒂乌斯在登船前突然抓住了他的胳膊。“普林尼，我不想太早告诉你，可你肯定你身体没事吗？”

“只是太胖了，”普林尼气喘吁吁地说，“仅此而已。”

“你的医生们怎么说？”

“医生？我绝不会让那些希腊骗子靠近我。只有医生能够在杀人后逃脱惩罚。”

“可看看你这样子，老朋友，你的心脏……”

“‘对于心脏疾病而言，减轻病症的唯一希望无疑是美酒。’你应该读读我的书，至于美酒嘛，我亲爱的佩蒂乌斯，我可以自己服用。”

元老看着他，神情严肃地说道：“皇帝很关心你。”

这让普林尼心中感到一丝痛苦，实实在在的痛苦。他本人也是元老院的成员，为什么他没有被邀请去参加佩蒂乌斯急急忙忙赶去出席的会议呢？“你这话什么意思？你是说他认为我已经老了，不中用了？”

佩蒂乌斯什么也没有说，但什么也没有说恰恰说明了一切，他突然张开双臂。普林尼向前拥抱着他，并且用那肉乎乎的手轻轻拍了拍元老僵硬的后背。“多保重，老朋友。”

“你也多保重。”

拥抱结束时，普林尼发现自己的脸颊上有泪水，这让他感到很不好意思。他站在码头边，目送着他们，直到船只消失在视线之外。他这些天似乎只干一件事：目送其他人离去。

他一整天都在想着佩蒂乌斯的那句话。他拖着脚步在露台上踱来踱去，时不时地走进书房去查看一下亚力克希翁记录下的那一列列整齐的数字。“皇帝很关心你。”这句话就像他身体一侧的疼痛，挥之不去。

他像往常一样，靠科学观察来排解自己。他决定将这些颤动称作“和谐片断”，而这种颤动的次数在不断增加。第一时辰五次，第二时辰七次，第三时辰八次，等等。更加惊人的是颤动的时间也在不断加长。天亮时颤动的时间短得难以测量，但到了下午，亚力克希翁已经能用水钟精确地估计了——起初只持续了十分之一个时辰，后来是五分之一个时辰，到最后整个第十一时辰他只记录下了持续不断的一次颤动。酒在不停地颤动。

“我们必须修改定下的术语，”普林尼喃喃地说，“将这些运动称作片断已经远远不够了。”

随着大地运动的不断加强，人与自然仿佛被某种无形的联系捆绑在了一起，城里焦虑不安的报告也在逐渐增加。公共水泉旁发生了斗殴事件，因为第一时辰的供水已经结束，但仍然有人没有接到水；公共浴室外发生了骚乱，因为浴室在第七时辰没有开放；一名妇女为了两罐水在奥古斯都神庙外被一名醉汉用刀捅死——水！据说武装团伙正聚集在水泉旁，等着滋事斗殴。

普林尼下达命令从不觉得有什么困难，这是指挥者的基本特质。他下令取消当晚祭祀火神的活动，广场上的篝火柴堆必须立刻移除。大批民众夜晚聚集在一起容易惹是生非。不管怎么说，在所有水管和水泉都已干涸、干旱已经将房屋变成引火纸时，在城中央点燃这么大规模的篝火是非常不安全的。

“祭司们是不会同意的。”安蒂乌斯说。

旗舰的舰长也来到了普林尼的书房。司令孀居的姐姐朱利亚为普林尼料理家务，此刻也在书房中，端着一盘牡蛎和一壶酒——他的晚餐。

“告诉那些祭司，我们别无选择。我相信火神在山中的炼铁炉旁会原谅我们的，就这一次。”普林尼恼火地揉着自己的胳膊，它有些麻木。“命令所有士兵天黑后待在军营里，哨兵除外。说实在的，我想从夜晚的第一个时辰（黄昏）到黎明在整个米塞努姆城实行宵禁。任何人胆敢出现在街头都将被关进监狱并被罚款。明白了吗？”

“明白了，司令。”

“水库的闸门打开没有？”

“应该正在进行中，司令。”

普林尼陷入了思考之中。如果这种日子再多一天，他们肯定承受不了。一切都取决于供水能持续多久。他打定了主意。“我要去看一看。”

朱利亚端着盘子，焦急地走到他面前。“这是明智之举吗，弟弟？你应该吃点东西，休息……”

“少啰唆，女人！”她的脸皱成了一团，他立刻为自己说话的语气感到后悔，生活对她已经够残酷了——被她那挥霍无度的丈夫和他那凶神恶煞般的情妇百般羞辱，然后成了寡妇，还带着一个年幼的儿子。他突然有了一个念头。“盖尤斯，”他柔声说道，“请原谅我，朱利亚。我刚才说话太冲了。只要能让你开心，我可以把盖尤斯带上。”

出门的时候，他大声喊叫着他的另一个秘书阿尔克曼。“罗马有没有返回的信号？”

“没有，司令。”

“皇帝很关心你……”

他不喜欢罗马方面的这种沉默。

普林尼太胖，无法坐到轿子上，于是他要了一辆双座马车，盖尤斯挤在他身旁。与他那肤色红润、肥胖臃肿的舅舅相比，盖尤斯显得很苍白，像个幽灵一样毫不起眼。普林尼爱抚地捏了一下他的膝盖。他已经将这孩子列为自己的继承人，并且给他请来了罗马最好的老师——昆体良[①]教授文学和历史；士麦那[②]人尼塞特斯·萨塞多斯教授修辞学。虽然开销巨大，但两位老师都说这孩子极其聪明。不过，他永远成不了士兵，只能当一名律师。

马车两旁各有一队戴着头盔的海军护卫，一路小跑着，在狭窄的街道上为他们开路。有几个人在讥笑，有人甚至冲着他吐痰。

"那我们的水呢？"

"瞧那肥胖的杂种！我敢说他肯定不会口渴！"

盖尤斯问道："舅舅，要不要我拉上帘子？"

"不，孩子。永远不要让他们看出你害怕。"

他知道今晚街上会有许多愤怒的群众。不仅在这里，而且在那不勒斯、诺拉和其他所有城市，尤其是在这种大众节日里。或许大自然母亲正在惩罚我们，他想，因为我们太贪婪、太自私。我们无时无刻不在用铁和木头、火和石头折磨着她。我们将她的躯体挖出来，扔进大海。我们在她身上挖出矿井，将她的内脏拉出来，而仅仅是为了某根美丽的手指上能戴上一颗宝石。如果她偶尔发发脾气，又有谁能怪她呢？

他们沿着港口的岸边前进。这里有一支看不到尽头的队伍，大家都在排队，等待着公共水泉开放。每个人只允许带一个容器，普林尼一眼就看出，一个时辰的供水根本不够，许多人可能连一

---

① 昆体良（公元35？—96？年），古罗马修辞学家、教师，所著《雄辩术原理》反映了古罗马后期强调道德教育的教育理想。

② 士麦那，土耳其西部港口城市伊兹密尔的旧称。

滴水都等不到。排在队伍前面的人已经得到了自己的配额，正匆匆离去，双手紧紧抱着水罐和锅，仿佛抱着金子一样。“我们今晚得延长供水时间，”他说，“并且相信那位年轻的水务官能够如他所承诺的那样完成修复工作。”

“万一他没有做到呢，舅舅？”

“那么这座城市明天有一半会在火海之中。”

马车穿过人群来到大道上后加快了速度，隆隆地驶过木桥后又慢了下来，因为他们正爬山驶向皮希纳·米拉比里斯水库。马车一路颠簸向前，普林尼感到自己快要昏过去了，或许他真的已经昏过去了。不管怎么说，他打起了瞌睡，等他醒来时他们已经来到水库的院子里，旁边是五六个满脸通红的水手。他向他们回礼，然后扶着盖尤斯的胳膊颤巍巍地下了车。他想，如果皇帝剥夺我的指挥权，我会死的，那就像他命令近卫军砍下我的脑袋一样。我再也写不出新书了。我的生命力已经消失。我完蛋了。

“你没事吧，舅舅？”

“我很好，盖尤斯，谢谢你。”

蠢货！他责备自己。愚蠢、颤抖、偏听偏信的老家伙！仅仅是佩蒂乌斯·卡斯库斯的那一句话，仅仅是没有被邀请参加帝国议会一次例行公事的会议，你居然就崩溃了。他坚持不要人扶，自己走下了进入水库的台阶。光线正在退去，一名奴隶举着火把走在他前面。他还是多年前来过这里一次。那时，石柱几乎全部被水淹没，奥古斯都水道奔涌而出的流水发出的声音震耳欲聋，人们根本无法交谈。现在，说话声像在一个空空荡荡的坟墓里回响。这里面大得令人咋舌。水位已经退到脚下很低的地方，他几乎看不到，直到那名奴隶举起火把，照着银镜似的水面，然后他看到自己怒气冲冲、扭曲变形的脸，而且在瞪着他。他意识到，水库也像那葡萄酒一样在微微颤动。

"有多深？"

"十五英尺，大人。"那名奴隶说。

普林尼注视着自己在水面上的倒影，喃喃地说道："全世界从来没有过比这更了不起的东西。"

"您说什么，舅舅？"

"'当我们考虑到公共建筑、浴室、水池、水渠、私宅、花园和乡间别墅里的供水是多么充足时，当我们考虑到这种水在到达这里之前经过了多么遥远的距离时，当我们考虑到那些高耸的拱桥、那些穿山而过的隧道以及那些建造在深谷之上的渡槽时，我们不得不立刻承认，全世界没有比我们的水道更了不起的建筑。'我恐怕又像往常一样，是在引用我自己的文字。"他抬起头道，"今晚将这里的水放掉一半，剩下的明天早晨放完。"

"然后呢？"

"然后，我亲爱的盖尤斯？然后我们只能希望明天是个好日子。"

在庞贝，祭祀火神的篝火将在天一黑就点燃。在那之前，广场上会有常见的娱乐活动，理论上由波比蒂乌斯出钱，但真正出钱资助的是安普里亚特斯。活动包括斗牛、三对角斗士的相互比拼、几位希腊式拳击手的较量。没有什么复杂的地方，一个时辰左右的表演，让选民们在夜晚到来之前分分心。这是市政官掌权后应该给大家的回报。

科蕾莉娅在装病。

她躺在床上，看着太阳落山时从关闭的百叶窗缝隙透进来的一道道亮光慢慢爬上墙壁，心里想着她偷听到的那段对话，关于那位工程师阿蒂里乌斯的对话。她已经注意到他望着她时的那种眼神，先是昨天在米塞努姆城，然后是今天早晨在她游泳时。情人、复仇者、拯救者、悲剧的受害者——她在心中短暂地想象着所有这些角色，但各种想象总是化作相同的残酷事实：是她将他带入了她父亲的轨道中，而她父亲现在正计划杀了他。他的死全是她的过错。

她聆听着其他人准备动身的响声。她听到母亲在叫她，然后便听到了母亲上楼的脚步声。她飞快地掏出藏在枕头下的那根羽毛，张开嘴，用羽毛轻轻搔挠着喉咙后部，然后大声地呕吐起来。切尔西亚进来时，她用手擦了擦嘴唇，有气无力地指了指尿盆中的呕吐物。

她母亲坐到床边，将手放到科蕾莉娅的额头上。“啊，我可怜的孩子，你在发烧。我给你去请大夫。”

“不，不要麻烦大夫。”如果庞彭尼乌斯·马戈尼亚乌斯过来，那么他的那些药水和泻剂足以让任何人没有病都生出一场病来。“我只需要睡一会儿。都怪那顿没完没了的可怕午餐。我吃得太多了。”

“可是亲爱的，你几乎什么都没有吃啊！”

“这不是真的——”

“嘘！”她母亲伸出一根手指警告她。有人正在上楼梯，而且脚步声很重，科蕾莉娅立刻鼓起勇气，准备面对她父亲。他可不是那么容易糊弄的。不过，上来的是她哥哥，穿着伊希斯祭司的白色长袍。她可以闻到他身上香火的味道。

“快点，科蕾莉娅。他在叫我们呢。”

谁都清楚这个他指的是谁。

“她病了。”

“是吗？可病了也得去，不然他会不高兴的。”

安普里亚特斯在楼下又吼了一声，母子俩都吓了一跳。他们一起向门口望去。

“是啊，科蕾莉娅，你就不能试一试吗？”她母亲说，“为了他的缘故？”

他们三个人曾经结成同盟，曾经背着他嘲笑他——嘲笑他的心情、他的怒火、他的痴迷。可这种同盟最近结束了。面对他那不讲情面的怒火，他们的家庭三人联合已经土崩瓦解，取而代之的是个人的生存策略。科蕾莉娅目睹自己的母亲变成了典型的罗马主妇，卧室里供奉着里维娅[①]的神龛；而他哥哥则沉浸在埃及魔教中。那么她呢？她该怎么办呢？与波比蒂乌斯结婚，再多一个主人？在家里变成比安普里亚特斯当初还不如的奴隶？

她太像她父亲，不甘心就这样向命运屈服。

“你们俩快去，”她恨恨地说，“要是你们愿意，把我吐的东西端去给他看看。但我绝不去参加他那些愚蠢的摆阔活动。”她转过去侧身躺着，面对着墙壁。楼下再次传来了怒吼声。

她母亲像要殉难一样叹了口气。“好吧，我去告诉他。”

情况正如阿蒂里乌斯所怀疑的那样。水道引导着他们向前，往正北方向朝山顶行走了几英里。然后，在地面开始向维苏威山升高时，水道的支线突然拐向东方，道路也随之拐弯。他们第一次背对大海，向内陆走去，奔向远处的亚平宁山麓。

通向庞贝的水道支线现在常常偏离大道，顺着地势，来回穿

---

① 里维娅（公元前58—公元29年），屋大维的妻子，也是罗马帝国早期最有权势的妇人，曾多次实际主政，她的子孙中有多位皇帝。后来她被后代尊为神，有“奥古斯塔”的称号。

越他们前进的道路。阿蒂里乌斯欣赏着水道的巧妙之处。罗马的大道笔直地穿行在大自然中，决不容忍任何阻碍。但这些水道，每一百码的落差只能降低一指——如果多于一指，水流就会冲垮墙壁；如果少于一指，水就会停止不前——因此必须顺应地势。最杰出的水道是高卢南部的三层槽桥，这也是世界上最高的水道，承接着内茅索斯水道。然而，这些水道常常超出人们的视线，有时只有那些在某处孤独的山间上空的热气流中盘旋的鹰才能充分欣赏人类建造出的真正的恢宏建筑。

他们穿过了棋格般的古老田地，进入了为大庄园主所拥有的葡萄园。刚才见到的平原上那些小农场主的破烂小屋——门前拴着山羊，五六只邋遢的鸡在尘土中啄食，已经被星星点点分布在低矮山坡上的漂亮红顶农舍取代。

阿蒂里乌斯从马背上扫视着那些葡萄园，这里的富庶以及即使在干旱中也令人称奇的肥沃几乎让他眼花缭乱。他真是投错了行。他应该放弃水道生涯去酿酒。这里的葡萄藤枝繁叶茂，已经超出人工培育的范围，紧紧缠住每一堵可以攀爬的墙、每一棵树，攀爬到了最高的树枝的顶端，用瀑布般茂盛的绿叶和紫藤包裹住了一切。一张张大理石雕刻的酒神巴克斯的小白脸，用于驱邪，带着孔状的眼睛和嘴巴，一动不动地悬挂在静止的空气中，像时刻准备袭击的伏击者那样在枝叶间向外窥探着。现在正是收获季节，田野里到处都是奴隶——有的站在梯子上，有的被背上的一筐筐葡萄压弯了腰。他心中不免感到纳闷，他们如何能赶在葡萄腐烂之前将它们全部收下来呢？

他们来到了一座大别墅前，别墅俯视着平原对面的海湾，布雷毕克斯问他们是否能停下来歇歇脚。

“好吧，但不能太久。”

阿蒂里乌斯下了马，活动活动身子。他擦了一下额头，发现手背上沾满了灰色的尘土；他喝水时发现自己的嘴唇上也积了厚厚的灰尘。波里特斯买了一些面包和油乎乎的香肠，正狼吞虎咽地吃着。真是令人感到惊奇，空空的肚子只要进了一点食物就会产生不同的效果。他感到自己的情绪随着吞进肚子里的每一口食物在不断高涨。这里是他一直更愿意待的地方，不是某个污秽的城市，而是在乡间，在那诚实的天空下，在隐藏着文明脉络的乡间。他注意到布雷毕克斯独自坐在一旁，便走了过去，掰下半块面包，同几根香肠一起递给他。这算是一种和解。

布雷毕克斯犹豫了一下，点点头，接了过去。他赤裸着上半身，布满汗珠的身上横七竖八地到处是伤疤。

“你是什么级别的？”

“你猜。”

阿蒂里乌斯已经很久没有去看角斗表演了。“肯定不是网斗士，”他想了片刻后说，“你肯定不会拿着网和三叉戟满场乱跑。”

“你猜对了。”

“这么说你是色雷斯角斗士，或许还是一个穆尔米洛。”“色雷斯”一手持一面小盾牌，另一手握着一把短弯刀。“穆尔米洛”是重量级的角斗士，像步兵那样全副武装，手持短剑和长方形大盾牌。布雷毕克斯左臂，也就是握着盾牌的手臂上的肌肉几乎像他的右臂一样结实有力。“我得说，你是穆尔米洛。”布雷毕克斯点了点头。

“出场多少次？”

“三十次。”

阿蒂里乌斯很是佩服，因为没有多少人能够在三十场角斗中幸存下来。这相当于每年要在竞技场出场八到十次。

“在谁的手下？”

“阿雷乌斯·尼吉狄乌斯。我在那不勒斯湾各个地方出场过，主要是在庞贝，但也去过努切利亚和诺拉。我获得自由后就去找了安普里亚特斯。”

“你没有改当教练？”

布雷毕克斯低声说：“水务官，我看到过太多的杀戮场面。谢谢你的面包。”他轻松地站了起来，动作流畅、连贯，然后向其他人走去。人们能够轻易地想象出他站在圆形竞技场灰尘中的形象。阿蒂里乌斯可以猜到他的对手们所犯的错误。他们肯定认为他身材高大，动作缓慢、笨拙，而他实际上像猫一样敏捷。

工程师又喝了点水。他可以看到海湾对面米塞努姆城外的那些石头岛屿——小普罗契塔岛以及高高的阿纳利亚山——并且第一次注意到水面上出现了海涌。闪动着金属般耀眼光泽的海面上分布着锉屑般的小船，小船之间出现了一团团白色的泡沫，可是没有一条船上挂着船帆。这就怪了，他想——真是奇怪——但情况的确就是这样：没有一丝风。没有风，却有浪。

又是大自然的恶作剧，需要舰队司令去仔细琢磨。

太阳正开始沉到维苏威山的背后。一只猎兔鹰——个子小、漆黑、强有力，因为从不出声而出名——悄无声息地在茂密的森林上空翻飞、盘旋。他们很快就会走进山的阴影中。他想，那既是好事，因为那会凉快一点，也是坏事，因为那意味着黄昏前剩下的时间不多了。

他喝完水，招呼大家继续赶路。

这巨大的宅子里也同样悄无声息。

每当她父亲外出时，她总能清楚地感觉到。整个屋子似乎松了一口气。她悄悄将斗篷披到肩上，再次将耳朵贴着百叶窗，听着外面的动静，然后打开百叶窗。她的房间朝西。院子的另一边，天空像赤陶屋顶一样红彤彤的，阳台下的花园处在阴影中。鸟舍顶上仍然横着一块遮阳板，她将遮阳板拉开，让鸟透透气，然后——她灵机一动，以前从来没有想到过——她拉开门闩，打开鸟笼一侧的门。

她退回到自己的房间里。

被囚禁的习惯很难打破。鸟笼里的金翅雀过了一会儿才意识到它们有了机会。最终，其中一只鸟比其他鸟更大胆一些，慢慢在栖木上向门口移动，然后跳到了门框上。它那披着红黑相间羽毛的脑袋侧过来望着她，明亮的小眼睛眨了一下，然后展翅飞到了空中。它的翅膀扑扇了一下，发出一道金光。它掠过花园，落在了对面的脊瓦上。又一只鸟跳下来后飞了出去，接着是另一只。她真想继续站在那里，看着它们一只一只地逃出去，但她还是关上了百叶窗。

她已经让女仆和其他奴隶一起去广场。房间外面的过道上空无一人，楼梯上也没有人影，她父亲认为可以进行秘密交谈的花园也空空荡荡的。她快步穿过花园，紧贴着石柱，免得碰到任何人。她穿过老宅的中庭，然后拐弯向家史记事室走去。她父亲仍然会在这里处理他的商业事务——黎明时起身迎接客人，与他们单独或成群交谈，直到法庭开庭，这时他便会大摇大摆地走到街上，身后跟着时刻不离他的那群乞丐。这个屋子里放着三只结实的箱子，用质地细密的木料做成，上面打着黄铜箍，用铁棍固定在石头地面上，这也算是安普里亚特斯权力的一种象征。

科蕾莉娅知道钥匙藏在什么地方，因为在以前那些快乐的日子里——或许是一种手段，向他的生意伙伴们表明他这个人多么可爱？——她被允许在他谈生意时溜进去，坐在他的脚边。她打开小书桌的抽屉，果然在那里。

文件盒被放在第二只坚固的箱子里。她懒得将那些莎草纸打开，而是将它们一起塞进了斗篷的口袋里，然后将保险箱锁好，把钥匙重新放回去。最危险的部分已经过去，她稍稍喘了口气。她已经编好了一套说法，以防被阻拦——她打算说她现在感觉好些了，决定和其他人一起去广场——可周围没有一个人。她穿过院子，下了台阶，经过游泳池，那里的泉水仍然在轻轻流淌，经过她忍受了那顿可怕午餐的餐厅，快步绕过廊柱，向波比蒂乌斯那漆成红色的图画室走去。她不久将成为所有这一切的女主人：一想到这点，她就不寒而栗。

一名奴隶正在点亮一个黄铜枝形烛台，看到她走近时赶紧毕恭毕敬地贴墙站着，让她过去。穿过一道帘子。之后又是一段较窄的台阶。然后，她突然来到了另一个世界——低矮的天花板、随便粉刷的墙壁、汗臭味：这是奴隶们住的地方。她可以听到什么地方有人在说话，还有铁罐碰撞的响声，接着，她如释重负地听到了马的嘶鸣声。

马厩在走廊的尽头，而且不出她所料，她父亲决定用轿子抬着客人们去广场，因此将所有马匹留了下来。她抚摸着自己最喜爱的那匹马的鼻子，悄声对它说着话。这是一匹枣红色母马。备鞍一直是奴隶们干的活，不过她经常看他们备鞍，所以知道怎么做。她将皮挽具在马肚下方系紧时，马微微移动了一下，靠着木板隔栏。她屏住呼吸，但没有人过来。

她又低声说道：“别紧张，宝贝，是我。没关系。”

马厩的门直接通向后街。似乎每一个响声在她听来都大得出奇——她提起铁门闩时发出的响声，铰链发出的吱嘎声，她牵着母马来到大路上时马蹄发出的嘚嘚声。对面人行道上有一个男人在匆匆行走，他回头看了她一眼，但没有停下来。他大概来晚了，正匆匆赶去进行祭祀。广场方向传来了音乐声，然后是低沉的吼叫声，像波浪破裂的响声。

她骑到马背上。她今晚没有女士们用的那种得体的上马凳。她像男子一样，分腿骑到了马上。这种无拘无束的自由感几乎让她兴奋得有些不知所措。这条街道——这条普普通通的街道，她曾经走过那么多次，两旁到处是铜匠铺和裁缝店——已经变成了世界的边缘。她知道，如果再犹豫，她就会完全被惊恐压倒。她用膝盖紧紧顶着马肚，使劲把缰绳向左边拉，朝着与广场相反的方向而去。她谨慎地选择一些偏僻街道，直到她估计已经远离了自己家，不大会再遇到熟人，她才来到大道上。广场上又传来了一片掌声。

她向山上奔去，路过她父亲建造的那些还没有开张的浴室，经过了地下水库，穿过了拱形城门。经过海关时，她低着头，拉下斗篷上的兜帽，然后她就出了庞贝城，来到了通往维苏威山的大道上。

黄昏 20:00

岩浆接近地表时，岩浆库会隆起，地表开始膨胀……

——《火山百科全书》

阿蒂里乌斯和他的人马赶到奥古斯都水道的主线时，白天正要结束。他望着太阳消失在大山背后，红彤彤的天空映衬出山的侧影，山上的树木像处在火海中一样，然后太阳就不见了踪影。他放眼向前望去，看到渐渐陷入黑暗中的平原上出现了一堆堆似乎在闪耀的白沙。他眯起眼睛望着，然后策马冲到了牛车前面。

四堆金字塔似的砾石围在一堵没有屋顶的环状墙壁周围，墙高只到人的腰间。这是沉淀槽。他知道奥古斯都水道沿线至少有十多个这种沉淀槽，维特鲁威建议每三到四英里建一个这种沉淀槽。在这里，水的流速被刻意放慢，以便让水中的杂质沉淀到槽底。数不清的小卵石被水冲刷得滚圆、光滑，然后被带进水道中，因此每隔几个星期就必须将它们挖出来，堆在水道旁，然后用牛车运走，倒掉或者被用来修建道路。

沉淀池一直是修建水道支线最理想的地方。阿蒂里乌斯下了马，大步走过去，看到情况果真如此。他脚下的地面踩上去像海绵，这里的植被比别处更郁郁葱葱，因为这里的泥土吃饱了水。水正汩汩地漫过沉淀池的外墙，给砖墙裹上了一层银光闪闪、半透明的水幕。庞贝支线的最后一个检修入口就在城墙前。

他用双手扶着沉淀池的边缘，向旁边望去。沉淀池宽约二十英尺，他估计至少有十五英尺深。虽然太阳落山后天太黑，无法一直看到下面的砾石槽底，但他知道下面有三个隧道口——一个是奥古斯都的入水口，一个是流出口，另一个将庞贝支线连接到水道系统中。水在他的手指间奔涌。他不知道科威纳斯和贝科什么时候关闭阿贝里努姆的闸门。如果运气好的话，水流很快就会开始减弱。

他听到身后传来了嘎吱嘎吱的脚步声，布雷毕克斯和另外两个人正从牛车那里走过来。

“水务官，就是这地方吗？”

“不是，布雷毕克斯，还没有到，不过已经不远了。你看到没有？水正从下面涌出来。这是因为主管道在下游什么地方被堵住了，”他用衣服把手擦干，“我们还得往前走。”

这个决定显然有些不受欢迎，当他们很快发现牛车在泥地中已经陷到车轴那里时，他的这个决定便更加不得人心。到处是一片咒骂声，他们费了九牛二虎之力，先用肩膀、后背抵着一辆牛车，然后再抵着另一辆牛车，终于将它们拉到了比较坚实的地方。五六个人摊开四肢躺在那里，动也不想动。阿蒂里乌斯只好走过去，伸手将他们一一从地上拉着站起来。他们又累又饿，再加上有些迷信，比驱赶一群脾气暴躁的骡子还要艰难。

他将自己的坐骑拴到一辆牛车上。布雷毕克斯问他在干什么，他说：“我和你们一起步行。”他抓住离他最近的那头牛的缰绳，向前拉着。一切完全像他们离开庞贝时那样。起初没有一个人动弹，但他们慢慢牢骚满腹地跟在了他身后。他心想，人的天性就是随大流，谁的意志更强，谁就能控制其他人。安普里亚特斯比他所认识的任何人都更清楚这一点。

他们正行走在两块高地之间的一条狭窄平地上，左边是维苏威山，右边的远处是像墙壁一样拔地而起的亚平宁峭壁。道路又一次偏离了水道，他们正沿着水道旁的一条小道慢慢前进——里程碑、检修入口、里程碑、检修入口，穿过古老的橄榄树丛和柠檬树丛，黑影开始在树下聚集。除了车轮的辘辘声以及黄昏中偶尔传来的山羊的铃铛声外，四周没有一点动静。

阿蒂里乌斯时不时地回头望着水道，有些检修入口的边缘正有水冒出来，这是不祥之兆。水道的隧道高六英尺。如果水的力量能冲开沉重的检修入口盖，那么里面的水压一定巨大，这反过来又意味着水槽里的堵塞同样是巨大的，否则一定会被水冲走。科拉克斯和穆萨在哪儿呢？

维苏威山方向传来了一声巨响，很像雷声。这声巨响似乎从他们身旁经过，轰的一声从亚平宁山的悬崖上反弹回来。地面像海浪一样起伏，牛吓得带着他倒退了几步，本能地躲避着那响声。他用脚后跟死死抵住地面，刚刚成功地将它们拦停下来，突然有人惊叫着用手指着什么地方。“巨人！”巨大的白色怪物似乎正从他们前方的地下冒出来，在暮色中狰狞可怖，仿佛冥府的屋顶已经裂开，死者的亡灵正飞到空中。就连阿蒂里乌斯也感到脖子后的毛发竖了起来，最终是布雷毕克斯哈哈大笑着说：“你们这些蠢货，那只是鸟！你们看！”

鸟——巨大的鸟，是火烈鸟吗？——成百上千只鸟像一块巨大的白色床单一样升起，在空中翻飞后又落了下去，消失在他们的视野之外。

他看到远处有两个人在向他们挥手。

如果说尼禄本人在修建水道时花了一年时间的话，他肯定无法打造出奥古斯都水道仅仅用一天半就创造出的这美丽的人工湖。水道北面的一片洼地已经注满三四英尺深的水。黄昏中，水面上泛着柔和的亮光，被水淹没的橄榄树露出黑黝黝的树枝，在水面上星星点点地构成一个个小岛。水鸟在这些树梢间穿梭，火烈鸟在远处的水边排成了行。

阿蒂里乌斯带来的这批人并未停下脚步请求准许，他们脱掉衣服，光着身子向它跑去，黝黑的身躯和上下抖动的雪白臀部使他们看上去像一群怪异的羚羊在傍晚时分出来饮水、泡澡。兴奋的喊叫声和溅起的水花一直抵到阿蒂里乌斯与穆萨和科威纳斯所站的地方。他没有试图阻拦他们。让他们尽情享受一番吧。再说，他要解开另一个谜。

这里不见科拉克斯的人影。

按照穆萨的说法，他和科拉克斯离开庞贝后不到两个时辰就发现了这个湖，肯定是中午时分，而且正如阿蒂里乌斯所预言的那样：有谁会错过这么大一片被水淹没的地方呢？科拉克斯简短地检查了一下破裂的地方，然后就按原来的约定骑马去庞贝报告破裂的程度。

阿蒂里乌斯气得咬紧了牙关。“可那是七八个时辰前的事了。”他不敢相信这是真的。“行了，穆萨，把真实情况告诉我。”

“水务官，我说的都是实话。我可以发誓！”穆萨瞪大了眼睛，显然真的感到很意外。“我还以为他会和你一起回来。他一定出什么事了！”

穆萨和科威纳斯已经在检修入口旁点燃了一堆火，不是为了暖身子——天仍然酷热难当——而是为了驱邪。他们找到的木头像引火纸一样干燥，火焰在黑暗中异常明亮，吐出喷泉般的红色火星，随着烟雾一起升到空中。巨大的白色蛾子与飞舞的灰烬混杂在一起。

“也许我们在路上和他错开了。”

阿蒂里乌斯回望越来越浓的夜色。尽管嘴上这么说，其实他心里知道那不可能。再说，一个人如果骑马的话，就算走另一条路，也有足够的时间赶到庞贝，发现他们已经动身，然后再赶上来。“这根本说不通。而且，我记得当时说得很清楚，是让你而不是科拉克斯回来给我们报信。”

“你是说过。”

“结果呢？”

“他非要去找你。”

阿蒂里乌斯心想，他准是溜走了。这是最合理的解释。他和他的朋友埃克索姆尼乌斯一起逃走了。

“这个地方，”穆萨看着四周说，“我对你说实话，马尔库斯·阿蒂里乌斯，这地方让我浑身起鸡皮疙瘩。刚才那响声，你听到了吗？”

“我们当然听到了，就连那不勒斯的人恐怕也听到了。”

“你就等着看水道会发生什么情况吧。”

阿蒂里乌斯走到一辆牛车旁，拿起火把。他走回来将火把塞到火焰中，火把立刻被点燃了。他们三个人在一片空地上围拢，他再次闻到了黑暗中传来的硫黄味。“给我拿一点绳子来，”他对穆萨说，“和工具放在一起。”他瞥了一眼科威纳斯。“你们那边的情况怎么样？闸门关上了吗？”

“关上了。我们和祭司吵了一阵子，但贝科最后还是说服了他。”

“你们什么时候把闸门关上的？”

“第七时辰。”

阿蒂里乌斯揉着自己的太阳穴，思索着。再过两个时辰，隧道里的水位就会开始下降。除非他现在就派科威纳斯立刻赶回阿贝里努姆，否则贝科会严格遵守他的指令，也就是等待十二个时辰，在夜间的第六个时辰打开水闸。时间这么紧，他们永远成功不了。

穆萨拿着绳子回来后，阿蒂里乌斯将火把递给他，然后将绳子一端系在自己的腰间，坐到检修入口的边上。他喃喃地说："迷宫里的忒修斯。"

"什么？"

"别管它。你只管别让绳子另一头掉下去就行了。"

阿蒂里乌斯想，三英尺泥土，两英尺石块，然后是从隧道顶到隧道底部的六英尺净空，总共十一英尺。我最好脚落到实处。他转过身，慢慢下到了狭窄的竖井中，手指紧紧抓住入口的边缘，在空中悬挂了片刻。他下到隧道中有多少次了？可十多年了，每次下到泥土之下时，他都会感到惊恐。这是他内心觉得最可怕的事，从来没有向任何人透露过，甚至都没有向他父亲透露过，尤其是不能向他父亲透露。他闭上眼睛，跳了下去，落到地上时弯曲膝盖来化解冲力。他在那里蹲了一会儿，恢复自己的平衡感，鼻子里充满了硫黄的臭味。他小心翼翼地伸出手摸索着。隧道只有三英尺宽。他的手指摸到的是干燥的水泥。他睁开眼睛，但他的眼前一片漆黑，与闭着眼睛时毫无区别。他站起身，后退一步，冲着穆萨喊道："将火把扔下来！"

火把下落时火焰不停地摇曳，他担心火把会熄灭，但当他弯腰握住火把柄时，它又燃烧起来，照亮了隧道壁。隧道下半部覆盖着一层石灰，是多年来流水沉积下来的。它那凹凸不平的表面与其说是人造的结构，不如说更像洞壁。他想到大自然收复自己失去的东西是多么迅速——砖头结构在风吹雨打的作用下瓦解，道路被绿色的杂草掩埋，水道被它们建造来运送的水堵塞。文明是一场残酷的战争，在这场战争中，人类注定要以失败而告终。他用拇指指甲抠着石灰层。这又是埃克索姆尼乌斯玩忽职守的一个例子。这里的石灰层几乎有他的手指那么厚，而实际上每隔两三年就得铲除一次。这段水道至少十年没有维修过了。

他在这有限的空间里别扭地转过身，将火把举到前面，睁大了眼睛向黑暗深处望去。他什么也没有看到。他开始向前走，边走边数着步子。当他数到十八时，他惊讶地叫了一声。不仅整个隧道被堵塞了（这一点他已经料到了），而且整个隧道底部仿佛被来自下面的某种无法抵抗的力量抬高了。隧道下面厚厚的混凝土地基已经被切断，隧道的一段向顶部倾斜。他听到身后传来了穆萨沉闷的声音："你看到了吗？"

"我看到了！"

隧道急剧变窄。他只好跪下来，慢慢向前爬。隧道底部的破裂又造成了隧道壁的变形以及隧道顶部的坍塌。水正从一大堆挤压在一起的砖头、泥土和混凝土块当中渗过来。他用手扒拉了一下，这里的硫黄气味最浓，火把的火焰开始变小。他赶紧退了出去，一直退到入口处的竖井中。他抬头望去，只能勉强看到夜空中映衬出的穆萨和科威纳斯的脸。他将火把靠隧道壁放着。

"拽紧绳子。我出来了。"他解开腰间的绳子，猛地拉了一下。井口的那两张脸消失了。"准备好了吗？"

"好了！"

他尽量不去想他们万一放手故意让他摔下去会发生什么事。他先用右手抓住绳子，将自己往上拉，然后用左手抓住绳子，再次将身子往上拉。绳子疯狂地晃动着。他的头和肩膀进入了检修竖井中，他在那一刻觉得自己快没有力气了，但双手再轮流一用力，他的膝盖便接触到了竖井口，他能够将后背贴着竖井壁。他认为松开绳子后自己爬上去要更容易。他用膝盖和后背顶着竖井壁慢慢向上，最后双臂终于出了入口一侧，他又进入了夜晚新鲜的空气当中。

他躺在地上，慢慢恢复着呼吸，穆萨和科威纳斯在一旁注视着他。一轮圆月正在升起。

穆萨问："怎么样？你看到了什么？"

阿蒂里乌斯摇摇头道："我还从来没有见过这样的情景。我以前也看到过隧道顶部坍塌，看到过山的一侧出现滑坡，可是现在这？这看上去像是整整一段隧道底部被向上推起。我从未见过。"

"科拉克斯也是这么说的。"

阿蒂里乌斯站了起来，向竖井下望去。火把仍然在隧道中燃烧着。他苦笑着说："这里的土看上去很结实，却比水坚硬不了多少。"他沿着水道向前走去，数到十八步时停了下来。他现在仔细查看后，注意到地面微微有些隆起。他用脚在地上划了个记号，然后继续向前走，再次数数。隆起的部分似乎并不宽，六码或八码。很难说精确。他又做了个记号。在他的左边，安普里亚特斯的那些人仍然在湖边戏耍。

他突然感到比较乐观。堵塞面其实并不大。他越想越觉得这不像是地震造成的，因为地震能轻而易举地将整整一大段隧道顶震塌——那才是真正的灾难。但眼下这更像局部性的，更像是大地由于某种未知的原因沿着一条窄线上升了一至两码。

他转了一圈。是的，他现在可以看到了，地面已经隆起，水槽已经被堵塞。与此同时，水压在隧道壁上冲开了一个裂口，水流进洼地，形成了一个湖泊。可如果他们能清理堵塞的地方，让水道流淌起来呢……

他在这一刻做出了决定。科威纳斯不必再回阿贝里努姆。他可以试着连夜修复奥古斯都水道。勇敢地面对不可能的事——这才是罗马的做法！他用手在嘴边做成一个喇叭，高声喊道："好了，先生们！浴室关门了！我们开始干活！"

很少有妇女在坎帕尼亚的大道上独自行走，因此当科蕾莉娅经过时，那些在干旱的狭窄田地里干活的农民全都转过脸去盯着她看。就连一些身强力壮的农妇，块头比她大两倍，随身还带着结实的锄头，天黑后在无人护送的情况下出门也会犹豫再三。何况一个一眼就能看出是来自有钱人家的年轻姑娘呢？还骑着一匹骏马？这样的奖品有多诱人？有两次，男人们冲到大道上，想拦住她或拉住她的缰绳，但她每次都策马向前飞奔，跑了几百步后，他们只好打消追她的念头。

她下午偷听过父亲的密谈，因此知道水务官走了哪条道。可是，听上去像在阳光明媚的花园里散步那么简单的一次旅行——沿着通向庞贝的水道支线到达支线与奥古斯都水道主线相接处，在黄昏她真的出发时却变得非常可怕。当她来到维苏威山脚下的葡萄园旁时，她真希望自己没有来。她父亲对她的评价很有道理——刚愎自用，不听话，愚蠢，先行动再考虑后果。前一天晚上在米塞努姆城那名奴隶死了之后，他们启程回庞贝时，他就是这么骂她的。可是现在回去已经太晚了。

这天的活已经干完。暮色中，一队队筋疲力尽的奴隶脚踝上套着枷锁，默默地在道路旁蹒跚而行。他们脚上的锁链撞击石头发出的当啷声以及工头的鞭子抽打在他们后背上的噼啪声是仅有的声响。她听说过这些可怜人的遭遇，被强行塞进附属于大农场的监狱中，一两年内就会累死，但她从来没有如此近距离真实地看过他们。偶尔会有一名奴隶抬起眼睛来迎着她的目光，那就像透过一个窟窿望着地狱。

然而，尽管夜幕降临后道路上没有任何行人，尽管水道越来越难辨认，她仍然不愿意放弃。低矮山坡上那些给人一丝安全感的别墅逐渐淡去，取而代之的是零星的火把和光亮，在黑暗中闪烁着。她的坐骑放慢了脚步，她在马鞍上随着马突然改变步伐，身子前后晃动了一下。

天很热。她口干舌燥。（这是很自然的事，因为她忘了带水：以前都是奴隶替她拿着的。）衣服摩擦着她湿淋淋的皮肤，摩擦过的地方很痛。只要想到那位水务官，想到他所面临的危险，她便继续策马向前。或许她来得太晚了？或许他已经遇害？正当她开始琢磨自己是否还能追上他时，凝重的空气似乎突然变成了固体，在她周围嗡嗡作响，紧接着，从她左边的维苏威山中传来了一声巨响。马猛地抬起了前蹄，将她向后抛去，她差一点被摔下来。她的手上全是汗，缰绳在她湿淋淋的手指间断裂，她那布满汗珠的双腿没能夹住马肚子。当马的前蹄重新落到地面上然后向前疾驰时，她用手指死死抓住厚厚的马鬃，身子紧紧伏在马背上，这才没有摔下去。

母马跑了至少一英里后才开始放慢速度。她慢慢抬起头，发现马已经跑离了大道，在一片开阔地上慢跑。她可以听到附近有流水声，马肯定也听到了。它转过身，开始朝传来流水声的方向走去。她刚才一直将脸紧紧贴着马脖子，紧闭着双眼，可是现在她抬起了头，她可以看到几堆白色的石头以及一堵低矮的墙壁，似乎包围着一口巨大的水井。马弯腰去饮水。她低声对它说着话，然后小心地下了马，免得惊动它。她惊恐得浑身颤抖不已。

她的脚陷入了泥浆中。她可以看到远处有营火的亮光。

阿蒂里乌斯的第一个任务是将那些垃圾从地下清除出来，这可不是件容易的事。隧道很窄，他们一次只能进去一个人，来到堵塞的地方，挥舞丁字镐，用铲子挖。筐子装满后，必须靠大家接力才能将它从隧道里递出去，到达竖井底部后再系到绳子上，拉到地面上倒掉。然后，筐子会再次被放下去，而到这时第二筐已经被装满，正被运送出来。

阿蒂里乌斯像往常一样，第一个挥舞起了丁字镐。他从衣服上撕下一块长条布，用它蒙住嘴和鼻，尽量减轻硫黄的气味。用丁字镐刨下砖块和泥土，再将这些装到筐子里，这些已经够难为人的。而在狭小拥挤的空间里挥舞镐头，还要用力将混凝土捣碎成可以运走的小块——这种活只有大力神赫拉克勒斯能胜任。有些碎块很大，要两个人才搬得动。不一会儿，他的胳膊肘与粗糙的隧道壁摩擦后就蹭出了道道血印。至于里面的温度，炎热的空气再加上夜晚的酷热、汗流浃背的躯体以及燃烧的火把——这比他想象中的西班牙那些金矿里的情况还要恶劣。但是，阿蒂里乌斯感到他们已经有了一丝进展，而这给他增添了力量。他已经发现奥古斯都水道堵塞的地方，只要能将这狭窄的几码距离清理干净，他的一切问题就能迎刃而解。

过了一会儿，布雷毕克斯轻轻地拍了拍他的肩膀，主动提出要接替他，阿蒂里乌斯感激地将镐递给他。看到这彪形大汉虽然身体几乎塞满了整个隧道，却像摆弄玩具一样轻松地挥舞着丁字镐，阿蒂里乌斯不由得充满了钦佩。他沿着大家排成的队伍向后退，其他人纷纷挪动身体让他过去。他们现在是团队合作，像一个整体——这又是罗马的做法。不知是由于在水中浸泡一下后恢复了体力，还是由于具体的任务占据他们的思想后他们稍微感到轻松了一些，这些人的情绪似乎发生了变化。他开始想，也许他们并不像他想象的那么坏。不管你对安普里亚特斯有什么样的看法，至少他懂得如何训练一帮奴隶。阿蒂里乌斯从旁边一个人手中接过沉重的筐子，转身递给后面一个人，结果发现恰恰是酒壶被他踢走的那个人。

他慢慢失去了时间感，他的世界被限制在这几英尺长的狭窄隧道中。他的感官体验到的只有臂膀与后背的酸痛，手上被锋利的砂石划出的伤口和擦破皮的胳膊肘的疼痛，以及令人窒息的闷热。他完全沉浸在这一切之中，一开始并没有听到布雷毕克斯在呼唤他。

“水务官！水务官！”

“什么事？”他侧身贴着墙，慢慢从那些人身旁经过，第一次发现隧道中的水已经快淹到他的脚踝处了。“什么事？”

“你自己看。”阿蒂里乌斯从身后那个人的手中接过火把，举着它走到堵塞的地方。那巨大的堵塞物乍看上去显得很结实，但他随即看到那里到处在渗水，一道道小细流正从不断渗水的堵塞物上流下来，仿佛那物体在发汗。“你明白我的意思了吗？”布雷毕克斯用镐戳着那堵塞物道，“如果这家伙破了，我们都会像下水道中的老鼠，全被淹死。”

阿蒂里乌斯能够感觉到身后的沉默，那些奴隶全都停了下来，在听他们说话。他回头望了一眼，看到他们已经清理干净了四五码的隧道。那么还有什么东西在堵塞奥古斯都水道？几英尺？他不想就此罢休，但他也不想让大家一起送命。

“好吧，”他勉强说道，“赶紧出隧道。”

这句话根本无须说第二遍。他们早已将火把靠墙放在地上，丢下工具和筐子，排队等着拉住绳子爬上去。一个人爬上去，双脚刚刚消失在检查井中，另一个人的手就抓住了绳子，将自己拉到安全的地方。阿蒂里乌斯跟在布雷毕克斯身后出了隧道，来到检修入口处时，看到只有他们俩还留在下面。

布雷毕克斯将绳子递给他，但阿蒂里乌斯谢绝了。“不，你上去。我留下来，看看有没有什么别的办法。”他意识到布雷毕克斯正盯着他，那眼神仿佛觉得他是个疯子。“为安全起见，我会将绳子系在腰间的。你上去后，将绳子的另一头从牛车上解下来，慢慢地放出去，让我能够到达隧道尽头。一定要抓紧绳子。”

布雷毕克斯耸了耸肩。“随你便。”

他转身向上爬去时，阿蒂里乌斯抓住了他的胳膊。“布雷毕克斯，拉得住我吗？”

角斗士咧嘴一笑。“你——再加上你那该死的妈妈也没问题！”

尽管体重很大，布雷毕克斯仍然像猴子一样灵活地顺着绳子爬了上去。现在，下面只剩下了阿蒂里乌斯一个人。他第二次将绳子系在自己的腰间，心想自己也许真的是疯了，可似乎也没有别的选择，因为除非隧道里的水被彻底排空，否则他们无法对它进行修复，而且他也没有时间去等里面的水全部从堵塞物中慢慢渗漏光。他拉了一下绳子道：“可以了吗，布雷毕克斯？”

“可以了！”

他捡起火把，开始沿着隧道回去，里面的水现在已经淹到了他的脚踝以上。他跨过被丢弃的工具和筐子，小腿哗啦哗啦地踩在水中。他慢慢地走着，好让布雷毕克斯一点一点地放出绳子，当他来到堵塞的地方时，他已是大汗淋漓，一方面是热，另一方面是紧张。他可以感觉到身后奥古斯都水道的重量。他将火把移到左手，看到与他眼睛齐平的地方有一块砖头半露在外面，他开始用右手拉扯这块砖头，先是上下然后再左右晃动着它。他只需要一个小缝隙，慢慢地释放出靠近隧道顶端某个地方的压力。砖头起初一动也不动，但后来它的四周开始冒出水泡，然后在水压的驱动下突然从他的手指间飞出，掠过他的头顶，擦到了他的耳朵。

他惊叫一声，后退了一步。砖头所在的地方鼓了起来，然后炸开，呈V字形向外、向下剥落——这一切发生在一瞬间，但他仍然来得及记住坍塌过程的每一步。紧接着，一堵水墙倒在了他身上，冲得他连连后退，扑灭了他手中的火把，在黑暗中淹没了他。他在水下，头朝前，背朝下，沿着水道迅速被水冲走。他挣扎着想在抹了水泥底灰的水槽中抓住点凸起的东西，但什么也没有抓着。汹涌的水流卷起他，拍打着他翻了身，变成了背朝天。他突然感到一阵剧痛，绳子在他的肋骨下猛然绷紧，拉着他弯了腰，将他向上抛去，后背摩擦到了隧道顶部。他起初以为自己得救了，但绳子突然松了，他一头栽到隧道底部，像排水沟中的一片树叶，被水流冲进了黑暗之中。

夜寝 22:07

许多观察者认为，火山爆发会在圆月时出现或可能性变得更大，因为潮汐力对地壳的作用此时最大。

——《火山学》（第二版）

安普里亚特斯向来不太喜欢火神节。这个节日标志着时令已经到了一个特殊点上，夜幕降临的时间明显提前，清晨必须点上蜡烛。丰饶繁荣的夏季已经结束，接踵而来的是漫长而阴郁的冬季。这个节日的庆祝仪式本身也让人厌恶。火神住在山下的一个洞穴里，将吞噬一切的烈焰传播到人间各地。所有生灵都惧怕他，只有鱼除外，因此——按照神也像人一样最想得到最难得到的东西这条原则——必须将活鱼扔到熊熊燃烧的柴堆上来祭祀火神，让他息怒。

这并不表明安普里亚特斯完全缺乏宗教感。他一直喜欢看到美丽的动物被屠杀——比方说，公牛慢慢走向祭坛时那种祥和的神情，以及它茫然地瞪着祭司时的样子；然后便是屠夫的锤子突如其来地将它砸晕，刀光一闪，它的喉管被割断；它像一张桌子，直挺挺地轰然倒下，四条腿笔直地伸在那里；喷涌而出的鲜血在尘土中凝结，肚子被剖开后，黄色的内脏滚落出来，被送给肠卜师验看。那才叫宗教。可是，望着那些迷信的市民排队经过圣火，望着几百条小鱼被扔进火焰中，望着那些银色的小躯体在火焰里面扭动、蹦跳：这在他看来毫无高贵之处。

而且，今天的仪式尤其单调冗长，因为想祭祀火神的人数创下了新的纪录。连续的干旱，泉水的断流和水井的枯竭，大地的颤抖，山中看到和听到的幽灵，所有这一切都被视为火神的所作所为。城里充满了忧虑。人群绕着广场边缘慢慢行走，眼睛紧盯着火焰，安普里亚特斯可以从他们那一张张布满汗珠的通红的脸上看到忧虑。空气中的恐惧几乎伸手可及。

他在看台上的位置并不太好。按照传统，市政官们将聚集在朱庇特神庙的台阶上——前面站着执政官和祭司，包括他儿子在内的元老们站在后面，而安普里亚特斯由于以前是奴隶并且没有一官半职，总是被安排在最后排。他对此丝毫不介意，相反，他巴不得看到权力——真正的权力，被隐藏着。这是一种无形的力量，既允许人们举行这些仪式，又一直操纵着所有人，仿佛他们只是提线木偶。再说，真正奇妙的是大多数人都知道其实是他——站在最后面的第十排、从边上数第三个人，在真正操纵着这座城市。波比蒂乌斯、库斯比乌斯、霍尔孔尼乌斯和布里蒂乌斯对此心知肚明，他感到他们即使在接受人们的赞颂之辞时也微微有些局促不安。大多数人也深知这一点，因此对他更是尊敬有加。他可以看到他们在人群中寻找着他，然后轻轻推着旁边的人，把他指给别人看。

“那是安普里亚特斯，”他仿佛听到他们在说，“是他在别人逃走时重建了庞贝城！向安普里亚特斯致敬！向安普里亚特斯致敬！向安普里亚特斯致敬！”

仪式还没有结束，他就悄悄离开了。

他再次决定不坐轿子，而是步行回家。他在众目睽睽中走下神庙的台阶，这里点一下头，那里捏一下胳膊肘，沿着神庙背光的一面，穿过提比略[①]凯旋门，走到空空荡荡的街道上。他的奴隶们抬着轿子跟在他身后，充当他的保镖，但他一点也不害怕天黑后的庞贝。他对这座城市里的每一块石头，路上的每一处凸起或凹处，以及每一个铺面和每一条下水道都了如指掌。天上的一轮圆月再加上偶尔可见的街灯——这又是他的一个创举——足以照亮他回家的道路。但是，他不仅熟悉庞贝的建筑，更了解庞贝人，了解这座城市的灵魂神秘的活动过程，尤其是在选举时：五个街道行政区——弗伦西斯、坎帕尼亚西斯、萨利尼亚西斯、乌布托尼恩西斯、帕加尼，都有他的一个手下；城里的每个行会——洗衣店、面包师、渔夫、香水师、金匠等，都听从他的安排。就连那些在他修建的伊希斯神庙里做礼拜的信徒，他也可以让他们当中的一半参加集团投票[②]。无论他选择推举哪个笨蛋上台，他都能得到回报——各种各样的许可证、建筑许可以及审判庭对他有利的判决，这些就是权力的无形货币。

他下山朝自己家走去，那里应该说是他即将合二为一的家。他停住脚，站在那里品味着夜晚的空气。他爱这座城市。虽然早晨的热浪会让人喘不过气来，但卡普里岛方向通常会出现深蓝色的波浪，到第四时辰，海面上刮来的微风便会吹过庞贝城，轻拂着树叶，然后庞贝城就会散发出春天般甜美的气息。的确，如果天气真的像今晚这样闷热，那些上流社会的人便会抱怨，说这座城市散发着臭气。但浓烈的空气似乎更对他的胃口——大街上的马粪味，茅厕里的尿臊味，港口鱼酱散发出的臭味，挤在城墙内的两万人散发出的汗臭味。在安普里亚特斯看来，这就是生活的

---

① 提比略（公元前42—公元37年），古罗马皇帝，长期征战，军功显赫，五十六岁时继岳父奥古斯都的帝位。

② 集团投票，由代表按所代表的人数投出的一批票。

气息——活动、金钱和利润的气息。

他继续向前走去，来到自家大门口时，他站在灯笼下，大声敲门。做奴隶的时候他是不被允许从正门进出的，因此现在每次从正门进来时他都有一丝快感。他冲着门房笑了笑。他今晚心情很好，向门厅走了一半时转身说道："马萨沃，你知道幸福生活的秘诀是什么吗？"

门房摇了摇他那巨大的脑袋。

"去死。"安普里亚特斯和他开着玩笑，在他肚子上打了一拳，结果却眉头一皱，那一拳像是打在了木头上。"去死，然后再死而复生，把每一天都当成是对神的胜利。"

他什么也不怕，什么人也不怕。然而真正的可笑之处在于，他根本不像人们所想象的那么富有。米塞努姆城的别墅——一千万塞斯特斯，的确太贵，但他必须将它买下来！那是靠借来的钱买下的，主要靠的是现在这处房子的价值；这处房子又是通过抵押那些浴室买下的，而那些浴室还没有建成。不过，安普里亚特斯却能完全按照自己的意愿操纵这一切，一方面通过自己的小聪明，另一方面通过公众对他的信心。如果卢修斯·波比蒂乌斯那个蠢货以为只要娶了科蕾莉娅就能赎回自己的祖屋，那么很遗憾，他在那份合同上签字之前应该请一位好律师。

火把照亮了游泳池，他经过那里时停下来望着喷泉。水雾与玫瑰的芬芳混杂在一起，但就在他望着它的那一刻，他也觉得水压似乎在降低。他想起了那一本正经的年轻水务官，黑暗中正在某个地方修复水道。他回不来了，真是可惜，否则他们可以合伙一起做生意。但他太诚实，而安普里亚特斯的座右铭始终是"愿众神保护我们远离诚实的人"。或许他这会儿已经死了。

喷泉的软弱无力开始让他心烦意乱。他想起了那些银光闪闪的鱼，在火焰中蹦跃，被火炙烤得嗞嗞作响。他试图想象城里的人发现断水后会有什么反应。他知道，他们自然会怪罪火神，那些迷信的蠢货。他倒是没有想过这一点。在这种情况下，明天应该是个恰当的机会，终于可以透露庞贝城女巫比里雅·奥诺玛斯蒂亚的预言了。那还是他在夏天时悄悄让她预测的。她住在圆形剧场旁的屋子里，每到夜晚就会在浓浓的烟雾中与古老的神灵萨巴齐乌斯[①]进行交流。她会在祭坛上向神灵祭奉蛇——这一过程让人恶心，祭坛上供奉着两只有魔力的青铜手。整个仪式让他浑身直起鸡皮疙瘩，但女巫为庞贝的未来做出了惊人的预言，让人们都知道这预言对他会有好处。他决定明天早晨召集执政官。至于现在嘛，趁着别人仍然在广场上狂欢的当口，他还有更加紧迫的事务要处理。

他走上了通向波比蒂乌斯家内室的台阶。这条小径他多年前曾走过无数次，那时的他被老主人像狗一样使唤。他心里开始隐隐作痛。这些墙壁这么多年来目睹过多少秘密和疯狂的性交，听到过多少含糊不清的甜言蜜语。安普里亚特斯任凭这屋子的主人的手指在他身上随意摸索，躺在那里将自己奉献给主人。那时的他比塞尔西努斯还小，甚至比科蕾莉娅还要小，因此即使这场婚姻没有爱情，她又有什么可抱怨的呢？告诉你们，主人总是悄声说他爱他，或许他真的爱安普里亚特斯，毕竟他在遗嘱中给了安普里亚特斯自由。安普里亚特斯后来的一切都有其前因后果，都来自在这里播下的狂热种子。他从来没有忘记过。

卧室的门没有上锁，他没有敲门就走了进去。梳妆台上点着一盏油灯，月光从打开的百叶窗倾泻进来。他借着昏暗的油灯亮

① 萨巴齐乌斯为弗里吉亚与色雷斯地区供奉的神。

光看到塔蒂娅·塞孔达平躺在床上，像停尸台上的尸体。他走来时，她转过脸来。她六十多岁了，身上一丝不挂。她的假发放在油灯旁的一个假头上，即将无声地目睹接下来要发生的事。从前总是她发出命令——这里，那里，*那里*——但现在角色已经颠倒过来，他也无法肯定她现在是否更畅快淋漓，因为她不再出声。她默默地转过身，用双手和膝盖支撑着，弓起身子，将她的臀部奉献给他。月光照在她那骨头突出的臀部上，泛起蓝色。她一动不动地等待着，而她以前的奴隶——现在的主人——爬到了她的床上。

绳子松了之后，阿蒂里乌斯两次成功地用膝盖和胳膊肘抵住水槽狭窄的墙壁，试图牢牢地卡住自己，但两次成功后又被水冲脱，被冲到了隧道中更远的地方。他的手脚软弱无力，他的肺似乎在炸开，他感到自己只有最后一次机会，于是又试了一次。他这次终于卡住了，像海星一样张开手脚。他将头伸出水面，猛烈咳嗽着，大口大口地喘着气。

黑暗中，他不知道自己在什么地方，也不知道自己被水冲出了多远。他什么也看不到，什么也听不到。除了手和膝盖碰到的水泥以及淹到他脖子那里的水外，他什么也感觉不到。水不停地冲击着他的身体，他不知道自己在那里坚持了多久，但他渐渐意识到水压在变小，水位在下落。当他感觉到水已经下落到他肩膀处时，他知道最糟糕的时刻已经过去。不一会儿，他的胸脯露出了水面。他小心地松开隧道壁，站了起来，在缓慢流淌的水流中一步一步地后退，然后挺直了腰杆。他就像一棵在突发洪水中幸存下来的大树。

他的脑子重新开始活跃起来。被困在里面的水已经排空，因为十二个时辰前阿贝里努姆的水闸已经关闭，不会再有新的水源补充。剩下的这点水也正被水道微不足道的坡度慢慢地驯服、削减。他感到有什么东西在扯着他的腰间。绳子仍然拖在他的身后。他在黑暗中摸索着，将绳子拉回来，盘在自己的胳膊上。他摸了摸绳子的另一端，平整光滑，没有磨损也没有断裂。布雷毕克斯一定是故意松手的。为什么？他突然感到万分惊恐，急于逃出去。他探身向前，开始蹚水，但这简直像一场噩梦。他什么也看不见，只能伸出双手在没有尽头的黑暗中摸索前进，他的双腿只能像步履蹒跚的老人那样慢慢前进。他感到自己面临着双重困境，一是四周向他包围而来的大地，一是前面水的重量。他的肋骨在隐隐作痛，肩膀就像被火烙过一样。

他听到有东西落到水中的响声，接着便看到远处像流星似的有一丝亮光掉了下来。他停住脚步，仔细听着，使劲喘着气。有人在呼喊，接着又是东西落入水中的响声，又一根火把出现了。他们在找他。他听到了微弱的喊叫声——“水务官！”——盘算着自己是否应该回答。肯定是他自己在胡思乱想？那堵墙壁似的堵塞物倒塌得太突然，而且力量也太大，任何正常人都无法拉住他。可布雷毕克斯力大无穷，而且刚才发生的事并非完全出乎意料：角斗士应该有所防备。

“水务官！”

他犹豫不决。有一点可以肯定，没有其他途径可以走出这隧道。他必须走过去，面对他们。但他的本能在告诉他，他必须将怀疑埋在心中。“我在这里！”他大声喊道，然后噼里啪啦地踩着不断减少的流水，向摇晃的亮光走去。

他们见到他时又惊讶又充满敬意——布雷毕克斯、穆萨和年轻的波里特斯全都上前来迎接他——因为他们说，在他们看来任何东西都无法在那场洪水中幸存下来。布雷毕克斯坚持说绳子像巨蟒一样从他的手中滑走了，并且为了证明自己，他还摊开手掌让阿蒂里乌斯看。在火把的亮光中，他的双手的确布满了清晰可辨的摩擦伤痕。或许他说的是实话，至少他的语气里充满了愧疚。不过，任何杀手在看到自己所害的人死而复生时都会显得充满愧疚。“布雷毕克斯，我记得你说过，加上我母亲你都拉得住。”

“是啊，可你母亲比我想象的要重。”

“水务官，是神在垂怜你，”穆萨说，“他们一定给你安排了特殊的命运。”

阿蒂里乌斯说：“我的命运就是修复这该死的水道，然后回米塞努姆城。”他解开腰间的绳子，接过波里特斯手中的火把，从其他人身旁挤过去，借着火把的光线查看隧道。

水排出去的速度非常快，已经到了他的膝盖之下。他想象着水流从他身边经过，流向诺拉和其他城市，最终流到海湾周围的各个地方。它会流过那不勒斯北面的拱廊以及库米的大型拱桥，最后顺着半岛上的山脊流到米塞努姆城。这段水道里的水很快将会被完全排空，地面上只会剩下一摊摊水渍。不管发生什么情况，他算是完成了对舰队司令的承诺。他已经疏通了水道。

虽然被堵塞的那段隧道里仍然一片狼藉，但刚才的洪水已经替他们干完了大部分的活，现在的任务只剩下将余下的泥土和废物清理干净，平整隧道底部和墙壁，重新铺一层混凝土，砌上一圈砖头，再抹上水泥底灰——这些不是什么难事，只是临时维修，正式的大规模维修要等他们秋天重新回来进行。不过，一晚上要完成这么多工作仍然是艰巨的任务。贝科重新打开水闸后，来自阿贝里努姆的流水会在天亮时到达这里。他将自己的要求告诉大家，穆萨也开始补充一些建议。他说，他们现在就可以把砖头运下来，沿墙码放，水一退完它们立刻就能用上。他们马上就可以在地面上开始配制水泥。这是自阿蒂里乌斯接管水道以来他第一次表现出合作意愿，阿蒂里乌斯死里逃生的经历似乎让他充满了敬畏。阿蒂里乌斯心想，我应该多几次死里逃生的经历。

布雷毕克斯说："至少那臭味已经没有了。"

阿蒂里乌斯一直没有注意到这一点。他闻了一下，布雷毕克斯没有说错，聚集在隧道中的硫黄气味似乎已经被水冲走。他想知道这一切究竟是怎么回事——那硫黄气味最初来自什么地方，为什么会挥发掉，但他没有时间细想。他听到有人在叫他，便蹚水来到了检修竖井中。上面传来了科威纳斯的声音："水务官！"

"什么事？"他看到火把暗红色的光线照亮了那奴隶的脸，"什么事？"

"我觉得你应该上来看一看。"他的头突然消失了。

又出什么事了？阿蒂里乌斯抓住绳子，小心地拉着试了试，然后开始向上爬。他现在疲惫不堪，而且浑身伤痕累累，因此从竖井中爬上去要比之前吃力多了。他慢慢向上爬去，右手，左手，右手，终于进入了狭小的入口。然后，他继续慢慢向上爬，将胳膊伸到了入口外，支撑着自己，来到了温暖的夜晚中。

在他被困在地下这段时间里，月亮已经升起，又大又圆、红色，就像这地区的星星——确切地说，像这里的一切——显得不自然、过于夸张。地面上现在一片繁忙景象：一堆堆从隧道里挖出来的废物，两堆熊熊燃烧的篝火正对着明月吐着火星；地上插着火把，以增加照明；牛车被拉了过来，上面的东西大多已被卸下。他看到月光下那浅浅的小湖周围有一圈厚厚的泥浆，大部分湖水已被排空。安普里亚特斯的施工队伍正靠着牛车，等待着新的命令。他爬上来站直身子时，他们都好奇地注视着他。他意识到，自己身上又湿又脏，这副模样肯定很吸引眼球。他冲着隧道里喊叫着，让穆萨上来给他们分配活，然后左右张望着，寻找科威纳斯。科威纳斯正站在约三十步外，靠近那些牛，背对着检修入口。阿蒂里乌斯不耐烦地大声叫喊。

“什么事？”

科威纳斯转过身来，没有做任何解释，而是站到一旁，露出站在他身后的一个披着斗篷的身影，斗篷上还带着兜帽。阿蒂里乌斯向他们走去。直到走近他们而且那陌生人拉下兜帽时，他才认出她来。即使是泉泽女神埃吉利亚突然在月光下现身，他也不会感到更加意外。他的第一反应是她肯定是陪她父亲一起来的，于是他向左右张望着，看看有没有其他人和别的马匹。但是，他只看到一匹马，在静静地啃食着稀疏的青草。她独自一人。他向她走过去，惊讶地举起了双手。

“科蕾莉娅——这是怎么回事？”

“她不愿意对我说，”科威纳斯插嘴道，“她说她只对你一个人说。”

“科蕾莉娅？”

她意味深长地向科威纳斯的方向点了一下头，将手指压着嘴唇，摇摇头。

“你看到了吧？她昨天一露面我就知道她是个麻烦……”

“好了，科威纳斯，你去干活吧。”

“可是——”

“干活去！”

科威纳斯低着头慢慢走了之后，阿蒂里乌斯仔细地打量着她。她的脸上布满了尘土，头发凌乱，斗篷和衣服上沾满了泥浆，但最让他感到不安的是她那双眼睛——大而明亮，几乎不像是真的。他握住她的手，柔声说道："这不是你该来的地方。你在这里干什么？"

"我要把这些带给你。"她低声说道，然后从斗篷的口袋里开始往外掏一卷卷的莎草纸。

这些文件年代各异，保存的状况也不尽相同，总共六卷，体积很小，足以塞进口袋里。阿蒂里乌斯拿起一根火把，和科蕾莉娅一起离开一片忙乱的水道周边地带，来到一辆牛车背后的僻静处，这里正对着被水淹没的洼地。洼地中的水已经所剩无几，水面上有一道晃动的月光，像罗马的道路，又宽又直。远处传来翅膀拍打的响声，以及水鸟的鸣叫。

他解开她的斗篷，将它铺在地上，让她坐在上面。然后，他将火把柄插进土里，蹲下身，打开其中年代最久的那份文件。这是奥古斯都水道其中一段的平面图，而且正是这一段：标出庞贝、诺拉和维苏威所用的墨水如今已经从黑色褪成了淡灰色，上面还加盖着神君奥古斯都的帝国印鉴，仿佛它被核查过并被正式认可。这是勘测图，而且是原件，一百多年前绘制的。也许伟大的马尔库斯·阿格里帕本人曾亲自将它握在手中过？他将它翻过来。这种文件只可能来自两个地方，要么来自罗马水务专员的档案馆，要么来自米塞努姆城的皮希纳·米拉比里斯水库。他小心地将它卷了起来。

接下来的三份文件大多是一列列数字，他过了一会儿才大致看懂。其中一份的抬头写着《庞贝供水记录》，然后被分成多个年份——八一四年，八一五年，等等——几乎有将近二十年，而且又被再分为说明、数字及总数。数字在逐年加大，直到上一个十二月结束的这一年——罗马纪元的八三三年，这些数字翻了一倍。第二份文件初看上去与第一份几乎一模一样，但他仔细观看时才发现这些数字大约只是第一份文件中数字的一半。例如，在最后一年中，第一份文件上记载的总数为三十五万二千，但第二份文件中的记载却是十七万八千。

第三份文件记录得比较随意，看似某个人的月收入记载，又是将近二十年的记录，数字同样逐年加大，最后几乎翻了一倍。这可是一大笔收入，光是最后一年或许就有五万塞斯特斯，总数可能达到三十多万塞斯特斯。

科蕾莉娅抱着膝盖坐在那里，眼睛望着他。“怎么样？这是干什么用的？”

他一时不知如何回答是好。他感到自己仿佛被玷污了：一个人的耻辱就是他们所有人的耻辱。有谁知道这种腐败蔓延到了上面什么级别的高层？不过他又想到，不，这种腐败还没有蔓延到罗马，因为如果这其中还有罗马的份，那阿维奥拉绝对不会派他来南部的米塞努姆城。“这些看样子是庞贝的实际用水数字，”他指着第一份文件说，“去年的总数是三十五万昆纳利亚，这个数字对于庞贝这样的城市是比较恰当的。我估计第二份文件上的内容是我的前任埃克索姆尼乌斯正式递交给罗马的数字。上面的人不知道这之间的区别，尤其是在地震发生之后，除非他们派检察官来这里进行调查。至于这一份嘛——”他打开第三份文件时毫不掩饰自己的鄙视，“——是你父亲收买他时付出的代价。”她不解地看着他。“水很贵，”他解释说，“尤其是在你重建半个城市时。你父亲曾对我说过，‘至少像金钱一样宝贵’。”这一定就是利润和亏损之间的区别。利益至上！

他卷起那几张莎草纸。这些肯定是从酒吧楼上那肮脏的屋子里偷来的。他想知道埃克索姆尼乌斯为什么要冒险将这些能证明他犯罪的记录带在身边，但他随即想到，证明自己犯罪可能正是埃克索姆尼乌斯心中所想的事。这些东西能使他有力地控制住安普里亚特斯：别想跟我作对，别想欺负我，别想把我排除在外，别想威胁要揭露我——因为如果我身败名裂，我也不会放过你们。

科蕾莉娅说："另外两张呢？"

最后两份文件与前面那三份截然不同，仿佛根本不是一起的。首先，这两份文件非常新，上面没有数字，只有大段文字。第一份文件用的是希腊语。

> 山顶平坦，寸草不生。这里的土壤看似灰尘，周围还有洞穴般黑黝黝的岩石坑，仿佛岩石被烈火吞噬过一样。这个地区以前似乎曾遭火劫，因此有一些火焰口，但后来由于缺乏燃料而熄灭了。这无疑是周围地区土地肥沃的原因，例如卡塔纳，人们都说埃特纳山[①]的烈焰喷出了大量灰尘，而落满了这种灰尘的土壤特别适合种植葡萄。这种肥沃的土壤不仅含有可以燃烧的物质，而且含有提高产量所需的物质。如果这种使土壤变得肥沃的物质太多，它就会像所有富含硫黄的物质一样燃烧；但如果这种物质耗尽，火焰也已熄灭，那么土壤就会变成灰烬状，非常适合种植。

阿蒂里乌斯借着火把的亮光将它看了两遍后才确信自己看懂了。他将它递给科蕾莉娅。山顶？什么的山顶？或许是维苏威山——这附近只有这一座高山。可是埃克索姆尼乌斯——懒惰、

① 埃特纳山，位于意大利西西里岛东部，是欧洲最大的火山，也是世界上最活跃的火山之一。卡塔纳在埃特纳山的南边，历史上埃特纳火山曾多次喷发。

年衰、嗜酒如命、整天泡在花间柳巷里的埃克索姆尼乌斯——真的有精力在这干旱的季节，一路爬到维苏威山顶，用希腊文记录下自己的所见所闻吗？这让人难以置信。还有那语言——“洞穴般黑黝黝的岩石坑……周围地区土地肥沃”——根本不像一位工程师的语气。措辞太文学化，一点也不像出自埃克索姆尼乌斯这种人笔下，因为埃克索姆尼乌斯的希腊语水平肯定不会比阿蒂里乌斯本人高出多少。他一定是从什么地方抄来的，或者请人替他抄写的，或许请的就是庞贝广场旁公共图书馆里的某位抄写员。

最后一份文件要长得多，而且使用的是拉丁文，但内容同样令人费解：

> 我亲爱的朋友卢契里乌斯，我刚刚听说坎帕尼亚地区那座著名的城市庞贝已经在波及所有邻近地区的一场地震中被夷为平地。而且，赫库兰尼姆城的一部分也被毁，幸存下来的建筑摇摇欲坠。那不勒斯的许多民宅倒塌。除了这些之外，还有其他灾难：有人说几百只羊死于非命，塑像身上出现了裂缝，有人精神失常，事后神志不清地到处游荡。
>
> 我已经说过，庞贝地区有几百只羊死于非命，没有理由相信这些羊会因惊恐而死。人们都说大地震过后会出现瘟疫，而这毫不奇怪，因为地下深处隐藏着许多置人于死地的元素，就连那里的空气或由于地球的某种缺陷或由于一直处在黑暗中也死气沉沉，任何生灵呼吸之后都会受到伤害。羊受到感染，我感到毫不奇怪，羊的体质本身就比较弱，而且脑袋离地面更近，自然呼吸到的靠近地面的有害气体就要多得多。如果这种气体大量出现，人也会受到伤害；但大量的纯净空气在它还没有浓烈到被人呼吸之前就已将它消灭了。

这里的语言同样过于文绉绉的，不像是埃克索姆尼乌斯所写，而且工整的字迹显然是出自专业抄写员之手。不管真实情况如何，埃克索姆尼乌斯为什么要声称自己刚刚听说发生在十七年前的一场地震？卢契里乌斯又是谁？科蕾莉娅探身越过他的肩膀读着那些文件。他可以闻到她身上的香水味，可以感觉到她的呼吸扑在他的脖子上，感觉到她的乳房贴着他的胳膊。他说："你肯定这两份文件与另外三份是一起的吗？不会是别的什么地方来的？"

"它们全都装在同一个文件盒里。它们究竟是什么意思？"

"你没有看到把文件盒带来交给你父亲的那个人？"

科蕾莉娅摇摇头。"我只听到他说话的声音。他们谈到了你，而正是他们的谈话内容驱使我决定来找你。"她又微微凑近了一点，压低声音说道，"我父亲说这次他不希望看到你活着回去。"

"是吗？"他想挤出一丝笑容，"另一个人怎么说？"

"他说那不成问题。"

沉默。他感到她的手碰到了他的手——她那清凉的手抚摸着他手上划破和擦破的伤口，然后，她将头靠着他的胸膛。她累坏了。在这短暂的片刻，他三年来第一次允许自己充分体验身旁靠着女人的感受。

他想，这就是活着的感觉，一种久违的感觉。

过了一会儿，她睡着了。为了不吵醒她，他小心翼翼地挣脱开自己的臂膀，让她一个人睡在那里，自己则走回到水道旁。

修复工作已经到了关键时刻。奴隶们已经运完了隧道里的垃圾，正开始将砖头放下去。阿蒂里乌斯疲惫地向站在一起交谈的布雷毕克斯和穆萨点点头，但他们看到他走近时立刻陷入了沉默，朝他身后科蕾莉娅躺着的地方望去。他对他们的好奇视而不见。

他的内心思绪万千。对于埃克索姆尼乌斯腐败这一点，他并不感到奇怪。埃克索姆尼乌斯已经心甘情愿地走上了堕落之路，他的不诚实可能正好解释了他为什么会失踪。可另外两份文件呢，一份用的是希腊语，另一份摘自某封信件，这些又完全是另一个谜。看样子，埃克索姆尼乌斯似乎在水道被污染前至少三星期，就开始担心奥古斯都水道所经过的地区含有硫黄的土壤会污染水质。他甚至担心到了查找原始图纸、去庞贝图书馆进行研究的地步。

阿蒂里乌斯心不在焉地向水槽深处望去。他想起了自己前一天下午在皮希纳·米拉比里斯水库与科拉克斯斗嘴的经过：科拉克斯讥笑道："他比谁都更熟悉这水。他一定会预见到这种结果的。"而他当时不假思索地反唇相讥："或许他发现了，所以才逃走了。"他第一次有了一种不祥之感，有可怕的事将要发生。他还无法确定那是什么事，但反常的事情接二连三地发生，水道断流，地面颤动，泉水退回到地下，硫黄中毒……埃克索姆尼乌斯也意识到了。

火把在隧道里明晃晃地照耀着。

"穆萨？"

"什么事，水务官？"

"埃克索姆尼乌斯的老家在哪里？"

"西西里。"

"我知道是西西里，但西西里岛的哪一部分？"

"我记得是东部，"穆萨皱着眉头说，"卡塔纳。为什么要问这个？"

阿蒂里乌斯凝视着月光下狭窄平原的对面，没有作声。那里屹立着巍峨的维苏威山，它仍然为阴影所笼罩。

木曜日

八月二十四日

火山爆发的当天

第一时辰 06:20

到了某个时刻，炽热的岩浆与向下渗透进火山的地下水发生反应，诱发第一步。小规模的岩浆气化喷发，将细微的灰色火山灰喷洒到火山的东侧。这可能发生在夜间或八月二十四日早晨。

——《火山：一种地球观》

夜晚闷热难当，大家借着火把的亮光继续维修水槽。阿蒂里乌斯越来越焦虑，但他将这份焦虑埋在了心中。

他帮着科威纳斯和波里特斯在地面上配制水泥，将生石灰和粉末状的红沙倒进木槽，然后加进一点水——注意，不超过一杯，因为这是配制优质水泥的诀窍：配制出来的水泥越干就越坚固。然后，他帮着奴隶们用筐子将水泥运到下面的隧道中，抹在地面上，构成水槽的新底座。他帮助布雷毕克斯把早些时候挖出来的碎砖石捣碎，并且将这用作底座的一部分，以增加底座的强度。他帮助锯开木板，用这些木板挡住墙壁，将木板铺在潮湿的水泥上，让大家从上面爬过。他将砖头递给砌墙的穆萨。最后，他与科威纳斯肩并肩地站在一起，给墙壁抹上薄薄的一层底灰。（这是配制出完美水泥的第二个窍门：使劲拍打，“像砍木头一样拍打它”，为的是将以后可能变成弱点的最后一点气泡或积水挤出去。）

当检修入口上方的天空开始发白时，他知道他们大概干得差不多了，足以让奥古斯都水道重新恢复功能。他还得再回来，将这地方彻底修好，不过现在，如果运气好的话，它应该能恢复功能。他举着火把，一路走到维修部分的尽头，仔细检查着每一英寸。防水底灰即使在水道重新开始流淌起来后也会凝固。第一天结束时，它就会变硬；而到了第二天，它就会变得比岩石还要坚固。

如果比岩石还要坚固还有意义的话。不过，他将这念头埋在了心中。

他走回来时告诉穆萨："在水下变硬的水泥。那才是奇迹。"

他让其他人先他一步爬上去。天已破晓，他们看到营地原来设在了一片高低地不平的草场上，到处是大石头，四周是大山。东面是亚平宁陡峭的悬崖，一个城市，估计是诺拉，在晨曦中刚刚隐约可见，距离五六英里。但真正让他们惊讶的是发现自己离维苏威山居然那么近。它就在他们的正西方。离水道几百步外，地面几乎立刻开始升高，越来越陡，最后变成一个极高的点。阿蒂里乌斯必须使劲向后仰才能看到山顶。山的阴影逐渐消失，而现在最让人感到不安的是山的一侧开始出现一道道灰白色的条纹。这些条纹在周围森林的衬托下清晰可辨，像箭头一样直指山顶。如果现在不是八月的话，他一定会发誓称那些是积雪。其他人也注意到了。

"是雪吗？"布雷毕克斯呆呆地张嘴凝视着维苏威山，"八月里的雪？"

"水务官，你有没有看到过这种情况？"穆萨问。

阿蒂里乌斯摇摇头。他在回想着那份希腊语文件中的描述："埃特纳山的烈焰喷出了大量灰尘，而落满了这种灰尘的土壤特别适合种植葡萄。"

“那，”他迟疑地、几乎是自言自语地说道，“那会是灰烬吗？”

“没有火怎么会有灰呢？”穆萨反驳道，“如果黑暗中真有那么大的一场火，我们一定会看到的。”

“这倒是。”阿蒂里乌斯环视着他们那一张张写着疲惫与担忧的脸。到处可以看到他们干活后留下的痕迹——一堆堆垃圾，空陶罐，燃尽的火把，夜晚的篝火自己烧完后留下的焦土印。那个湖已经不见踪影，而且他注意到那些鸟也随着湖一起消失了，但他没有听到鸟飞走的响声。太阳正从维苏威对面的山脊上慢慢升起，空气中有一种怪异的静止感。他意识到，周围没有任何鸟的鸣叫声，没有黎明到来时百鸟齐鸣的歌声。这一定会把那些根据鸟的飞行情况进行占卜的人逼疯。“你能肯定你昨天和科拉克斯抵达这里时，那上面还没有那些白道道吗？”

“当然能肯定，”穆萨呆呆地盯着维苏威山，然后不安地在他那肮脏的衣服上擦了擦手，“肯定是昨天晚上发生的。你还记得震动了地面的那声巨响吗？那一定就是。这座山已经开裂，还喷出了东西。”

大家一致低声表达着不安，有人大声说道：“那肯定是巨人！”

阿蒂里乌斯擦掉眼睛边的汗水。天已经热得让人有些难受。这又将是一个酷热的日子，而且不止酷热，还有一丝紧张，就像一张被绷得太紧的鼓面。是他的感觉在欺骗他还是地面微微颤抖了一下？一阵恐惧吓得他脑后的头发都竖了起来。埃特纳和维苏威，他开始意识到，埃克索姆尼乌斯一定已经看出这两座山之间可怕的联系。

“好了，”他迅速说道，“我们离开这地方吧。”他边向科蕾莉娅走去，边回头大声喊道：“把水槽里的东西全都拿上来，仔细查看一下。这儿的活干完了。”

她还没有醒，至少他认为她还没有醒。她侧身躺在离得较远的那辆牛车旁，双腿蜷缩着，双手握成拳头，遮挡着眼睛。他站在那里，低头看了她一会儿，为她的美貌与这荒芜地方之间的不协调而感到惊讶。她真是夹杂在他平凡单调的工具中的泉泽女神。

"我都醒了好几个时辰了。"她转过身，仰面朝天地躺在那里，睁开了眼睛。"活干完了？"

"差不多了。"他跪下来，开始收拾那些莎草纸。"那些人要回庞贝，我要你比他们先行一步。我派一个人护送你。"

她猛地坐了起来。"不！"

他早料到她会有这种反应，并且为这事思考了大半夜，可他能有什么别的选择呢？他飞快地说道："你必须将这些东西放回原处。如果你现在就动身，中午之前一定能赶到。如果运气好的话，他或许永远不知道你拿过这些，不知道你将它们带到这里来给我。"

"可这些能证明他的腐败——"

"不能，"他举起一只手打断了她的话，"真的不能。这些文件本身没有任何含义，只有当埃克索姆尼乌斯在法官面前作证时才能算是证据，而我找不到他。我既没有发现你父亲付给他的那些钱，也没有任何证据能证明他用过那些钱。他非常谨慎。对于这个世界而言，埃克索姆尼乌斯和加图[①]一样诚实。再说，现在最重要的是让你离开这里。这座山中出了怪事，我还无法肯定是什么。埃克索姆尼乌斯几个星期前就产生了怀疑，仿佛这座山——"他

① 加图（公元前 234—前 149 年），古罗马政治家、作家，曾任执政官，以清廉及道德无瑕闻名。著有《史源》《农书》等，为拉丁散文文学的开创者。

停了下来，不知道自己该如何用语言表达，“仿佛这座山——活了一样。你在庞贝要安全一些。”

她摇摇头。“那么你呢？”

“回米塞努姆城，将这里的一切报告给舰队司令。只有他一个人能解释这一切。”

“只要你身边没有别人，他们就会设法害你。”

“我不这么看。如果他们想那样做的话，他们昨晚有的是时间。无论如何我会平安无事的，毕竟我骑马，他们步行。他们肯定追不上我。”

“我也有马，你带我一起走。”

“这不可能。”

“为什么？我会骑马。”

他在脑海里想象着他们两个人一起回到米塞努姆城的情景。霍腾希亚别墅主人的女儿与他共同住在皮希纳·米拉比里斯水库简陋的屋子里，安普里亚特斯来找她时还得将她藏起来。他们能侥幸骗他多久？一两天。然后呢？社会法律像工程原理一样固定不变。

“科蕾莉娅，你听我说，”他抓起她的手道，“如果我能做任何事情来回报你为我所做的一切，我一定会的，但与你父亲抗争是疯狂之举。”

“你不明白，”她用力抓住他的手指道，“我不能回去。别赶我回去。我不愿意再见到他，也不愿意嫁给那个人——”

“可你知道法律规定。在婚姻这个问题上，你就像那边那些奴隶一样是你父亲的私有财产。”他还能说什么呢？他真不愿意将下面这句话说出口：“也许结果并不像你所担心的那么糟糕。”她痛苦地呻吟了一声，缩回双手，紧紧捂着脸。他笨口拙舌地继续说下去。“我们逃避不了自己的命运。相信我，这世上还有许多比嫁给一个有钱人更糟糕的事。比方说在田里辛劳，二十岁就离开人世。比方说在庞贝某个偏僻的街道里当妓女。认命吧，接受它，你会活下去的。你等着瞧。”

她久久地望着他——是鄙视还是仇恨？“我向你发誓，我宁愿去当妓女。”

“我发誓你不会。”他加重了语气，“你还太年轻，对于人们如何生活能了解多少呢？”

“我知道我不会嫁给一个我鄙视的人。你会吗？”她怒视着他道，“也许你会。”

他转过脸去。“不会，科蕾莉娅。”

“你有妻子吗？”

“没有。”

“但你曾经有过？”

“是的，”他低声说，“我结过婚。我妻子死了。”

她沉默了片刻。“你鄙视她吗？”

“当然不。”

“她鄙视你吗？”

“或许吧。”

她沉默了一会儿。“她是怎么死的？”

他从来不谈这件事，也从来不去想它，即使有时——尤其是黎明前辗转反侧时——他的思绪会开始顺着那条凄惨的道路前进，但他已经训练有素，能够将思绪拉回来，引到另一条道路上。可是现在，她身上有一些特别之处：她已经深深打动了他。他惊讶地发现自己居然开口说了出来。

“她的长相有些像你，也像你一样有些脾气。”他轻轻笑了笑，回想起了往事。“我们结婚后共同生活了三年。”准是疯了，他居然控制不住自己。“她开始分娩，结果婴儿脚先出来，就像阿格里帕。阿格里帕的名字就是‘难产’，你知道吗？我起初以为这是个吉兆，又会有一个未来的水利工程师，像伟大的阿格里帕一样。我可以肯定那是个男孩。可一天过去了——那是罗马的六月，几乎像这儿一样炎热——虽然有一位医生和两个女人帮忙，但孩子就是不动。接着，她开始出血。”他闭上了眼睛道，“天黑前他们走到我面前。‘马尔库斯·阿蒂里乌斯，你选择是要大人还是要孩子？’我说我两个都想要，但他们说那不可能，于是我说——我当然说——‘要大人。’我进屋守在她身旁。她当时非常虚弱，却死活不同意，即使在那种情况下仍然和我争吵！你知道吗，他们有一把大剪刀，很像园丁用的那种。还有刀子和钩子。他们剪断了一条腿，然后又剪断一条腿。他们用刀将孩子切成四块，再用钩子将孩子的脑袋拉出来。可是萨比娜流血不止，第二天早晨她死了。我也不知道。或许她在最后一刻鄙视我。”

他派波里特斯护送她回庞贝，不是因为这位希腊奴隶身体强壮或者骑术最佳，而是因为阿蒂里乌斯目前只信任他一个人。他把科威纳斯的马给了波里特斯，并且告诉他要一路安全地护送她到家，绝对不能让她离开他的视线。

她最后温顺地走了，没有再说一句话，他为自己说出那番话感到羞愧。他是堵住了她的嘴，但采用的却是懦夫的做法——缺乏男子汉气概，而且自怜自哀。罗马那些油腔滑调的律师为了打动法庭，不是也常常拿自己的亡妻和亡儿来示众，甚至运用比这还要廉价的手段吗？她披上斗篷，头向后一仰，将长长的黑发拂到衣领外面。她的这一动作含义深刻：她虽然会按他所说的去做，但她并不认为他的话正确。她轻松地上了马，没有再朝他的方向看上一眼，而是用舌头发出嗒嗒声，抓紧缰绳，尾随波里特斯而去。

他竭力克制着自己，没有向她追去。他想，她为我冒了那么大的风险，我可真是忘恩负义啊。可她又能指望从他这里得到什么呢？至于命运——这是他刚才那番道理的主题——他的确相信命运。人一生下来就被套在了自己的命运这个枷锁上，就像那是一辆移动的马车，最终目的地永远无法改变，唯一能改变的只是到达目的地的方式——挺直腰杆走到那里，或者一路抱怨着穿过尘土被拖到那里。

然而，目送她远去时，他仍然觉得心里难受。他与她之间的距离越来越远。太阳照亮了周围的景色，因此他可以久久地望着她，直到马匹进了一片橄榄树丛，她从他的视线中彻底消失。

在米塞努姆城，普林尼正躺在自己那间连窗户都没有的卧室里，想着心事。

他想起了日耳曼北方那些到处是泥浆的平坦森林，沿北部海岸——如果人们能够将天水相连的地方称作海岸的话——生长的那些巨大的橡树，以及那里的凄风苦雨。那些大树，在暴风雨袭来时，它们有时会从岸边轰然倒下，被连根拔起。树根夹带着大量泥土，繁茂的树叶像船上的索具一样张开，砸向脆弱的罗马战舰。他仿佛又看到了那些片状闪电，漆黑的大空，树林间卡乌基[①]勇士们那一张张苍白的脸，泥浆和雨水的气味，树木砸向停泊的战舰时发出的可怕响声，他的手下在野蛮人那污秽不堪的大

① 卡乌基人，为日耳曼的一族，罗马帝国时期居住在德意志地区最西北的海岸。据普林尼记录他们靠渔猎为生，但考古发现他们也养殖牛群，供应军需。

海中淹死……

他打了个寒战，睁开双眼，望着昏暗的灯光，猛地坐了起来，厉声问手下他说到什么地方了。他的秘书一直坐在长榻旁，在烛光中握着铁笔，低头看着自己的蜡版。

“我们刚说到和多米蒂乌斯·考布拉[①]在一起，大人，”亚力克希翁说，“你正率领骑兵与卡乌基人作战。”

“啊，是的，是的。卡乌基人。我记得——”

可他还记得什么呢？几个月来，普林尼一直想写出自己的回忆录。他相信这将是他的最后一部著作，而现在面对水道带来的危机，重新开始写回忆录真是转移注意力的极佳办法。可是，他所看到过的、经历过的、读到过的或者听说过的一切现在似乎混杂在了一起，变成了一个无缝的梦。他曾目睹过那么多事情！那些皇后——卡里古拉[②]的妻子洛丽娅·波琳娜[③]在婚宴上披金戴银，所佩戴的珍珠和翡翠价值四千万塞斯特斯，在烛光下就像那喷泉一样熠熠生辉；嫁给对她“垂涎三尺”的克劳狄一世的阿格里皮娜[④]皇后：他看过她披着一件纯金打造的斗篷路过。说到金子，他在西班牙北部任代理总督时目睹过金矿开采的过程。矿工们用绳子吊在半空中，在山坡上挖掘，从远处看去就像一种巨鸟在岩石面上啄食。冒那种风险，吃那种苦，结果呢？可怜的阿格里皮娜

① 多米蒂乌斯·考布拉（公元7—67年），古罗马将军。

② 卡里古拉（公元12—41年），罗马帝国第三位皇帝，专横残暴，荒淫无度，后被刺杀。

③ 洛丽娅·波琳娜是他的第三任妻子，婚后六个月内因无法生育而离婚。洛丽娅喜好浮夸矫饰，终日宴饮，普林尼的《博物志》中以她为浮华奢侈的代表。

④ 阿格里皮娜（公元15—59年），古罗马皇后，尼禄的母亲，著名的毒妇。她毒死自己的第二任丈夫后，嫁给自己的叔父，罗马帝国第四位皇帝克劳狄一世，并把她与第一任丈夫所生的儿子尼禄过继为克劳狄之子。据信，阿格里皮娜在一场家宴中毒死了克劳狄，好让自己的儿子尼禄当上皇帝。但后来尼禄又因阿格里皮娜反对自己的婚姻而将她杀死。

被安契亚图斯谋杀，而且就发生在这座城市。安契亚图斯是普林尼的前任，在担任米塞纳舰队司令时接到了皇后亲生儿子（也就是尼禄皇帝）的密令，让他将皇后放到一条小船上后推向大海。船翻了之后，皇后挣扎着上了岸，但水手们用匕首刺死了她。故事！这就他的问题。他知道的故事太多，无法全部写进一本书里。

“那些卡乌基人——”他当时多大？二十四岁？那是他的第一场战役。他重新讲述道：“我记得那些卡乌基人住在高高的木台上，以此来避开那地区危险的海潮。他们不用任何工具，光着手收集泥浆，等泥浆在寒冷刺骨的北风中吹干后将它们用作燃料。他们只喝收集在屋前大罐中的雨水——这显然表明他们的文明落后。那些可怜的杂种。”他停了下来道：“把最后一句删掉。”

门开了一条缝，漏进来一道明亮的白光。他听到了地中海波浪的沙沙声，以及造船厂传来的锤打声。原来天已经亮了。他一定醒了好几个时辰。门又关上了，一名奴隶蹑手蹑脚地走到秘书身旁，在他耳旁低声说着什么。普林尼翻了个身，侧身躺着，好看得更清楚一些。“什么时间了？”

“第一时辰快要过去了，大人。”

“水库闸门打开了没有？”

“打开了，大人。我们刚接到消息，最后一点水已经完全排空。”

普林尼哼了一声，头重重地落到了枕头上。

“大人，我们好像刚刚有了最惊人的发现。”

科蕾莉娅走后大约半个时辰，修复水道的那些奴隶也走了。没有烦琐的告别仪式：恐惧已经蔓延到所有人身上，连穆萨和科威纳斯也不例外，他们一个个都急于回到安全的庞贝城里。就连布雷毕克斯这位连赢过三十场的前角斗士也时不时地用他那漆黑的小眼睛不安地望着维苏威山。他们清理了水槽，将工具、未用完的砖头以及空陶罐装到牛车上。最后，两个奴隶铲土盖住昨晚篝火燃烧的地方以及水泥留下灰色疤痕的地方。等这一切完成后，周围的情形看起来好似他们根本没有到过这里一样。

阿蒂里乌斯交叉着双臂，疲惫地站在检修井旁，看着他们准备离去。活已经干完，现在是他最危险的时刻。安普里亚特斯的典型做法就是将工程师最后一点可利用的价值用完后再除掉他。他做好了搏斗的准备，而且在万不得已时要死得够本。

穆萨是另外一个有马的人。他骑到马上后大声问阿蒂里乌斯："你一起走吗？"

"还不行。我过一会儿追上去。"

"干吗不现在一起走？"

"因为我要上山去看看。"

穆萨望着他，惊呆了。"为什么？"

问得好。*因为这里发生的一切，它们的答案一定就在那山上。因为我的职责就是保证水道畅通。因为我害怕。*阿蒂里乌斯耸耸肩。"好奇。别担心。要是你担心的话，那我还没有忘记我的承诺。给，"他把自己的真皮钱包扔给穆萨，"大家干得不错。你给他们买点吃的喝的。"

穆萨打开钱包，看了看里面。"水务官，这里面还有很多钱，足够叫个女人了。"

阿蒂里乌斯哈哈大笑起来。"悠着点，穆萨。我很快就会和你们碰头的，不是在庞贝就是在米塞努姆城。"

穆萨又看了他一眼，似乎想说什么，但又改变了主意。他拨转马头，跟在牛车后面去了，留下阿蒂里乌斯一个人在这儿。

四周那种极不正常的寂静再次让他感到惊讶，仿佛大自然正在屏住呼吸。笨重的木轮发出的声响慢慢消失在远方，他仅能听到的只有偶尔传来的山羊身上挂着的铃铛发出的响声以及不绝于耳的知了的鸣叫声。太阳已经升得很高。他环视着空空荡荡的乡间，然后趴在地上，向水槽里面望去。热浪重重地压在他的后背和肩膀上，他想到了萨比娜，想到了科蕾莉娅，想到了儿子惨死的可怕场面。他哭了，让自己将心中的悲痛尽情地发泄出来。他哽咽着，浑身颤抖着，大口大口地呼吸着隧道里的空气，让潮湿水泥那凉爽的苦味进入自己的体内。他奇怪地感到仿佛已脱离了自己，仿佛他分成了两个人，一个在哭，另一个在看着他哭。

过了一会儿，他止住了哭声，抬起头用衣袖擦了擦脸。当他再次向下望去时，他的眼睛看到了——黑暗中反射上来的一丝亮光。他微微偏过头，让阳光顺着竖井直接照射进去，他隐隐约约地看到水道底部在闪烁。他揉了揉眼睛，再次向那里看去。甚至就在他凝视着那里时，下面的亮光似乎也在改变，变得越来越强，越来越大，而且泛着涟漪。隧道里开始注满了水。

他低声自语道：“它通了！”

当他确信自己没有弄错，确信奥古斯都水道重新开始流淌时，他将沉重的检修井盖推过去，盖住了井口。他慢慢将井盖放下去，离井口只有几英寸时才将手指缩回，让井盖自己落下。嘭的一声，隧道被重新封上了。

他解开缰绳，骑到马背上，在闪烁的热浪中，他看到水道的里程碑像一溜埋在地下的岩石一样，逐渐消失在远方。他拉了一下缰绳，转身离开了水道，面对着维苏威山。他踢了一下马肚，沿着通向维苏威山的小径前进，先是慢走，但随着地面开始升高，马一路小跑起来。

在皮希纳·米拉比里斯水库，最后一点水已经排放了出去，巨大的水库里空空荡荡——这是难得一见的场面。上一次将里面的水全部放空还是十年前的事，那次是进行维护。水排空后奴隶们才能挖出淤泥，才能检查水库壁上是否有裂缝。普林尼用心听着那名奴隶向他解释整个系统的工作原理，他对技术问题向来很感兴趣。

“每隔多长时间进行一次检修？”

“一般是每十年一次，大人。”

“这么说，很快还要再将水排空一次？”

“是的，大人。”

普林尼、他的外甥盖尤斯、秘书亚力克希翁，以及管水的奴隶德鲁姆正站在水库的石阶上，那里离水库底部还有一半距离。普林尼已经下了命令，在他赶到之前，任何人不得碰及任何东西。他还在门口布置了一名海军卫兵，不让任何人进入。不过，消息还是传了出去，院子里像往常一样挤满了好奇的人群。

水库底部看似退潮后的海滩，到处是泥浆，淤泥稍少的地方形成了一个个小水坑。那里随处可见杂七杂八的东西——锈迹斑斑的工具、石头、鞋子，都是多年来掉进水里后沉入水底的，其中一些完全被淤泥覆盖，看上去只是平坦表面上的一个个小丘。小船已经搁浅，几组脚印从最下面一级台阶伸向水库中央后又折回，那里有一个很大的东西。德鲁姆问普林尼是否要他去将那东西拿过来。

“不，”普林尼说，“我要亲自去看看。请帮我一下，盖尤斯。”他指了指自己的鞋子，他的外甥跪下来，替他解开鞋扣，普林尼则靠着亚力克希翁。他感到一种孩子般的期待，当他走下最后几级台阶，小心翼翼地将脚踩进淤泥中时，他的这种兴奋劲更加强烈。漆黑的淤泥在他的脚趾间慢慢渗出，非常清凉，非常舒服。他觉得自己仿佛立刻变成了一个孩子，在意大利北部科姆老家的湖边玩耍，而流逝的岁月——将近半个世纪——简直像梦一样微不足道。这种情况每天发生多少次？以前从来没有这种经历，但最近几乎任何事——一次触摸、一种气味、一个声音、偶尔瞥见的一种色彩——都能诱发他的想象，他没有料到自己仍然拥有的种种回忆会立刻涌上心头，仿佛他身上只剩下了一袋没有呼吸的记忆。

他挽起外袍的下摆，开始小心地向前走去。他的脚深深地陷入泥浆中，每次拔出时都发出令他兴奋的吸气的响声。他听到盖尤斯在他身后喊叫着，“小心点，舅舅！”但他笑着摇了摇头。他避开其他人已经留下的脚印：新鲜泥浆的表面在这炎热的空气中已经开始变硬，踩破泥浆壳更加好玩。其他人敬畏地跟在他身后，与他保持着一定距离。

他想，这是多么神奇的结构啊。这地下拱顶，每根石柱都比人高出十倍！最初究竟是什么样的头脑想象出了这种结构，又是什么样的意志和力量将它变成了现实——全都是为了储存已经被输送了六十英里远的水！他从来不反对将皇帝视作神。“帮助人的人就是神。”这一直是他的人生哲学。光凭下令修建坎帕尼亚水道和皮希纳·米拉比里斯水库，神君奥古斯都就配得上在万神庙中获得一席之地。他费劲地不断将两只脚从黏糊糊的淤泥中拔出，等他走到水库中央时已经气喘吁吁。他靠着一根石柱休息一下，盖尤斯来到了他的身旁。不过，他还是为自己做出这番努力而感到高兴。管水的奴隶派人去请他算是做了一件正确的事，眼前的东西的确值得一看：一个自然之谜已经变成了一个人为之谜。

泥浆中的东西是一个用来装生石灰的双耳陶罐，几乎垂直地卡在那里，底部埋在水库柔软的淤泥中。陶罐的一只把手上系着一根细细的长绳，现在缠成一团。罐盖曾经封着蜡，现在已经被撬开。泥浆中散落着大约一百枚闪闪发亮的小银币。

“我们什么都没有动过，大人，”德鲁姆赶紧说，“我让他们完全保持原样。”

普林尼鼓起腮帮道：“盖尤斯，你认为里面有多少？”

他的外甥将双手插进陶罐中，捧出一把银币，递到普林尼面前，清一色的迪纳里厄斯[①]银币。“数字不小啊，舅舅。”

“而且我们可以肯定是非法所得，它们玷污了这诚实的泥浆。”陶罐和绳子上均没有太多淤泥，普林尼知道这意味着陶罐放到水库底部的时间并不太长，最多一个月。他抬头看了一眼拱顶，说：“一定有人划船来到这里，将它沉到了水中。”

“然后松开了绳子？”盖尤斯惊讶地望着他道，“可谁会做这种事呢？他怎么能将它取上来呢？谁也下潜不到这么深的地方！”

“对。”普林尼也伸手抓起那些银币，摊放在他那厚实的手掌中仔细查看着，并且用拇指将它们分开。银币的一面是韦斯巴芗那皱着眉头的熟悉的侧面像，另一面则浮雕着占卜官所用的圣物。银币的周围有一圈铭文——IMP CAES VESP AVG COS III——表明这些银币是皇帝第三顾问团期间，也就是八年前铸造的。“盖尤斯，我们只能认定这些银币的主人并不计划通过潜水将它们取出来，而是要等待将水库里的水排空。唯一有权能随心所欲地将这水库里的水全部排空的只有一个人，我们那位失踪的水务官埃克索姆尼乌斯。”

① 迪纳里厄斯，古罗马的一种小银币。

第四时辰 10:37

从最近一些研究中得到的岩浆平均上升速度显示，可能在爆发前四小时，即八月二十四日上午九时左右，维苏威山下岩浆库里的岩浆已经开始以大于每秒零点二米的速度进入火山喷管中。

——伯克哈德·缪勒－乌尔里希（编），《火山力学》

庞贝的四人委员会，即庞贝的民选执政官，正在卢修斯·波比蒂乌斯家的家史记事室里召开紧急会议。奴隶们为他们每人搬来一张椅子，还有一张桌子，让他们围坐在四周。他们大多沉默不语，交叉着双臂，等待着。安普里亚特斯毫不理会他不是执政官这一事实，侧身躺在角落里的一张卧榻上，吃着无花果，注视着他们。门没有关，他可以看到外面的游泳池和那静静流淌的喷泉。铺了地砖的花园一角，一只猫正在玩弄着一只小鸟。这种延长死亡过程的仪式让他看得着了迷。埃及人认为猫是一种神圣的动物：在所有动物中智力最接近人类。在大千世界中，他只能想到人和猫会从残忍中得到明显的快乐。这是否意味着残酷与智力密不可分呢？有意思。

他又吃了一颗无花果，听到他咂嘴巴的响亮声后，波比蒂乌斯皱起了眉头。“我说，安普里亚特斯，你好像信心十足。”他的口气里带着一丝恼怒。

"我非常有信心。你应该放松。"

"你这话说得是够轻巧的。五十张告示已经贴满全城，保证中午一定能供水，那上面写着的又不是你的名字。"

"公共责任——我亲爱的波比蒂乌斯，这就是被选为执政官后要付出的代价。"他用黏糊糊的手指打了个响指，一名奴隶端着一个小银盆走了进来。他将双手浸泡在银盆中，然后用奴隶的衣服擦了擦手。"诸位大人，对罗马的工程要有信心。一切都会好的。"

庞贝迎来了又一个炎热的日子，天空万里无云，而且还断了水。此时四个时辰已经过去了。对于下一步会发生什么事，安普里亚特斯的直觉并没有错。全城人昨晚大多祭祀了火神，因此，天亮后就连那些最不迷信的人也无法不把这视作火神发怒的迹象。天刚亮，街头就聚集了一群群神情紧张的市民。广场四周和大型水泉旁都张贴着 L. 波比蒂乌斯 · 塞孔都斯签署的告示，说明水道正在进行维修，供水将在第七时辰恢复。许多人对于十七年前那场可怕的地震仍然记忆犹新。对这些人而言，这种告示起不了多少安慰作用——那一次也断了水，因此一上午城里到处弥漫着不安情绪。有些店铺没有开门。有些人将全部家当堆到牛车上，准备离开，并且还大声地说火神将第二次摧毁庞贝城。人们已经听说四人委员会正在波比蒂乌斯家开会，便一起聚集到了门外的街道上。在这舒适的家史记事室里，他们偶尔能听到人群的嘈杂声：一声咆哮，就像圆形竞技场地下入口处被关在笼子里的野兽即将被放出来，与角斗士们搏斗。

布里蒂乌斯打了个寒战。"我告诉过你，我们根本不应该同意帮助那名工程师。"

"说得对，"库斯比乌斯赞同道，"我从一开始就这么说的，现在看看我们落到了什么地步。"

安普里亚特斯心想，你可以从一个人的脸上对这个人了解那么多：他是否沉湎于吃喝，他干什么样的活，还有他是否骄傲、懦弱、精力充沛。波比蒂乌斯一表人才，但软弱无力；库斯比乌斯像他父亲，勇敢、无情，但鲁莽愚蠢；布里蒂乌斯过于自我放纵，如今萎靡不振；霍尔孔尼乌斯刻薄乖戾，精明狡诈——吃了太多的鳀鱼和太多的鱼酱。

“伙计们，”安普里亚特斯和颜悦色地说，“你们好好想想看。如果我们没有帮助他，他可以去诺拉寻求帮助，我们仍然会断水，只是会迟一天而已。可如果罗马得知情况后会怎么看待这件事？再说，这样一来我们就能知道他在什么地方。他逃不出我们的手心。”

其他几个人没有注意到，但上了年纪的霍尔孔尼乌斯立刻转身对着他。“知道他的去向为什么那么重要？”

安普里亚特斯一时不知如何回答是好，他想一笑了之。“得了，霍尔孔尼乌斯！尽量多了解一些情况不是件好事吗？只要知道他在什么地方，借给他几个奴隶和一点木料石灰又算得了什么呢？一个人只要欠了你的人情，控制他不是就容易多了吗？”

“这倒是真的。”霍尔孔尼乌斯望着桌子对面的波比蒂乌斯冷冷地说。

波比蒂乌斯再愚蠢也听出了其中的侮辱。他脸涨得通红，厉声说道：“什么意思？”他将椅子向后一推。

“听着！”安普里亚特斯喝道。他想立刻停止这场谈话，免得不可收拾。“我要告诉你们夏天大地刚开始颤抖时我请人做的一个预言。”

“预言？”波比蒂乌斯坐了下来，立刻来了兴趣。安普里亚特斯知道，波比蒂乌斯对预言之类的事情特别钟爱：老比里雅那两只布满神秘符号的青铜手，她笼子里的蛇，还有她乳白色的眼睛，尽管看不见人的脸却能够看到未来。“你去找过预言家？她怎么说？”

安普里亚特斯竭力摆出一副郑重其事的表情。“她把蛇献祭给了萨巴齐乌斯，然后将蛇剥皮，解释其中的含义。我当时一直在场。”他想起了祭坛上的火焰、烟雾、那双闪闪发光的手、香火，以及预言家颤抖的声音：音调很高，简直不像人的声音——很像他下令将她儿子喂鳗鲡的那位老妇的诅咒声。他情不自禁地被那整个仪式过程震慑住了。“她看到一座城市，我们的城市——许多年后，一千年后，或许更遥远。”之后他压低嗓门，变成了轻声低语。“她看到了一座名扬天下的城市。我们的神庙、竞技场和街道——挤满了说着不同语言的人。她在蛇的内脏中看到的就是这些。在所有的恺撒大帝乃至帝国灰飞烟灭之后，我们在这里建造的一切将继续存在。”

他坐了下来，自己首先信了一半。波比蒂乌斯长舒了一口气道：“比里雅·奥诺玛斯蒂亚从来没有说错过。”

“她会将这些再说一遍吗？”霍尔孔尼乌斯将信将疑地问道，“她会让我们将这预言传播出去吗？”

“她会的，”安普里亚特斯肯定地说，“她最好同意，我付了她那么多钱。”他觉得自己似乎听到外面有动静，于是下了卧榻，走到外面阳光灿烂的花园里。给游泳池注水的喷泉采用了水宁芙用水罐倒水的造型。他慢慢走近时再次听到了，接着便看到水开始从水罐边沿流淌下来。水流断断续续，喷射了几下，似乎要停下来，然后突然开始变得更加有力。这突然释放出来的神秘力量让他感到有些不知所措，他立刻招呼其他人都过来看。“你们看到了吧。我早就说过。那个预言准确无误！”

众人如释重负地欢呼起来，就连霍尔孔尼乌斯的脸上也露出了一丝笑容。“太好了。”

“斯库塔里乌斯！”安普里亚特斯冲着管家大声喊叫道，“把我们最好的酒拿来，要卡古本陈酿，为什么不呢？波比蒂乌斯，现在是你去把这消息告诉大家呢，还是我去？”

“你去吧，安普里亚特斯。我得赶紧喝一杯。”

安普里亚特斯大步穿过中庭，向巨大的正门走去。他示意马萨沃打开大门，然后走到外面的门槛上。外面的街道上聚集了大约一百个人——他总喜欢将他们视作*他的*人。“大家都知道我是谁，”交头接耳声平息下来后，他大声说道，“大家都知道可以信赖我。”

“为什么要信赖你？”后面有个人喊道。

安普里亚特斯装着没有听到。“水已经重新流淌起来了！如果大家不相信我，就像那边那个无礼的家伙，那就去水泉旁亲眼看看。水道已经修好了！今天下午我们将公布预言家比里雅·奥诺玛斯蒂亚的一个美妙的预言。要想吓倒庞贝人，光靠大地的几次颤抖和一个酷热的夏天是不够的！”

有几个人欢呼起来，安普里亚特斯笑着挥了挥手。“公民们，再见！回去忙自己的事吧。*利益至上！利益就是欢乐！*”他退进了门厅，仍然冲人群微笑着，然后低声吩咐道：“斯库塔里乌斯，给他们扔点钱，别太多，够他们买点酒喝就行了。”

他在那里停留了片刻，听着外面人群争抢硬币的嘈杂声——那是他的慷慨带来的效果，然后高兴地搓着双手，向中庭走去。不容否认，埃克索姆尼乌斯的失踪严重扰乱了他的泰然，但不到一天的工夫，他就已经解决了这个问题。喷泉出来的流水似乎非常强有力，而且即使那位年轻的水务官现在还活着，那他活在人世的时间也不多了。真值得好好庆祝一番！家史记事室里传来了笑声和水晶酒杯碰撞的叮当声。他正准备绕过游泳池和他们一起庆祝时，突然注意到自己脚旁的那只死鸟，也就是他刚才看着被猫咬死的那只鸟。他用脚趾踢了它一下，然后弯腰将它捡起来。鸟儿那瘦小的躯体仍然带着体温，红冠、白颊、黑黄相间的翅膀，一只眼睛里有一滴血珠。

一只金翅雀，现在只剩下一团羽毛。他用手掂了掂，脑子里突然闪过一个念头。他将死鸟扔到地上，快步走上台阶，进入他自己老宅中那有着石柱的花园里。看到他走近，那只猫立刻像箭一样躲到了灌木丛后，但安普里亚特斯无心去追它。他的眼睛紧紧盯着科蕾莉娅阳台上那空空的鸟笼，以及她房间那些关着的百叶窗。他吼叫道："切尔西亚！"他妻子立刻跑了过来。"科蕾莉娅在哪儿？"

"她病了。我让她睡——"

"叫她过来！快去！"他将她向楼梯方向推搡着，然后转身匆匆向自己的书房走去。

这不可能……

她不敢……

他刚端起油灯，举着它来到书桌前，就知道有什么地方不对劲。这是他从老主人那里学来的一个小窍门——在抽屉中放一根头发就能知道是否有人好奇地探究他的事，这个办法很管用，而且他已经明确地说过，任何奴隶如果背叛他都会被钉死在十字架上。

那根头发不见了踪影。当他打开最坚固的那只箱子，取出那个文件盒时，盒子里也没有了那些莎草纸文件。他像个傻子一样站在那里，将空空的盒子倒过来，像忘记了剩下的戏法的魔术师那样使劲摇晃着盒子，然后猛地将它向屋子对面扔去，盒子在墙壁上摔成了碎片。他跑到院子里，他妻子刚刚打开科蕾莉娅房间的百叶窗，正站在阳台上，双手捂着脸。

科蕾莉娅穿过维苏威城门，来到了地下水库旁的小广场上，背对着维苏威山。水泉已经重新开始流淌，但水流仍然很弱；从这高处可以看到庞贝的上空笼罩着一层尘土，那是人和车在没有洒水的街道上通行时造成的。人欢马叫的声音混杂在一起，变成嘈杂的嗡嗡声，飘浮在红色的屋顶之上。

她一路上慢悠悠地骑着马，一次也没有催促过它，只任由它慢慢走着，绕过了维苏威山，穿过了平原。她觉得这会儿实在没有任何理由加快速度。她下山来到大十字路口时，波里特斯忠实地跟在她身后，街道两旁那些洁白的墙壁似乎像监狱一样要将她囚禁起来。面对她从孩提时候起就那么珍爱的地方——不为人知的水池和芬芳的花园，出售各种小饰品和布料的店铺，剧院以及人声鼎沸的浴室，她心如死灰。她看到了水泉前那一张张怒气冲冲、失望的脸，相互推搡着要将水罐塞到滴滴答答的水泉下。她又想起了阿蒂里乌斯。她想知道他在什么地方，在做什么。他讲述的他妻子和孩子的经历在她回庞贝的路上时刻萦绕在她心头。

她知道他说得对。她已经无法逃脱自己的命运。快抵达她父亲家时，她既不生气也不感到害怕，只是对这一切已无动于衷。她又累又渴，浑身肮脏不堪。或许这就是她今后的生活？她的躯体还活着，还会忙于种种日常事务，但她的灵魂会在别处，会冷眼旁观这一切。她看到前面的街道上有一群人，比平常在那里等上几个时辰与她父亲说话的人多得多。就在她向那里望去时，那些人似乎突然跳起了某种异国情调的仪式性舞蹈，一个个伸出双臂跃起，然后又跪在地上，双手在石头街面上扒拉着。她过了一会儿才回过神来，知道是有人在向那些人扔钱。她想，这是她父亲的一贯做法——外省的恺撒，试图用金钱收买到百姓的爱戴，以为自己的所作所为像个贵族，却从来没有意识到自己恶性膨胀的粗俗。

她的鄙视突然胜过了她的仇恨，而这给了她勇气。她带头来到屋后，向马厩走去。上了年纪的马夫听到蹄声后立刻走了出来。看到她蓬头垢面的样子，他惊讶得瞪大了眼睛，但她根本没有理会这些。她跳下马背，把缰绳递给他。"谢谢你，"她对波里特斯说，然后转身对马夫说道，"给这个人准备点吃喝的东西。"

她快步离开了阳光刺眼的街道，来到了阴凉的屋子里，从奴隶们住的地方上了台阶。她边走边从斗篷下抽出了那几卷莎草纸。马尔库斯·阿蒂里乌斯要她将这些放回她父亲的书房，并且希望她父亲没有注意到这些文件被移动过。不过，她不会那样做，她要亲手交给他，最好是再告诉他她去了什么地方。她要让他知道她已经发现了真相，然后他爱怎么着就怎么着，她不在乎。还有什么比他已经替她安排好的命运更糟糕的呢？死猪不怕开水烫。

她带着这种反抗的兴奋劲穿过帘子，来到波比蒂乌斯家，向构成整座别墅中心的游泳池走去。她听到右边有说话声，看到自己未来的丈夫正与庞贝的其他几位执政官一起坐在家史记事室里。通向老宅的台阶上站着她父亲，身后跟着她的母亲和哥哥，但就在这一刻，屋里的人也转过身来看到了她。安普里亚特斯看到了她手中拿着的东西，她在这辉煌的时刻留意到了她父亲眼中的一丝恐慌。他大声喊叫道——"科蕾莉娅！"——然后开始向她奔来，但她转身跑进了家史记事室，赶在他拦住她之前将他的那些秘密铺在了桌上、地毯上。

在阿蒂里乌斯看来，维苏威山似乎在和他玩着游戏，无论他如何策马向它奔去，它似乎总是离他很远。只有偶尔，当他用手遮住阳光，抬头望去时，他才意识到自己已经爬了多高。他不久便清晰地看到了诺拉城，城外那些浇灌过的田地就像碧绿的方格，比玩偶的手帕大不了多少，铺在棕色的坎帕尼亚平原上。诺拉城本身是一座萨谟奈人[①]时期的要塞，像一堆从远处山脉边缘上扔下来的儿童积木。那里的人们现在应该有水了。一想到这里，他又有了信心。

他刻意将目标锁定在离他最近的灰白色条纹上，上午刚过了一半，他就赶到了那里。这里正好是牧场结束、森林开始的地方。他一路上既没有碰到人也没有见到任何动物，路旁偶尔出现的农舍也空无一人。他猜测大家一定都已逃走，不是在半夜听到那爆炸声时便是天一亮看到这可怕的灰尘时。地上到处都是灰，像粉末状的雪花，没有任何动静，因为没有一丝风吹动它。他从马背上跳了下来，一团灰尘立刻沾到了他那布满汗珠的双腿上。他用手抓起一把灰，很细，没有任何气味，被太阳晒得有些烫手。远处的树叶上也覆盖着薄薄的一层，宛如刚下过一场小雪。

他往口袋里装了一点这种灰，准备带回去给普林尼看。他喝了点水，漱了漱口，将嘴巴里干涩的灰尘去掉。他向山坡下望去，看到一英里外有另一个人骑着马，正朝着同一个地方走来，估计也是出于好奇，想看看究竟发生了什么事。阿蒂里乌斯想等他一会儿，与他交换一下看法，但最后还是改变了主意。他想继续赶路。他把嘴里的水吐掉，重新上马，骑到山的一侧，离开那些灰

① 萨谟奈人，古代居住在意大利中部、说奥斯坎语的部落。

尘，重新回到通向森林的小径上。

一来到树林中，四周的林地就包围了他，他很快就没有了任何方位感。他别无他法，只能顺着猎人的小径蜿蜒穿过树林，越过干涸的溪流。小径虽然绕来绕去，但总是将他带到更高的地方。他下马撒尿。蜥蜴在落叶中匆匆逃走。他看到了红色的小蜘蛛以及它们那纤细的蛛网，看到了有他食指那么粗的毛虫。这里还有一簇簇深红色的浆果，吃在嘴里很甜。这里的草木——桤木、黑莓、常青藤并无奇特之处。他想，快舰的舰长托夸图斯说得对，维苏威山比看上去容易攀爬，当那些溪流汹涌奔腾时，这里便会有足够的食物和水，足以维持一支军队。他可以轻松地想象到持盾角斗士斯巴达克斯，一个半世纪前带着他的追随者们沿着这条小径，爬上山顶这个避难所。

他在森林里又穿行了大约一个时辰。他几乎完全失去了时间感。太阳大多数时候都被树木遮挡，变成一道道亮光从茂密的树叶华盖间照射进来。天空被树叶分割成了一个个小块，形成了一个个灿烂的、千变万化的蓝色色块。空气炽热，夹杂着干松枝和枯草的芳香。几只蝴蝶在树林间飞舞。除了斑尾林鸽偶尔传来的咕咕声外，四周一片寂静。他在马背上左右颠簸，再加上天气炎热，他有些犯困，头不停地晃；有一次他仿佛听到有大型动物正顺着他身后的小径跑来，可当他停下来聆听时，那响声又消失了。不一会儿，森林开始稀疏，他来到了一块空地上。

维苏威山现在似乎要和他玩一场不同的游戏。几个时辰以来一直看似遥不可及的山峰突然耸立在他面前。它有几百英尺高，更加陡峭的山坡，大多是岩石，没有足够的泥土来维持植物的生长，因此这里只有零零星星的灌木和开着黄色小花的植物。这里正如那位希腊作家所描述的那样：黑色的山顶，很早前就被火焰焚烧过。有些地方的岩石向外凸出，几乎像被人从地下推起，推着碎石像阵雨一样哗啦哗啦地滚下山坡。沿着山岭再往上去，那里发生了更大的山崩。直径有人那么高的巨石被推着砸到了树上，而且看样子是最近才发生的事。阿蒂里乌斯想起了那些奴隶当时是多么不愿意离开庞贝。“巨人在空中行走，声音大得像雷声……”这响声一定传到了数英里外。

这里的山坡太陡，马上不去。于是他下了马，找到一个阴凉处，把缰绳拴在一棵树上。他想找一根木棍，最后挑选了一根，只有他手腕的一半那么粗，灰色、光滑、早就没有了生命迹象，然后拄着这根木棍，开始向山顶爬去。

山顶上的太阳更是不留情面，明亮的天空几乎成了白色。天热得他喘不上气来，似乎连空气都在炙烤着他的肺，热浪则更像从火焰中取出的刀刃。他从普通岩石走到了烧焦般的岩石上。他的脚下没有了蜥蜴，头顶没有了飞鸟，他仿佛在径直向太阳爬去。他可以通过鞋后跟感觉到高温。他强迫自己头也不回地继续向前走去，直到最后脚下不再上升，他的前面不再是黑色的岩石，而是蓝色的天空。他爬过山脊，向世界屋脊的对面望去。

维苏威山顶并不像在山脚下看到的那样是一个尖尖的山峰，而是一个起伏不平的圆形小平地，直径大约两百步。一片荒芜的黑色岩石，几块病恹恹的棕色植被更进一步凸显了这地方的凄凉。这地方不仅看似从前着过火（如那张莎草纸上的希腊文记载所称），而且现在也正在燃烧着。至少在三个地方，细细的灰色水蒸气柱正在升起，在寂静中摇曳，嘶嘶作响。这里充斥着与霍腾希亚别墅水管中一模一样的硫黄的恶臭。阿蒂里乌斯想，就是这里。这里就是罪恶的根源。他可以感觉到某种巨大而恶毒的东西。人们可以将它称作火神，或者给它起任何名字，或者将它当作神来敬奉，但它的的确确地存在着。他打了个寒战。

他紧贴着山顶边缘，开始绕着这块山顶平地慢慢行走，先是对地面升起的硫黄云团着迷，然后又为山下旖旎的美景所陶醉。在他的右边，光秃秃的岩石一直延伸到森林边，再过去便是一望无际、高低起伏的绿色田地。托夸图斯说过，站在山顶可以远眺五十英里，但阿蒂里乌斯觉得整个意大利仿佛就在他的脚下。他从北面来到了西面，那不勒斯湾进入了他的视野。他可以轻易地看到米塞努姆城海角、海角外的小岛，以及皇帝的度假胜地卡普里岛。再过去便是仿佛被刀切割过一般鲜明的分界线，深蓝色的大海在那里与淡蓝色的天空相交。海面上仍然泛着他前一天晚上看到的那种波浪。海面上没有一丝风，却有波浪疾驰而过。不过，他现在想到这一点时，感到或许真的有一丝微风吹了过来。他可以感觉到微风吹拂着他的脸庞，是那种他们称作“卡鲁斯”的微风，从西北方向刮来，吹向庞贝。庞贝这一刻就在他的脚下，很像海边沙滩上的一块阴影。他想象着科蕾莉娅回到了那里，变成黑点中的一个黑点，再也无法接触到，永远地离开了他。

他只是远远地望着庞贝，但这种远眺却让他感到有些头昏脑涨，仿佛他本人只是一颗花粉，随时会被热空气吹起，融在蓝色的天空中。他感到一种难以遏制的冲动，准备向天空低头认输——对那种完美的蓝色虚无的渴望如此强烈，他只好强迫自己将目光转向别处。他甩了甩头，开始小心翼翼地避开似乎不断在他周围冒出的硫黄臭味，直接穿过山顶向对面走去，回到他出发的地方。地面在颤抖，在鼓起。他现在想尽快离开这地方，可地面高低不平，小道两边都是深深的凹坑——正如那位希腊作家所写的，“洞穴般黑黝黝的岩石坑”——他必须非常小心自己的脚下。正是因为他低头看着脚下，他在看到之前就闻到了尸体的气味。

他猛地站住脚，一种甜滋滋、使人反胃的恶臭进入了他的口腔和鼻孔里，并且在那里留下了一层油腻。气味是从他正前方一个巨大的灰坑中飘来的；坑大约六英尺深，三十英尺宽，像大锅一样冒着热气，最可怕的是当他从坑边向里面望去时，他看到里面的一切都已失去了生命：不仅仅是那个人——他穿着白衣，四肢呈紫黑色，阿蒂里乌斯起初以为那是个黑人，而且还有其他生物：一条蛇、一只大鸟，以及各种各样的小动物，全都散落在这死亡之坑中，就连这里的植被也已中毒褪色。

尸体侧身躺在坑底，向上伸着双臂，不远处便是水壶和草帽，仿佛他是在竭力伸手去够那些东西的过程中死去的。尸体在那里至少躺了两个星期，已经在高温下变成了僵尸。但令人称奇的是它居然保存得那么完好，既没有遭昆虫袭击，也没有被鸟或其他动物啃食得只剩下骨架。没有一群群丽蝇围着他那半裸的身躯，相反，他那被灼伤的肌肤似乎毒死了所有想饱餐一顿的生灵。

他使劲咽了口口水，不让自己呕吐出来。他立刻知道那就是埃克索姆尼乌斯。他已经失踪两个多星期，除了他还有谁会在八月冒险来到这里呢？可他又如何能确定呢？他又没有见过这个人。但是，他不愿意冒险下到那死亡地带中去。他强迫自己蹲下身，靠近坑的边缘，眯起眼睛望着那张被熏黑的脸。他看到一排呲在外面的牙齿，像熟透开裂的果子中的果核；无神的眼睛半睁半闭，望着伸出的胳膊尽头。他身上没有任何伤痕，但他的整个身躯就是一道伤痕，青肿，化脓。他究竟是怎么死的？也许是热死的？也许是他的心脏承受不了？阿蒂里乌斯又向前凑近一点，想用手中的木棍去捅一下，但他立刻觉得头开始发晕，眼前有明亮的光线在飞舞。他差一点向前栽去，赶紧手脚并用地在灰尘中向外爬，终于成功地爬了回来，然后大口大口地喘着气。

"靠近地面的有害气体……"

他的脑袋仿佛要炸裂。他开始呕吐，吐出的是苦涩的胆汁。正当他仍在不停地咳嗽吐着黏液时，他听到前面传来了干燥的植被被脚踩碎时发出的咔嚓声。他昏昏沉沉地抬起头来，石坑的对面，离他不到五十步的地方，有个人正穿过山顶向他走来。他起初以为这一定是那有害气体带来的幻觉，他挣扎着站了起来，像喝醉酒一样摇晃着身子，使劲眨着眼睛，将汗水从眼睛里挤出去，然后将目光对准那里，但那个人影仍在嘶嘶作响的一团团硫黄雾气中逼近，而且手中握着一把明晃晃的刀子。

是科拉克斯。

阿蒂里乌斯根本没有力气与他搏斗。他想跑，但他似乎连脚都抬不起来。

科拉克斯小心翼翼地靠近石坑，蹲下身，张开双臂，双脚微微挪动着，眼睛死死盯着工程师，仿佛怀疑这是一个圈套。他飞快地朝那具尸体瞥了一眼，冲着阿蒂里乌斯一皱眉，然后又低头向下望去。他轻声说："小帅哥，这究竟是怎么回事？"听他那口气仿佛阿蒂里乌斯冒犯了他。他精心安排了下手的过程，一路跋涉过来将它付诸行动。他一直在黑暗中等待着，等待着天亮，然后在远处盯梢——阿蒂里乌斯心想，他一定就是我看到的跟在我身后的那个骑马的人——心中一直为终于能复仇而欣喜万分，结果发现自己的如意算盘在最后一刻功亏一篑。他脸上的表情似乎在说这不公平，生活在加威乌斯·科拉克斯的人生道路上设置的障碍太多，现在又多了一道障碍。"我问你这是怎么回事？"

阿蒂里乌斯想回答，但他的声音低沉而含糊。他想说埃克索姆尼乌斯没有错，这地方非常危险，可他就是说不出来。科拉克斯怒视着那尸体，摇摇头。"那愚蠢的老混蛋，这把年纪了居然还爬到这里来！担心这座山。为了什么？什么也不为！只是将我们吸引到这地方来。”他重新将注意力集中到阿蒂里乌斯身上。“罗马来的愣头青，居然敢教我们怎样干活。小帅哥，你还想逃吗？现在没话说了吧？干脆让我在你身上再开一个口子，让我们来看看里面有什么流出来。”

他弯腰向前走来，将刀子从左手扔到右手，又从右手扔到左手。他脸上的表情呆滞，准备动手。他开始绕着石坑冲过来，阿蒂里乌斯只能跌跌撞撞地朝相反的方向跑去。科拉克斯停下来时，他也站住脚；当科拉克斯朝相反的方向绕着跑过来时，他也随之而变化。这种局面持续了一段时间，但这个计策显然激怒了科拉克斯。“该死的！”他嚷道：“我再也不陪你玩这愚蠢的游戏了！”说着，他突然向他的猎物冲去。他满脸通红，在高温中大口大口地喘着气，从石坑对面冲下来，跑过石坑，刚刚抵达这边就突然停了下来。他无比惊讶地低头看着自己的双腿，想慢慢地蹚着向前，嘴巴像钓上岸的鱼一样一张一合。他扔掉手中的刀子，跪在了地上，无力地拍打着眼前的空气，然后脸朝下栽到了地上。

阿蒂里乌斯爱莫能助，只能眼睁睁地看着他被那干燥的热浪吞噬。科拉克斯有气无力地动了几下，每次似乎都要伸手去拿够不着的什么东西，埃克索姆尼乌斯当时肯定就是这样。然后，他不再努力，只是静静地侧身躺着。他的呼吸越来越弱，终于停止了。不过，阿蒂里乌斯早在他停止呼吸之前就已经离开了。他跌跌撞撞地跑过不断隆起、不断颤抖的山顶，穿过越来越厚的硫黄雾层——现在已经被愈刮愈烈的清风吹平，而且风向正对着庞贝。

这阵微风刮到了下面的庞贝城，正值一天中最炎热的时分，因而多少有些让人喜出望外。街道上空无一人，人们都已开始午休。“卡鲁斯”微风顺着街道卷起了一小团一小团的尘土，吹拂着酒吧和小吃店五颜六色的凉棚，吹动了圆形竞技场旁那些高大悬铃木的树叶。微风在波比蒂乌斯家的游泳池水面上吹出了涟漪，挂在石柱之间的那些跳舞的牧神和酒神祭司小面具在风中摇晃、发出响声。落在地毯上的一张莎草纸被这阵风卷起，向桌子那边滚去。霍尔孔尼乌斯抬脚踩住了它。

“这是怎么回事？”他问。

安普里亚特斯真想当场就举手揍科蕾莉娅，但他忍住了，因为他意识到如果他当众殴打她，那恰好是她求之不得的胜利。他的脑子飞快转动。他对权力了如指掌，知道有时候保守秘密最为聪明，要像守护你最宠爱的情人那样悄悄地掌握情况，不与任何人分享。他也知道，有时候小心透露出去的秘密能像钢圈一样将别人与你紧紧套在一起。他灵机一动，意识到现在出现的正是后一种情况。

“你们自己看吧，”他说，“我没有什么要隐瞒我的朋友。”他弯腰拾起那些莎草纸，将它们一起放到桌上。

“我们该走了。”布里蒂乌斯说着，一口喝完杯中的葡萄酒，站了起来。

“你们仔细看一遍！”安普里亚特斯命令道。几位执政官立刻坐了下来。“请原谅我，你们一定要好好看看。”他微笑着说，“这些是在埃克索姆尼乌斯的屋子里找到的。现在该让你们知道了。请随意再喝点酒，我马上就回来。科蕾莉娅，你跟我来。”他抓住她的胳膊肘，拉着她向台阶走去。她赖着不想走，但他力气太大。他隐隐约约觉得自己的妻子和儿子跟在后面。当他们转过墙角，来到老宅的花园里，出了其他人的视线之后，他用手指拧着她的肉，压低了嗓门说：“你真的以为像你这样软弱无力的姑娘能伤害我？”

“不，”她痛得皱起了眉头，挣扎着想挣脱他，“但我至少认为我可以试一试。”

她镇定自若的神态使他有些仓皇失措。“是吗？”他将她拉近一点，“那么你是怎么试一试的呢？”

“把这些文件给水务官看，给大家看，让他们都知道你是什么样的人。”

“那么我是什么样的人？”他将脸凑到了她面前。

“一个小偷，一个杀人犯，比奴隶还要卑劣。”

她咬牙切齿地说出了“奴隶”两个字，他缩回了手，这一次正准备打她，但塞尔西努斯从后面抓住了他的手腕。

“不，父亲，”他说，“我们再也不能这样了。”

安普里亚特斯惊呆了，一时不知该说什么好。“你？”他说，“还有你？”他挣开手，怒视着儿子。“你不是要去参加什么宗教仪式吗？还有你呢？”他转身对着自己的妻子道，“难道你不准备向圣母里维娅祈祷，寻求指导吗？”他啐了一口。“你们俩给我让开。”他拖着科蕾莉娅向台阶走去，塞尔西努斯和母亲没有动。他转身推着她上了台阶，穿过走廊，进了她的房间。她朝后倒在床上。“忘恩负义的东西！”

他环视着四周，想找一件东西来惩罚她，但他看到的只是女人用的软塌塌的东西，而且放置得井然有序。有一把象牙梳，一条丝巾，一把阳伞，几串念珠，还有几件旧玩具，被保留下来等着她结婚那天敬奉给美神维纳斯。角落里站着一个木制玩偶，四肢可以活动，是他多年前送给她的生日礼物。看到这玩偶，他不免感到震惊。她这是怎么啦？他曾经那么爱她——他的小女儿！——这种爱怎么会变成仇恨呢？他突然感到无法理解。他所做的一切，他所建造的一切，他忍辱负重，吃尽千辛万苦，难道不都是为了她和她哥哥吗？他站在那里，垂头丧气，大口喘着气，而她则倒在床上怒视着他。他不知道该说什么。“你给我待在这里，”他气呼呼地说，“等我打定主意怎么处置你再说。”他走了出去，随手锁上了门。

花园里已经没有了他妻子和儿子的身影。他想，典型的虎头蛇尾式的反抗，他一转身就烟消云散了。科蕾莉娅向来比那两位加在一起还要勇敢。他的小妞！家史记事室里，那几位执政官正凑在桌子四周，低声嘀咕着。看到他走近时，他们立刻沉默了下来，转身看着他走到餐具柜前，给自己倒酒。细颈酒瓶口碰到杯子时叮当作响。是他的手在颤抖吗？他正过来翻过去地仔细看着自己的手。这可不大像他：手看上去很稳。一杯酒落肚后，他感觉好多了。他给自己又倒了一杯，挤出一丝笑容，望着几位执政官。

“怎么样？”

霍尔孔尼乌斯首先开口道：“这些东西是从哪儿来的？”

“这些是奥古斯都水道的工头科拉克斯昨天下午拿来给我的。他是在埃克索姆尼乌斯的屋子里找到的。”

“你是说这些是他偷来的？”

“找到的，偷来的——”安普里亚特斯挥了挥手。

“这应该立刻引起我们的重视。”

“这是为什么，诸位大人？”

“这还不明显吗？”波比蒂乌斯激动地插嘴道，“埃克索姆尼乌斯认为又会发生一次大地震。”

“别这么激动，波比蒂乌斯。十七年来你天天念叨着地震，我可不会太当真。”

“埃克索姆尼乌斯很当真。”

“埃克索姆尼乌斯！”安普里亚特斯不屑地望着他道，“埃克索姆尼乌斯向来喜欢大惊小怪。”

“也许吧，可他为什么让人把这些文件抄写出来？尤其是这一份。你认为他这样做是想干什么？”他挥动着其中一份莎草纸文件道。

安普里亚特斯瞥了一眼，然后又喝了一大口酒。“那上面写的是希腊文字，我看不懂。你忘记了，波比蒂乌斯，我可没有受到过你那样的教育。”

“我确实能看懂希腊语，而且我相信我知道这段文字出自何处。这段文字摘自地理学家斯特拉博的著作，他在神君奥古斯都执政期间造访过这些地区。他在这里描述了一座山，山顶平坦、荒芜，从前被火烧过。这肯定是维苏威山，对吗？他说庞贝附近肥沃的土壤使他想起了卡塔纳，那里的土壤为埃特纳山的火焰喷出的灰烬所覆盖。”

“那又怎么样？”

“埃克索姆尼乌斯不是西西里人吗？”霍尔孔尼乌斯追问道，“他来自哪个城市？”

安普里亚特斯不以为然地挥舞着手中的酒杯。“我记得是卡塔纳，可这又怎么样呢？”他心想，他必须学一点基础希腊语。如果像波比蒂乌斯这样的蠢货都能学会希腊语，那谁都能学会。

“至于这份拉丁语文件——我当然知道来自何处，”波比蒂乌斯接着说，“这也是从一本书中摘录下来的，而且写信人和收信人我恰好都认识。写信人是尼禄的老师——阿奈乌斯·塞内加，你肯定听说过这个人吧？”

安普里亚特斯脸一红。“我是做建筑生意的，不是做书的。”他们为什么对这一切那么感兴趣？

“他在信中提到的卢契里乌斯是小卢契里乌斯，祖籍正是这座城市。他家就在剧院旁，曾任海外行省总督——我记得是西西里。塞内加在这里描述的是坎帕尼亚大地震，摘自他的《论天命》。我相信广场旁的公共图书馆里就有一本这部著作。它为斯多葛派哲学奠定了基础。”

“斯多葛派哲学！”安普里亚特斯嘲弄道，“老埃克索姆尼乌斯怎么和斯多葛派哲学搅到一起去了？”

“我再说一遍，”波比蒂乌斯显得更加激动，“这还不明显吗？”他将那两份文件并排放在桌上。“埃克索姆尼乌斯认为这两者之间有联系，明白了吗？”他用手轮流指着那两份文件道，“埃特纳山和维苏威山，卡塔纳周围的肥沃土地和庞贝周围的肥沃土地。十七年前那些可怕的凶兆——羊被毒死——以及今年夏天出现在我们周围的种种凶兆。他是西西里人，他看到了危险的迹象，而他现在失踪了。”

一时之间谁也没有说话，游泳池旁的肖像面具在微风中叮当作响。

布里蒂乌斯说：“我认为应该召开一次市民委员会全体大会，一起来讨论这两份文件，而且要尽快。”

“不。”安普里亚特斯说。

“可市民委员会是庞贝城的执政委员会！他们有权知道——”

“不！”安普里亚特斯的口气非常坚决，“有多少公民是市政委员会的成员？”

“八十五人。”霍尔孔尼乌斯说。

“你们瞧瞧，不到一个时辰消息便会传遍全城。你们想在我们刚刚开始稳住局面的时候又开始引起一场恐慌？而且是在我们准备把预言家的预言告诉他们，让他们开心的时候？诸位大人，别忘了是谁投票选举了你们——是那些不同的行会。你们如果把他们的生意吓跑，他们是不会感到高兴的。你们都看到了今天早晨发生的事，而那仅仅是因为水泉中断了几个时辰。再说，这一切加在一起又算得了什么呢？就算埃克索姆尼乌斯对地面的颤动感到担心，就算坎帕尼亚像西西里那样有灰烬土壤，还有臭烘烘的喷气孔，那又怎么样呢？从罗慕路斯[①]时候起，那不勒斯沿岸地区就没有一天没有喷气孔。”他看到这番话说到了点子上，“再说，这还不是真正的麻烦所在。”

霍尔孔尼乌斯问：“那真正的麻烦是什么？”

“是另外几份文件，也就是记录埃克索姆尼乌斯给这座城市廉价供水后所得报酬的文件。”

霍尔孔尼乌斯赶紧说：“说话当心点，安普里亚特斯。你的那些小安排与我们无关。”

“我的那些小安排！”安普里亚特斯放声大笑道，“真是说得轻巧！”他放下酒杯，拿起细颈酒瓶，又给自己倒了一杯酒。沉重的水晶酒瓶又一次碰到了酒杯上。他有些头晕，但他不在乎。“得了，诸位大人，别装作你们什么都不知道！依你们看，这座城市在地震后那么快就重建起来的秘诀是什么？我的那些‘小安排’给你们节省了一大笔钱。对，当然我自己也挣了一点——对此我不否认。可如果没有我，你们也不会有你们的今天。你那些奢华的浴室，波比蒂乌斯——布里蒂乌斯最喜欢在那里被那些小男孩

---

① 罗慕路斯，战神玛尔斯之子，罗马城的缔造者。传统历史记载罗慕路斯为罗马王政时代的第一位国王。

手淫——你花了多少钱？一个子也没有花！还有你，库斯比乌斯，你那些喷泉；霍尔孔尼乌斯，你的游泳池。所有那些私人浴室，浇灌的花园，角斗场里的公共大水池，以及新住宅里的水管！正是我与埃克索姆尼乌斯之间的这些‘小安排’才使这座城市十多年来一直有水。而现在，来自罗马的一个爱管闲事的混蛋水务官已经得到了风声。这才是真正的麻烦。”

“放肆！”布里蒂乌斯说话的声音在颤抖，“太放肆了——这奴隶暴发户居然敢这样对我们说话！”

“我是暴发户？布里蒂乌斯，当初我出钱确保你当选时，你怎么不说我是暴发户？‘要准备好利器，不能心慈手软。要把正中央变成一个屠场，让所有人都能看到’——这就是你提出的要求，这也是我给你准备的东西。”

霍尔孔尼乌斯举起了手。“好了，先生们，大家都不要激动。”

库斯比乌斯说：“我们当然可以与这位新来的水务官做笔交易，就像我们以前和那家伙一样。”

“看样子不行。我昨天向他暗示了一下，可他只是望着我，那神情好像我刚刚把手放在他的鸡巴上一样。我感到我提出的慷慨条件简直是一种侮辱。不行，我知道他那种类型的人。他会将此事汇报给罗马，罗马会核查账单，年底前就会派一个检察官来这里。”

“那我们怎么办？”波比蒂乌斯问，“如果这件事败露，我们大家都好不到哪里去。”

安普里亚特斯端着酒杯，从酒杯上方冲着他一笑。“别担心，我已经解决了。”

“怎么解决的？”

“波比蒂乌斯！”霍尔孔尼乌斯赶紧提醒他道，“当心。”

安普里亚特斯没有说话。他们不想知道，因为他们毕竟是这座城市的执政官。不知者无罪——这是他们所追求的。可为什么要让他们心安理得呢？他要让他们和他一起双手沾满鲜血。

“他这一去就再也回不来了，”他看着周围几个人道，“永远回不了米塞努姆城。乡间出了点意外。有谁不同意我的做法吗？如果有的话，请开口。波比蒂乌斯？霍尔孔尼乌斯？布里蒂乌斯？库斯比乌斯？”他等待着。这一切都是在装模作样。不管他们现在说什么，那名水务官这时应该已经死了：科拉克斯早就渴望着用刀割断他的喉咙。“我就把这当成一致同意了。大家要不要为此干一杯？”

他伸手去拿酒瓶，但他的手停在了半空中。沉重的水晶酒瓶现在不只是在摇晃，而是沿着餐具柜光滑的桌面向旁边滑动。他呆呆地冲它皱着眉。这不大对劲。酒瓶滑到了餐具柜尽头，掉到地上摔成了碎片。他低头看了一眼地面砖，感到脚下在颤动，而且越来越厉害。突然，一阵强劲的热空气穿过屋子，刮得百叶窗砰砰地关上了。紧接着，遥远的地方传来了两声巨响，非常清晰，与他或任何人所听到过的任何响声都截然不同。

第六时辰 12:57

正午刚过，火山表面开裂，使得主岩浆体突然减压后发生爆炸……岩浆喷出的速度约为每小时一千四百四十公里（一马赫）。对流将炽热发光的气体和浮石抛到了二十八公里的高空。

整个爆发期间所释放出的总热能可以用下列公式进行计算：

$$Eth=V \cdot d \cdot T \cdot K$$

其中 Eth 为焦耳，V 为体积（立方千米），d 为比重（1.0），T 为喷出物的温度（500 摄氏度），K 为常数，包括岩浆的比热以及热功当量（8.37×10^{14}）。

这样一来，公元七十九年火山爆发时释放的热能大约为 2×10^{18} 焦耳——大约相当于广岛原子弹的十万倍。

——《火山力学》

事后，每当人们比较各自的说法时，火山爆发幸存者们总是感到万分惊讶，因为他们在那一刻所听到的声音竟然会如此截然不同。在一百二十英里外的罗马，人们听到的是嘭的一声，像一座沉重的塑像或一棵大树倒下的响声。由于庞贝城位于维苏威山下风方向五英里处，那些逃离庞贝的人总是发誓说他们听到了两声刺耳的砰砰巨响，而在二十英里外的卡普阿，那响声从一开始就像连续不断的雷鸣声。不过，在米塞努姆城，尽管它比卡普阿更靠近维苏威山，人们却一点响声都没有听到，只看到一根棕色的细柱突然出现，无声地将尘埃喷到万里无云的天空中。

对于阿蒂里乌斯而言，那就像一道无水的巨浪，猛地砸向他的脑袋。他当时离山顶大约两英里，沿着一条人们打猎用的旧小道穿行在森林中，从维苏威山的西侧快速骑马下山。刚才中毒的症状已经减轻，只剩下眼睛后面仿佛还有个小拳头在锤打着，而在头昏脑涨的情况中，周围的一切似乎变得更加清晰、更加突出。他深知即将发生什么。他计划先去赫库兰尼姆，在那里沿着海边大道直接骑马回米塞努姆城，向舰队司令报警。他估计中午过后不久就能赶到。他可以从树木之间看到阳光下波光粼粼的海湾，距离很近，近得他甚至都能看清每一道波浪。他注视着松松散散地挂在树枝间的蛛网那发亮的图形，还有前面树枝下飞舞的一团小蠓。突然，这一切全部消失了。

爆炸的冲击波从背后向他袭来，撞得他向前扑倒在马背上。滚烫的空气像熔炉门被突然打开一样向他扑来，他感到耳朵里似乎有什么东西啪地响了一下，整个世界变得一片寂静，只看到树木弯了腰，树叶在空中打旋。他的马打了个趔趄，差一点摔倒。他死死搂着马脖子，马和人穿行在这炽热的浪尖上，沿着小径拼命向山下奔去。然而，这一切突然消失得无影无踪。一棵棵树木又挺直了腰杆，尘埃落了下来，空气重新变得可以呼吸。他想安慰一下身下的马，但他说不出话来，而当他回头向山顶望去时，他看到山顶不见了，那里只剩下沸腾的岩石和泥土，像一根巨大的柱子一样向上喷射。

从庞贝看，仿佛一只结实有力的棕色胳膊一拳击穿了山顶，正准备在天空中再砸出一个眼——砰砰两声巨响——然后是清晰的隆隆声，从平原对面滚滚而来，与大自然中的其他任何声音都不同。安普里亚特斯和四位执政官一起跑到了屋外。从隔壁的面包店一直到这条街道的尽头，所有人都跑了出来，用手遮住阳光，向维苏威山望去。他们朝北面望去，只见一轮新的黑太阳正发出震耳欲聋的响声，从岩石底座上升起。有人尖叫了起来，但没有出现大范围的恐慌。现在还为时过早，这东西太令人敬畏，太古怪、太遥远，还没有被视作一种近在咫尺的威胁。

安普里亚特斯心想，这随时会停的。他希望它能停下来。让它现在减弱，局面仍然能够控制住。他有胆识，有毅力，只是需要充分展现出来。他就连这也能从容应付："公民们，神给了我们一个信号！我们要聆听神的旨意！我们要按照这来自天堂的灵感，建一根巨大的石柱。我们生活在一块福地上！"但那玩意儿没有停下来，而是继续向上喷射着，越来越高。几千人同时仰起头，追随着它的轨迹，零零星星的尖叫声渐渐地越来越多。那根柱子底部很细，但越往上升就变得越粗大，而它的顶部蔓延开后慢慢遮住了天空。

有人大喊，风正将它向他们这边吹来。

就在这一刻，他知道自己会失去他们。公众有几个简单的本能——贪婪、欲望、残忍，他可以像拨弄竖琴上的琴弦那样操纵这些，因为他就是大众，大众就是他。但刺耳的恐惧之音淹没了所有其他音符，可他还想做最后的努力。他站到街道中央，高举双臂。"等等！"他大声喊道，"库斯比乌斯，布里蒂乌斯——一起和我握住手！给他们做个榜样！"

那几个懦夫连看都没有看他一眼。霍尔孔尼乌斯首先打起了退堂鼓，用自己那瘦骨嶙峋的胳膊肘推开人群，强行向山下走去。

布里蒂乌斯尾随在他身后，然后是库斯比乌斯。波比蒂乌斯转身跑回了自己家。在他前面，随着人们从小街蜂拥而来，人群成了一个坚实的整体。人群现在背对着山，面朝向大海，只有一个念头：逃。安普里亚特斯最后看了一眼门口他妻子那苍白的脸，然后就被逃窜的人群所吞没，像角斗士学校里用来练习的旋转木头模型那样在原地打转。他被挤到一旁，喘不过气来，如果不是马萨沃看到他摔倒并且将他拉到台阶上，他很可能会消失在人群的脚下。他看到一位母亲怀里的婴儿掉到了地上，婴儿被人踩着时在尖叫；他看到一位上了年纪的主妇脑袋撞到了对面的墙壁上，失去知觉后不见了踪影，而人群全然不顾这些，只是一味向前奔去。有人在尖叫，有人在抽泣，大多数人双唇紧闭，打算节省一些力气，以在山脚下进行拼搏，因为他们在那里要为通过斯塔比亚城门而搏斗。

安普里亚特斯靠着门框，觉得脸上有些湿漉漉的，他用手背擦了一下鼻子，结果手背上沾了鲜血。他越过人头向维苏威山望去，山顶已经不见了，一堵墙壁似的巨大黑云正向庞贝逼近，像暴风雨前的乌云。但他知道，这不是风暴，而是隆隆作响的石头瀑布。他飞快地向另一个方向望去，他那描金的深红色游艇仍然停靠在港口。他们可以出海，去米塞努姆城的别墅，在那里躲避一下。不过，通向城门的街道上已经挤满了人，而且已经开始挤到了山上。他永远到不了港口，何况即使他真能赶到港口，船员们也会争先恐后地逃命。

他已经为自己做出了决定。就这样吧，他想。十七年前的情形正是这样，懦夫们逃跑后他留了下来，然后他们再一个个重新回来！他感到自己原来的精力和信心正在恢复。这位从前的奴隶将再度给他的主人们就罗马帝国的勇气上一堂课。预言家绝对不会错的。他最后一次不屑地看了一眼从他身边惊恐涌过的人流，退进屋，命令马萨沃把大门关上。关上大门再落锁。他们会留下来，他们会坚持下去。

在米塞努姆城，维苏威山看上去像烟雾。普林尼的姐姐朱利亚打着阳伞，在露台上漫步，为晚餐餐桌采摘夏季最后的玫瑰。她起初以为那肯定又是一场山火，那不勒斯湾整个夏天备受这种山火的折磨。可是那片云的高度、体积以及上升的速度是她从未见过的。她觉得应该叫醒她弟弟，他在下面的花园中看书看得睡着了。

即使是在浓密的树荫下，他的脸也像她篮子中的鲜花一样红彤彤的。她有些犹豫不决，不知道是否该叫醒他。她知道他一定会立刻变得非常兴奋，而每次看到他时，她总会想起他们父亲生前的样子——同样肥胖，同样气喘吁吁，同样脾气暴躁。但是，如果她不叫醒他的话，他一定会为错过这奇特的烟雾而大发脾气，于是她抚摸着他的头发，低声说："弟弟，醒一醒，有样东西你一定想看看。"

他立刻睁开眼道："水——开始流淌了吗？"

"不是，不是水。好像海湾那边发生了一场大火，是从维苏威山那边来的。"

"维苏威山？"他眨了眨眼睛，然后冲着旁边一名奴隶喊道，"我的鞋子！快！"

"听我说，弟弟，不要太操劳。"

他都没有等奴隶把鞋子拿来，就已经踩着干枯的草地向露台走去，这已经是他今天第二次光着脚走路了。等他来到露台上时，家里大多数奴隶都已挤在了露台栏杆前，正向海湾东面望去。那里有一个看似巨型五针松的雾团，在海边越来越大。褐色的粗大树干，带着黑色和白色的斑点，正翻滚着升到数英里高的空中，并且在树冠上吐露出一簇簇羽毛般的枝杈。那些宽阔的树叶似乎又反过来沿着下面的边缘散开，开始将一种细微的沙褐色迷雾撒落回地面。

普林尼有一句喜欢挂在嘴边上的名言，他对大自然观察得越多，就越觉得关于大自然的任何说法都是一种可能。可这的确是不可能。他读过的所有书籍——几乎没有他没读过的书中，没有任何记载能与这壮观场面相提并论。或许大自然特别垂怜他，让他目睹历史上从未记录过的现象？他收集资料那么多年，而且在《博物志》的结尾处还写过这样的祈祷语："向万物之母大自然致敬，同时还要声明全罗马帝国只有我一人赞颂你的各种表露，所以你也要善待我。"是否大自然终于要给我回报了？如果他不是身体过于肥胖的话，他一定会跪倒在地。"感谢你，"他低声说，"感谢你。"

他必须立刻开始工作。五针松状……高大的树干……羽状的枝杈……他要趁着这些形象记忆犹新时为后人记录下这一切。他高声喊叫着，让亚力克希翁拿笔和纸，并且让朱利亚把盖尤斯叫来。

"他在屋里，忙着完成你布置给他的翻译任务。"

"那就让他立刻来这里，他不会愿意错过这一幕的。"他心中在想，那不是烟，它太浓密了，而且底部也没有任何火焰。可如果不是烟，那又是什么呢？"安静点，你们这些该死的！"他挥手让那些奴隶不要再叽叽喳喳。他仔细聆听，但只能听到海湾对岸传来的低沉且连续不断的隆隆声。如果在十五英里外听到的是这种声音，那么在它附近会是什么样的？

他吩咐阿尔克曼："派个人去海军学校找旗舰舰长。告诉他立刻替我准备好一艘快舰，听我调遣。"

"弟弟——不行！"

"朱利亚！"他举起一只手止住了她，"我知道你用心良苦，但你还是少说几句吧。不管这个现象是什么，它都是来自大自然的一种奇观。这个奇观属于我。"

科蕾莉娅打开百叶窗，站在阳台上。在她的右边，中庭平坦的屋顶上方，一团巨大的乌云正在逼近，仿佛天空被拉上了一道厚厚的帘子。空气在颤抖，发出隆隆的雷声。她可以听到街头传来的尖叫声。下面的院子里，负责收拾花园的奴隶漫无目的地跑来跑去，使她想起了被抓出来做菜之前关在坛子里的那些睡鼠。她觉得这一幕似乎与她没有多少关系，她就像剧院包厢里的观众，欣赏着一场精彩的演出。似乎随时会有神从天而降，来拯救她。她冲着下面喊道："出什么事了？"但谁也不理睬她。她又喊了一遍，然后意识到自己已经被人遗忘。

那团乌云发出的隆隆声越来越响。她跑到门口，想打开门，但门锁太结实，根本打不开。她跑回到阳台上，但阳台离地面太高。她看到在她下面，波比蒂乌斯正从左边他家的台阶走上来，前面是他母亲塔蒂娅·塞孔达。他家的几个奴隶背着大大小小的包袱跟在后面。她冲着他大声喊叫道："波比蒂乌斯！"听到有人喊叫自己的名字，他停住脚，向四周张望着。她向他挥手。"救救我！他把我锁在里面了！"

他绝望地摇摇头。"他想把我们都锁在里面！他疯了！"

"求求你，上来把门打开！"

他犹豫了一下。他想帮她，而且他本来是会的，可就在他朝她的方向刚刚迈出半步时，有什么东西砸到他身后的屋顶上，然后弹到了花园里。那是一块浮石，有小孩拳头那么大。他看着它落到了地上。又一块浮石击中了凉棚。突然，天空暗了下来，空中到处都有石块落下来。他的头和肩膀被砸中了多次。多孔的石头，像硬邦邦的灰白色海绵，虽然不重但砸在身上仍然像被针扎了一样。那就像突然遭遇冰雹袭击，而且是一种发烫、黑色、干燥的冰雹——如果世间真有这种冰雹的话。他不再理睬科蕾莉娅的喊叫，推着母亲躲进了中庭。前面的大门——那是安普里亚特斯的旧大门——敞开着，他跌跌撞撞地来到了街上。

科蕾莉娅没有看到他出门。她退回到房间里，躲避着从天而降的石块。她看到了外面世界的最后一幕，完全为灰尘所笼罩，接着所有光线突然消失，四周漆黑一片，什么也看不见，就连尖叫声也再听不到，只有如瀑布般落下的石块发出的咆哮声。

在赫库兰尼姆，生活一如既往。阳光明媚，天空和大海一片蔚蓝。阿蒂里乌斯赶到海滨大道时，甚至还可以看到渔民们仍然站在小渔船上撒网。这就像夏季天气常玩的一个把戏，整个海湾的一半完全被猛烈的暴风雨笼罩，而另一半却幸运地继续享受晴朗的天气。就连维苏威山传来的响声似乎也并不那么可怕——隐隐约约的隆隆声，带着一层尘埃飘向苏伦图姆半岛。

赫库兰尼姆的城门外已经聚集了一小群人，正在观看维苏威山那边的动静，几个有生意头脑的商贩甚至还摆起了摊子，出售点心和葡萄酒。大道上出现了一眼望不到尽头的行路人，个个身上落满了尘土，大多数人背着行李蹒跚而行，有些人则赶着牛车，车上高高地装满了全部家当。孩子们在周围跑来跑去，为这种冒险经历欣喜若狂，但他们的父母却神色凝重，脸上带着恐惧的表情。阿蒂里乌斯感到自己仿佛是在梦中。一个胖男子嘴里塞满了蛋糕，坐在一块里程碑上，正兴高采烈地大声问那边的情况。

“奥普隆蒂斯像半夜那样漆黑一片，”有人回答说，“庞贝的情况肯定更糟。”

“庞贝？”阿蒂里乌斯自言自语了一声，立刻清醒了过来，“庞贝怎么啦？”

对方摇摇头，用手指在脖子上划了一下，阿蒂里乌斯吓了一跳，心中想到了科蕾莉娅。当他强行要求她离开水道时，他以为自己是让她远离危险，可是现在——他的眼睛顺着蜿蜒的道路向庞贝方向望去，一直望到道路消失在远方的黑暗中。他意识到一切恰好事与愿违。维苏威山喷出的那些东西在风的吹送下，正直接飘向庞贝城上方。

“不要向那边去，公民，”那个人警告他说，“根本过不去。”

但阿蒂里乌斯已经掉转马头，迎着逃难的人流而去。

他越往前走，道路就越拥挤，而逃难人的状况也越凄惨。大多数人身上落了厚厚一层灰色的尘土，头发也像打了霜一样落满了灰尘，脸上溅满血迹，像死神的面具一样毫无表情。有些人手举火把，火把仍然点燃着。这是一支溃败的大军，如同魑魅魍魉，正步履艰难地逃离灾难性的败局，甚至连开口说话的力气都没有。他们身旁的家畜——牛、驴、马、狗和猫，像突然有了生命的石膏塑像。他们的身后留下了落满灰尘的车辙和脚印。

他的一边是橄榄树林，里面零零星星地传来了东西砸碎的声音。他的另一边是大海，海面上出现了大大小小的喷泉，仿佛突然沸腾了起来。前面的道路上有石头落下的撞击声。他的马停了下来，低着头，不愿意再向前走一步。突然，看似半英里外的乌云在向他们扑来，遮挡住了太阳，同时抛撒下细小的物体。阳光明媚的下午刹那间就变成了黄昏，无数物体落到了他身上。不是硬邦邦的石头，而是白色的炉渣，一小团一小团变成了坚固的灰烬，从极高的地方落到他的头上和肩膀上，再弹到地上。在这半明半暗之中，人和车忽隐忽现。女人们在尖叫，火把在黑暗中发出昏暗的亮光。他的马儿发出一声嘶鸣，转了个身。阿蒂里乌斯打消了去救人的念头，加入惊慌失措的逃难人流中，和大家一起疯狂地奔跑，要抢在那场尘埃风暴到来之前跑到安全地带。马蹄一滑，他的坐骑摔到了沟中，之后顺着沟向前慢跑。就在这时，天空亮了起来，变成了棕黄色，他们又突然回到了阳光下。

在身后威胁的驱使下，每个人都加快了步伐。阿蒂里乌斯看到，不仅通向庞贝的道路根本无法行走，而且微微改变的风向正在将危险扩散到海湾西面。一对老夫妇坐在路旁哭泣，已经累得再也走不动了。一辆牛车翻了，一个男人正绝望地想把车扶正，他的妻子正安慰怀中的婴儿，旁边还有一个小女孩拽着她的裙子。逃难的人流从他们身边奔跑而过，阿蒂里乌斯也被这股洪流推着向前，沿着大道向赫库兰尼姆而去。

城门口的人已经注意到那堵不断撒下石块的黑墙改变了位置，等他赶到城门口时，小贩们正手忙脚乱地收起自己的商品。人们在这里分散开来，有些人去城里躲避，另一些人则穿过这座城，加入大部队继续在大道上奔逃。然而，阿蒂里乌斯越过红色的平坦屋顶可以看到渔夫仍然在海湾中不慌不忙地捕着鱼，来自埃及的运粮大船正慢慢驶向普特奥利码头。他心想：大海；如果他能想办法弄到一条船，他或许可以避开这场石头雨，从南面接近庞贝——当然是从海上。他估计要穿过这人流抵达赫库兰尼姆的码头多少有些痴心妄想，但城外那巨大的别墅——元老佩蒂乌斯·

卡斯库斯以及他的那群哲学家的家——或许能有一条船供他使用。

他沿着拥挤不堪的大道又向前走了一会儿，终于看到一对高大的门柱。他断定这一定就是卡尔普尼亚别墅。他将马拴在院子里的栏杆上，东张西望地想看看里面是否还有生命迹象，但这巨大的宫殿似乎已人去楼空。他穿过敞开的院门，走进了金碧辉煌的中庭，然后沿着中庭花园的一侧向前走去。他可以听到喊叫声和在大理石走廊上奔跑的脚步声，接着便看到角落里出现了一名奴隶，推着一辆手推车，里面装满了一卷卷的莎草纸，堆得像小山一样。这名奴隶根本不理睬阿蒂里乌斯的喊声，径直穿过一个宽阔的门道，走进了午后明亮的阳光中。另一名奴隶同样推着一辆手推车匆匆从大门走了过来，但他的车是空的。阿蒂里乌斯立刻拦住了他。

“元老在哪儿？”

“他去罗马了。”这名奴隶年纪不大，浑身是汗，万分惊恐。

“夫人呢？”

“在水池边。请——让我过去。”

阿蒂里乌斯移步让他通过，然后跑到了阳光下。露台下便是他搭乘快舰去庞贝时看到过的那巨大的水池，现在周围到处是人：几十名奴隶和身穿白袍的哲学家们正来回穿梭，将一捧捧的莎草纸装进水池边的箱子里，而一群妇女则站在一旁，眼睛死死盯着远处的那场风暴——从这里看去颇似无边无际的棕色海雾，与它相比，赫库兰尼姆海岸旁的那些船只只是一些小树枝。打鱼的人已经收工，海浪越来越大。阿蒂里乌斯可以听到浪涛接二连三拍打海岸的响声；一道海浪刚刚破碎，又一道海浪便会打来。有几个女人在哭泣，但他走近时，站在她们中央的那位身穿深蓝色长裙的年迈夫人却显得镇定自若。他记得她——就是戴着巨大珍珠项链的那个女人。

“您是佩蒂乌斯·卡斯库斯的夫人？”

她点点头。

“我叫马尔库斯·阿蒂里乌斯，是帝国的水务官。我前天晚上在舰队司令的别墅里见过您丈夫。”

她满怀希望地看着他。“是普林尼派你来的吗？”

“不是。我来请求您的帮助，希望能借一条船。”

她脸一沉。“如果我有船的话，你认为我会站在这里吗？我丈夫昨天坐船去罗马了。”

阿蒂里乌斯环视着这巨大的宫殿、塑像、花园，以及堆在草坪上的艺术品和书籍。他转身要走。

“等等！”她叫住了他，“你必须帮助我们。”

“我爱莫能助。你只能和其他人一起上路，在大道上碰碰运气。”

“我担心的不是我自己，而是这些书籍。我们必须保护这座图书馆。里面的书籍太多了，无法通过陆路运走。”

“我关心的是人，不是书。”

“人总会死的，只有书籍才是永生的。”

“如果书籍是永生的，那么没有我的帮助它们也能逃过这一劫。”

他开始沿着小径向屋里走去。

“等等！”她挽起裙子，追了上来，“你要去哪里？”

“去找船。”

“普林尼有的是船。全世界最大的舰队任凭他调遣。”

“可是普林尼在海湾的另一边。”

“你看看大海对面！整整一座山时刻会落到我们身上！你认

为一个人驾着一条小船能有很大作为吗？我们需要的是一支舰队。你跟我来！”

他真想告诉她，她有着男人般的坚强意志。他跟着她，绕过水池旁的柱廊散步小径，上了一溜台阶，来到了图书馆中。这里大多数的藏书格已经被搬空，两名奴隶正在将剩下的书籍装到手推车上。古代哲学家们的大理石头像低头望着这一切，对正在发生的事瞠目结舌。

“我祖先从希腊带回来的书籍就保存在这里，光是索福克勒斯[①]的剧作就有一百二十部。亚里士多德的所有著作，其中一些还是他的手稿。这些都是无可取代的宝贵财富。我们一直不允许任何人抄写这些著作。”她紧紧抓住他的胳膊道，“每个时辰都有成千上万的人来到这个世界又离开这个世界，所以我们算得了什么呢？这些伟大的著作将是我们唯一留下的东西。普林尼会明白的。”她坐到一张小桌前，拿起笔，在一个古色古香的青铜墨水缸中沾了一下。她的身旁有一支红蜡烛在摇曳。“把这封信带给他。他知道这个图书馆。告诉他，雷克蒂娜请求他来救援。”

阿蒂里乌斯可以看到，她身后的露台那边，黑压压的乌云像日晷上的阴影一样，正一步步顺着海湾逼近。他原来以为乌云会渐渐消散，现在却发现它正变得越来越强。她说得对。对于一个如此强大的敌人，的确需要大船，比如战舰，才能进行抗争。她卷起那封信，用蜡烛油将它封好，并将自己的戒指印在还没有完全凝固的蜡中。“你有马吗？”

“如果能换一匹马的话，我会跑得更快。”

“会给你的。”她冲着一名奴隶大声说道，“带马尔库斯·阿蒂

① 索福克勒斯（公元前496？—前406年？），古希腊三大悲剧诗人之一，一生共写一百二十三部剧本，传世剧作有《埃阿斯》《俄狄浦斯王》等七部。

里乌斯去马厩，给我们最快的马备好鞍。”她把信递给他，看到他接过那封信时，又用她那干燥、全是骨头的手指紧紧抓住他的手腕。“工程师，别让我失望。”

他抽回他的手，跟着奴隶跑了出去。

第九时辰 15:32

大量岩浆突然喷发后的结果便是火山喷管系统几何结构的改变，同时也让浅层地下水变得不稳定，以及诱发结构性的崩溃。这种情况常常会造成喷发力度的增加，诱发岩浆与浅层地下水之间的接触，并诱发与浅层地下水有关的水热系统的爆炸性减压。

——《火山百科全书》

阿蒂里乌斯拼命骑了将近两个时辰才抵达米塞努姆城。道路沿着海岸线蜿蜒延伸，有时就在海边，有时在离海较远的高地上，路旁都是罗马权贵们的奢华别墅。他沿途看到三三两两的人群，聚集在大道旁，观看着远处的奇特现象。他大多数时候背对着维苏威山，但当他绕过海湾的北边，开始下山奔向那不勒斯时，他再次看到了维苏威山——就在他的左边，现在是那么壮丽。一层轻柔的白色雾霭包裹在中间的柱状物四周，完美的半透明柱状物一直升到数英里高的空中，与正在海湾上空摇摇欲坠的蘑菇云的底部连在一起。

那不勒斯见不到一丝恐慌，这地方永远这样死气沉沉。他已经将那些疲惫不堪、带着大包小包、逃避石头冰雹的人远远抛在了身后，因此还没有任何消息抵达这里，告诉人们灾难正笼罩着庞贝。希腊式的庙宇和剧院面向大海，在午后的阳光中闪耀着白光。游客们在花园里悠闲漫步。他看到城后的小山上有红砖砌成的拱廊，那是奥古斯都水道的渡槽。他想知道水是否已经流淌到了这里，但他不敢停下来去打听。说实在的，他已经不再关心。原先似乎是世界上最重要的事现在已经变得微不足道。埃克索姆尼乌斯和科拉克斯现在成了什么呢？尘埃，恐怕连尘埃都不是，只是一个记忆。他想知道其他人的情况怎么样，但他脑海里挥之不去的总是科蕾莉娅的形象，她上马时将秀发捋到脑后的动作，她消失在远方时的身影，而且走的是他为她定下的道路——去接受他而不是神给她定下的命运。

他穿过那不勒斯，再次来到了开阔的乡间，进入了阿格里帕在波希里彭海角下挖出的隧道公路中。塞内加曾描述，隧道里的奴隶高举着的火把与其说照亮了黑暗，不如说更进一步突出了黑暗。他经过普特奥利那些巨大的混凝土粮食码头——这又是阿格里帕的一个项目，然后经过了库米城的郊外——据说此地挂了西比尔住的瓶子，她在里面等待此生的终结[①]。他经过了阿维纳斯湖辽阔的牡蛎养殖区，经过了巴亚城那些大型的梯级式浴室，经过了海滩上的醉汉以及出售彩绘玻璃器皿的纪念品商店，看到了孩子们在放风筝，渔夫们在码头旁修复着亚麻渔网，人们在夹竹桃树荫下玩着骨牌。他经过了排成两列跑向海军基地的全副武装的海军百人队；经过了罗马权贵们奢华的生活场面；而在海湾的对面，维苏威山刚刚发出了第二声巨响，将原来那灰色的岩石喷泉变成了黑色，并且将它推得越来越高。

---

① 库米郊外的女巫西比尔据传拥有不朽的生命，但阿波罗根据她的愿望，赐给她与手中的沙粒数字相等的生命年限，但她没有要求保持青春，结果身体越缩越小，后来住在了瓶子里，只能听到她的声音。

普林尼最担心的是这一切会在他赶到之前全部结束。他不时摇晃着身子从书房出来，看看那圆柱体的变化，但每次都让他很放心。的确，如果说有什么变化的话，那圆柱体似乎正变得越来越大。它的高度根本无法精确估计出来。波斯顿尼乌斯[1]曾认为迷雾、风和云能达到的高度不会超过五英里，但大多数专家——普林尼总的来说比较认同他们的观点——认为这个数字应该是一百一十一英里。不管具体数字是多少，那玩意儿，那圆柱体——他决定将它称作“大自然的奇观”——大得吓人。

为了使自己的观察尽可能精确，他已经下令将他的水钟搬到港口，架设在快舰的艉甲板上。就在这一切按部就班地进行并且船只在做准备的同时，他在自己的书房里查阅着关于维苏威山的资料。他以前从来没有太关注那座山，或许是因为它太大，太显而易见，而且就在那里，而他更愿意研究大自然更加深奥的秘密。可是，他查阅的第一本书，斯特拉博的《地理学》就让他愣在了那里。“该地区似乎曾遭受过火灾，曾经有过火焰口……”他为什么以前从来没有注意到呢？他叫盖尤斯进来看一看。

“你看到了吗？他把维苏威山与埃特纳山进行了比较。但这怎么可能呢？埃特纳的火山口宽两英里，我亲眼看到过，夜晚在大海对面发着红光。所有那些喷射火焰的岛屿——风神埃俄罗斯统治的斯特龙戈利岛、利帕里岛[2]以及据说火神伍尔坎生活的圣岛[3]，你可以看到这些岛屿个个都在燃烧。可从来没有人报告过维苏威山上

① 波斯顿尼乌斯（公元前 135—前 51 年），希腊斯多葛派哲学家、政治家、天文学家、地理学家、历史学家，为他所在时代最多才多艺的学者。

② 斯特龙戈利岛、利帕里岛都是位于西西里岛北边的风神群岛的火山岛。风神群岛被认为是风神埃俄罗斯的故乡。利帕里岛是其中最大的岛。荷马曾在《奥德赛》中详细描述这里的景色。

③ 火神伍尔坎生活的圣岛是指位于西西里北部的武尔长诺岛，亦属风神群岛的一部分，岛上有巨大的休眠火山。

有灰烬。”

“他说火焰口‘后来因缺乏燃料而熄灭’，”他的外甥指出道，“也许这意味着这座山现在已经有新的燃料了，因此活了过来。”盖尤斯兴奋地抬起头来说：“这是否能解释水道里的水有硫黄味呢？”

普林尼不由得对他刮目相看。不错，这孩子说得对，情况肯定就是这样。无论在世界什么地方，所有这些现象的燃料都是硫黄——大夏的孔凡蒂乌姆山上翻腾的火焰，巴比伦平原上熊熊燃烧的鱼塘，埃塞俄比亚希斯佩里乌斯山附近那些犹如星星闪烁般的田野。但这其中的含义却非常可怕：利帕里岛和圣岛曾经在大海中央连着烧了很多天，直到元老院派出一队人马航行去那里搞了一个请求众神息怒的仪式后才平息。如果意大利本土爆发类似的大火，而且是在人口稠密区中央，那将是一场灾难。

他支撑着站了起来。“我必须赶紧登船。亚力克希翁！”他大声喊叫着他的奴隶。“盖尤斯，你干吗不和我一起去呢？把你的翻译作业先放一放吧。”他微笑着伸出手去。“我今天把你从课程中解放出来。”

“舅舅，您真的要我去吗？”盖尤斯凝视着海湾对面，紧咬双唇。他显然已经意识到海湾周围出现第二座埃特纳山会带来什么样的后果。“您能让我去真是太好了，可说实话我刚翻译到一段非常有意思的文字。当然，如果您硬要我去——”

普林尼看出他有些害怕，这又怎么能怪他呢？他自己的心中不是也闪过一丝恐惧嘛，而他还是久经沙场的老兵。他想命令这孩子和他一起去——罗马帝国的人绝对不该向恐惧低头：他年轻时评判勇敢的那些价值观发生了什么变化？——但他随即想到了朱利亚。让她唯一的儿子去冒不必要的风险对她公平吗？“不，不，”他挤出一丝笑容说，“我并没有硬要你去。今天海上的风浪很大，你会晕船的。你还是待在这里照顾你母亲吧。”他拧了一下外甥长着粉刺的脸蛋，抚摸着他油腻的头发。“盖尤斯·普林尼乌斯，你会成为一名出色的律师，或许会是了不起的大律师。我可以预见到你未来出现在元老院中。你将是我的继承人。我的书籍将来都归你，普林尼家族全靠你发扬光大了——”他停了下来。这听上去太像临别赠言。他生硬地说道：“回去看书吧，告诉你母亲我天黑时就回来。”

他在秘书的搀扶下，头也不回地慢慢走出了书房。

阿蒂里乌斯骑马经过了皮希纳·米拉比里斯水库，经过了通向港口的大堤，正要顺着陡峭的道路去普林尼的别墅时，他忽然看到一小队海军士兵走在前面，为普林尼的马车开道。他刚跳下马跑到街道上，那支队伍就到了他面前。

“大人！”

普林尼正目不转睛地盯着前方，听到喊声后微微将目光调转了方向。他看到那里有一个人，风尘仆仆，衣服破了，脸上、胳膊上和腿上布满了一道道已经凝固的血迹。他没有认出这个人，但这个鬼魅似的人又说道：“大人！我是马尔库斯·阿蒂里乌斯！”

“那位工程师？”普林尼示意停下马车，“你这是怎么啦？”

“大人，大难临头了。那座山正在爆炸——石块正从天而降——”阿蒂里乌斯舔了一下干裂的嘴唇道，“人们正成群结队地沿着海岸大道逃离东方，奥普隆蒂斯和庞贝正在被掩埋。我从赫库兰尼姆骑马赶过来，给您带来了一封信——”他将手伸进口袋，“——是佩蒂乌斯·卡斯库斯的妻子写给您的。”

“雷克蒂娜？”普林尼接过信，拆开封口。他看了两遍，神色凝重，突然显得身体虚弱——虚弱且不知所措。他靠着马车扶手，将雷克蒂娜匆匆所写的信给阿蒂里乌斯看：“普林尼，我亲爱的朋友，图书馆危在旦夕，我也孤身一人。我请求你从海上来接我们——立刻——如果你还爱着那些古书，爱着你忠诚的老朋友雷克蒂娜的话。”“这是真的？”他问，“卡尔普尼亚别墅真的危在旦夕吗？”

“大人，整个海岸都危在旦夕。”这个老人是怎么啦？难道美酒与年纪完全磨钝了他的智慧？还是他认为这一切只是一场表演，圆形剧场里的某场表演，让他开开心？“危险随风而来，而风向像风向标一样变幻莫测，就连米塞努姆城可能也不安全。”

“就连米塞努姆城也可能不安全，”普林尼重复了一遍道，“而雷克蒂娜孤身一人。”他的眼睛湿润了。他卷起那封信，示意一直和海军士兵跑在一起的秘书到他跟前来。“安蒂乌斯在哪里？”

“在码头，大人。”

“我们动作快点。阿蒂里乌斯，你上来，坐到我身旁。”他用戒指敲了敲车厢。“前进！”阿蒂里乌斯挤到他身旁，坐了下来，马车立刻向山下驶去。“你把所看到的一切说给我听听。”

阿蒂里乌斯竭力整理着自己的思绪，但他仍然有些语无伦次。他竭尽全力描述着山顶被炸飞时他所目睹到的巨大威力。他说，山顶被炸飞只是一连串其他现象的高潮，这些现象包括土壤中的硫黄，含有毒气的水池，大地的颤动，造成水道断流的地面隆起，当地水泉的消失。所有这一切相互之间都有联系。

“而我们居然没有一个人看出来，”普林尼摇着头说，“我们都像老庞波尼阿纳斯一样成了睁眼瞎，他认为那是朱庇特的杰作。”

“这倒不完全是真的，大人。有一个人看出来了——这个人出生在埃特纳山附近，就是我的前任埃克索姆尼乌斯。”

“埃克索姆尼乌斯？”普林尼厉声说道，“就是将二十五万塞斯特斯藏在水库下的那个埃克索姆尼乌斯？”他注意到了工程师脸上茫然的神情。“是今天上午最后一点水放完后发现的。怎么啦？你知道他那些钱是怎么得来的？”

他们已经来到码头。阿蒂里乌斯可以看到熟悉的场面——“密涅瓦”号停靠在码头旁，主桅杆已经支好，准备启航。他觉得将他带到这个地方、这个时刻的一连串事件真是太奇怪了。如果埃克索姆尼乌斯不是出生在西西里岛的话，他永远不会爬到维苏威山上，也永远不会失踪；阿蒂里乌斯永远不会被从罗马派来，永远不会去庞贝，永远不会认识科蕾莉娅、安普里亚特斯或科拉克斯。此时此刻，他回忆着所有这一切之间完美的逻辑，从被毒死的鱼到隐藏的银币，他竭力思考着用什么样的方式将这一切告诉普林尼。不过，他刚开了个头，普林尼就挥手止住了他。

“人的狭隘与贪婪！”他不耐烦地说，“那可以写成一本书。那一切现在还有什么意义呢？把这记录下来，等我回来时处理。水道呢？”

“已经修复，大人。至少我今天早晨离开时已经修复。”

“这么说你干得非常漂亮，工程师。我向你保证，我一定会上报罗马的。你现在回住处去休息。”

风刮动了绳索，绳索又拍打着“密涅瓦”号的桅杆。托夸图斯站在后面的跳板上，正与旗舰指挥官安蒂乌斯和其他七名军官说着话。看到普林尼的马车驶近，他们迅速立正迎接。

“大人，如果您允许，我想和您一起出海。”

普林尼惊讶地看着阿蒂里乌斯，然后露出了笑容，用肥胖的手轻轻拍了拍他的膝盖。“一位博物学家！你真像我！我一见到你就知道了！马尔库斯·阿蒂里乌斯，我们今天将有一番壮举。”甚至在秘书扶着他下车时，他也在气喘吁吁地下达着命令。“托夸图斯——我们立刻动身，工程师随我们一起去。安蒂乌斯——拉响全体集合的警报，以我的名义给罗马发信号：‘维苏威山在第七时辰前爆炸，海湾四周的百姓危在旦夕。我率整个舰队出海去疏散幸存者。’”

安蒂乌斯睁大了眼睛望着他。“是整个舰队，大人？”

“所有浮在水面上的船只。你那边都有些什么船？”普林尼眯起眼睛向外港望去，那里停靠着战舰，正在越来越汹涌的浪涛中摇晃着。“我看到那是‘协和’号，对吗？‘自由’号，‘正义’号，那一条是什么——‘怜悯’号？还有‘欧罗巴’号，”他挥了一下手道，“所有这些战舰，还有内港没有拖到岸上的所有船只。快点，安蒂乌斯！你前天晚上还抱怨说我们拥有世界上最强大的舰队，却从来没有参战过。现在该你行动了。”

“可采取行动时总得有敌人呀，大人。”

“那就是你的敌人，”他指着远处不断扩大的黑色烟雾，“比恺撒曾经面对过的任何敌人都更强大。”

安蒂乌斯起初没有动，阿蒂里乌斯不知道他是否会考虑违抗命令，但他的眼睛里随即露出了欣喜的神情，他转身对其他军官说道：“大家都听到命令了。给皇帝发信号，拉响全体集合的警报。告诉他们，如果有哪位舰长半时辰内没有出海，我就将他阉了。”

普林尼的水钟显示，第九时辰刚好过了一半。“密涅瓦”号被推离了码头，开始慢慢调转船头，朝向外面那开阔的大海。阿蒂里乌斯还是像上次一样，靠栏杆坐着，并且向托夸图斯点头致意。舰长微微摇摇头，仿佛在说他认为这样的行动准是疯了。

“记下时间。”普林尼命令道，亚力克希翁蹲在他身旁，将笔沾了点墨水，飞快地记下了一个数字。

不大的甲板上为舰队司令摆放了一张舒适的椅子，不仅有很高的靠背，而且还有扶手。普林尼就从这高高的位置上观察随着船身的摆动在他眼前晃动的景象。在过去二十年里，他一直梦想着能指挥舰队作战——将他那巨大的宝剑从剑鞘里抽出来——尽管他知道韦斯巴芗只是任命他为和平时代的行政官，免得刀刃生锈。不过，操练已经结束，他现在终于可以听到自己下达真正的备战命令了：刺耳的号角声将大家从米塞努姆城的各个角落召唤了过来，一条条小船将第一批水手送往庞大的四桨座战船，先遣部队已经登上战舰，正聚集在各层甲板上。高大的桅杆已经竖起，船桨准备就绪。安蒂乌斯曾经向他许诺过，他可以立刻让二十艘船进行军事行动。那将是四千人，整整一个军团。

“密涅瓦”号正对着东方后，船身两边的船桨垂到了水中，甲板下响起了鼓声，船开始向前挺进。他可以听到上面饰有帝国老鹰图案的旗帜在他身后的艉杆上迎风飘扬。微风轻拂着他的脸庞，他感到心中有一种越来越急切的期盼。米塞努姆城的居民倾城而出，来观看这一场面。他可以看到他们站在街上，靠着窗户，站在平坦的屋顶上。港口那边传来了隐隐约约的欢呼声。他的眼睛在山坡上寻找着自己的别墅，看到盖尤斯和朱利亚站在书房外，便向他们举起了一只手，这一手势又迎来了一阵欢呼。

“你看到大众的反复无常了吧？”他兴奋地大声对阿蒂里乌斯说，“昨晚有人在街上冲我吐痰，而今天我却成了英雄。他们的生活目的就是看他人表演！”他又挥了挥手。

“是啊——如果明天他们当中的一半有亲人回不来，那就再看他们的表现吧。”托夸图斯低声说。

他的焦虑让阿蒂里乌斯大吃一惊。他低声问：“你认为我们会有那么大的危险吗？”

“这些船虽然看起来非常结实，却是用绳子捆绑在一起的。我非常乐意与任何人交战，可只有傻瓜才会驾船去与大自然拼搏。”

船艏的领航员大声发出了警报，站在普林尼身后的舵手立刻用力扳动舵柄。“密涅瓦”号从停泊的战舰之间穿了过去，离那些战舰非常近，阿蒂里乌斯都可以看到甲板上那些水手的脸。船再次摆动，沿着港口的天然防波堤前进。防波堤似乎在慢慢打开，很像某个宏伟的庙宇那装了木轮的大门。他们第一次清楚地看到了海湾对面正在发生的一切。

普林尼紧紧抓住椅子扶手，震惊得说不出话来，但他随即想到了自己作为博物学家的责任。“在波希里彭海角外，”他犹豫不决地口述道，“整个维苏威山以及周围的海岸都被一片浮云笼罩，灰白色，夹杂着一道道黑色。”可是这太缺乏色彩了，他心想：他需要表达某种敬畏之情。“冲向上方，不断扩大、扩散，仿佛大地的五脏六腑正被拽出来，掩向天空，中央高耸着这个奇观所形成的圆柱体。”这样好多了。“它在不断变大，”他继续口述道，“仿佛持续的爆炸在给它提供支撑。但是，在它的最高处，喷射物的重量太大，在向下压的过程中向旁边扩散。你同意吗，工程师？”他大声问道：“是不是重量在压得它向四周扩散？”

“可能是重量，大人，”阿蒂里乌斯大声回答，“也可能是风。”

“对，言之有理。亚力克希翁，把这一点添加进去。越高的地方似乎风就越强，因而吹送着这现象向东南方向而去。”他向托夸图斯做了个手势，“我们应该利用这风向，舰长！升起所有船帆！”

“真是疯了，”托夸图斯低声对阿蒂里乌斯说，“有哪位指挥官会寻找风暴？”不过，他还是大声喊叫道：“升起主帆！”

支撑着船帆的横杆一直被放在船体中央，现在被抬了出来。

看到两边的水手抓住绳索，开始将主帆升到桅杆上，阿蒂里乌斯赶紧向船艉走去。船帆仍然卷着，当它升到瞭望塔——他们将瞭望塔称作“饮酒杯”——下时，一个不到十岁的男孩爬上了桅杆，去解开捆绑船帆的绳子。他沿着桁端上下快速攀爬，一一解开绳子。当最后一根绳子解开时，沉重的亚麻船帆落了下来，立刻被风鼓满。“密涅瓦”号吱嘎作响，立刻加快了速度，在波浪间疾驰，尖尖的船艏两边卷起了白色泡沫，就像凿子切过软木一样。

普林尼觉得自己的情绪也像这船帆一样鼓了起来。他指着左边说：“舰长，那里就是我们的目的地。赫库兰尼姆！直接向岸边驶去——去卡尔普尼亚别墅！”

“是，大人！舵手——向东！”

船帆呼呼作响，船侧身前进。一个大浪袭来，浪花溅了阿蒂里乌斯一身——一种畅快淋漓的感觉。他擦掉脸上的尘土，然后用手捋了捋肮脏的头发。甲板下，鼓声已经加快到近乎疯狂的节奏，在扑打而来的波涛和溅起的浪花中，船桨成了模糊的影子。普林尼的秘书只好用胳膊护压着纸，免得给风吹走。阿蒂里乌斯抬头望着普林尼，看到他坐在椅子上，身子前倾，肉乎乎的脸颊溅上浪花后油光发亮。他激动得两眼放光，咧开嘴笑着，刚才那种疲惫衰老的迹象一扫而光。他又变成了马背上的骑士，驰骋在日耳曼平原上，手中握着长矛，要摧毁那些野蛮人。

“我们去救雷克蒂娜和图书馆的书籍，带到安全地方后再与安蒂乌斯以及舰队的其余船只会合，一起去营救岸边的其他人。你觉得怎么样，舰长？”

“悉听尊便，”托夸图斯局促不安地说，“请问您的钟现在什么时辰？”

“第十时辰刚开始。”亚力克希翁说。

舰长皱起了眉头。“这么说白天只剩下三个时辰了。”

他话里有话，但普林尼不屑地挥了挥手。“舰长，你看看我们的速度！我们很快就会到达岸边了。”

“是啊，这种风带着我们快速前进，可我们重新启航时也会更加困难。”

“水手们！”普林尼嘲讽的口气盖过了浪涛的声响，“你在听吗，工程师？我可以发誓，只要一谈到天气，水手们的反应比农民还要糟。如果没有风，他们就会抱怨；如果风大了一点，他们会抱怨得更厉害。”

“大人！”托夸图斯敬了个礼道，“请原谅我失陪了。”他转过身，咬紧牙关，摇晃着身子向船尾走去。

“第十时辰观察到的现象，”普林尼说，“你准备好了吗，亚力克希翁？”他将手指尖聚拢在一起，皱着眉头。要描述一个当时还没有专业术语的现象无疑有着相当大的技术难度。过了一会儿，所有那些比喻——圆柱体、树干、喷泉等，似乎不仅没有说明问题，反而将问题变得更加模糊，无法再现他所目睹的这无比壮观的威力。他应该带一个诗人随行，诗人肯定比这过于谨慎的舰长更有用。“逐渐靠近后，”他接着说道，“这个奇观宛如大雨将至前的大片乌云，颜色越来越黑。它就像从几英里外所看到的风暴，上面有一道道羽状雨水痕迹，像烟一样飘浮过乌云表面。但是，按照工程师马尔库斯·阿蒂里乌斯的说法，那里落下来的不是雨滴，而是石块。”他指着身旁的艉楼甲板道：“工程师，你上来一下，把你看到的再给我们讲述一遍，我要让他记录下来。”

阿蒂里乌斯顺着短梯来到了平台上，看到舰队司令周围的一切——奴隶、便携式小桌、他那国王宝座似的椅子和他的水钟，与他们的航行以及将要面临的汹涌大海显得格格不入。尽管背对着风，他仍然能听到维苏威山传来的咆哮声，那从天而降的瀑布般的石头雨突然逼近了许多，他们的船像瀑布下的一片树叶一样脆弱。他开始重新讲述他所看到的一切，可就在这时，不断翻腾的乌云表面突然划过一道闪电，不是白色的，而是一道鲜艳的锯齿状红色闪电。它像一根静脉一样清晰地停留在空中，亚力克希翁立刻开始用舌头发出嗒嗒声——迷信的人就是这样崇拜闪电的。

"把这添加到各种现象的单子中，"普林尼命令道，"闪电：不祥之兆。"

托夸图斯喊叫道："我们靠得太近了！"

阿蒂里乌斯越过普林尼的肩膀向远处望去，可以看到米塞纳舰队那些四层大船仍然处于阳光下，正摆成V字阵形，像一群展翅高飞的天鹅一样纷纷驶出港口。但他随即察觉到天空正在暗下来。一道由下落的石头构成的火力网在他们右边的海面上形成，并且正在快速逼近。那些四层大船的船艏和船帆逐渐模糊，化作一个个魅影，空中满是飞舞的石块。

在这一片混乱中，到处都能见到托夸图斯的身影。他大声下达着命令，水手们在昏暗的光线中沿着甲板奔跑。拉着桅横杆的绳索被松开，船帆被放了下来，舵手猛地向左转动船舵。就在这时，一团火球从天而降，撞到了桅杆顶上，沿着桅杆落下来后再顺着桅横杆向外滚落。在它发出的耀眼亮光中，阿蒂里乌斯看到舰队司令低下头，双手护着脖子后，而他的秘书则立刻伏下身子，保护那些文件。这个火球滚到桅横杆尽头后掉入了大海，留下了刺鼻的硫黄味。它落到海水中时发出了响亮的嘶嘶声，那道明亮的光线也随之而去。他闭上眼睛。如果船帆刚才没有被放下来，那它现在肯定已经变成了一团火焰。他可以感觉到石块像雨点般落到他的肩膀上，可以听到石块在甲板上滚动的响声。他意识到，“密涅瓦”号一定是在沿着那片乌云的边缘航行，而托夸图斯正试图让手下拼命划船，摆脱那片乌云。他成功了。在最后一轮石头雨过后，他们猛地回到了阳光下。

他听到普林尼在咳嗽，睁开眼睛后看到舰队司令站了起来，正在拍打着身上那件外袍折凹处的灰烬。普林尼手中握着一把小石头，坐回到椅子上，摊开手掌，开始仔细地观察起来。船上所有人都在抖着衣服，抚摸着肌肤，看看有没有被划伤的地方。“密涅瓦”号仍然在笔直地驶往赫库兰尼姆，距离不到一英里，而且清晰可辨，但风越刮越猛烈，海浪也越来越大。浪涛拍打着船的左侧，舵手在竭尽全力保持航向。

“与大自然的这个奇观正面接触。”普林尼平静地说道。他停了下来，用衣袖擦了擦脸，又咳嗽了一下。“你都记下了没有？现在什么时辰？”

亚力克希翁掸去纸上的石块，吹去灰尘。他探身向水钟看去。“大人，钟坏了。”他的声音在颤抖，几乎要哭出来了。

“没关系，就写第十一时辰吧。”普林尼举起一块石头，凑到眼前仔细看着。“这种物质呈泡沫状，是充满气泡的浮石，灰白色，像炉灰一样轻，落下时大小如人的拇指。”他停下来，又柔声补充道：“拿起笔来，亚力克希翁。如果有什么我无法容忍的话，那就是懦弱。”

秘书的手在颤抖，船身在左右摇晃、前仰后合，他很难继续写下去。他的笔在莎草纸上滑动着，写出的字没有人能看懂。舰队司令的椅子顺着甲板滑去，阿蒂里乌斯一把抓住椅子，对他说：“您应该去甲板下面。”这时，托夸图斯跌跌撞撞地向他们走来，取下了自己的头盔。

“戴上我的头盔，大人。”

“谢谢你，舰长，不过我这颗年迈的头颅有足够的保护。”

“大人，我恳求您——这种风会将我们直接吹送到那风暴正中——我们必须回头！”

普林尼对此不予理睬。“浮石不太像石头，更像一块块充满气泡的冰冻的云。”他伸长了脖子，向船身外望去。“它像冰块一样飘浮在海面上。你们看到了吗？真是不可思议！”

阿蒂里乌斯一直没有注意到这一点。海面上已经飘浮着厚厚的一层石头，船桨每划动一次就将它们拨到一旁，但立刻便会有更多的浮石漂浮进来。托夸图斯跑到下层甲板上。他们已经被浮石包围了。

一道海浪夹杂着浮石向船艏打来。

“大人——”

“运气总是垂顾那些勇敢的人，托夸图斯。向岸边靠拢！”

他们向前航行了短暂一段时间，但船桨的节奏慢了下来，不是因为风或浪涛，而是因为海面上那些浮石的重量在阻碍着他们。他们离岸越近，浮石层也就越厚，甚至厚达两三英尺。这是一道由浮石组成的宽阔无垠的巨大浪涛，然而里面却没有一滴水。船桨无助地在浮石上拨弄着，根本无法使出力来，船开始随着风向朝那石头瀑布飘去。卡尔普尼亚别墅近在咫尺，阿蒂里乌斯可以看到他和雷克蒂娜站着说话的地方，可以看到岸边有人在跑动，可以看到一堆堆的书籍和伊壁鸠鲁派哲学家们身上那飘舞的白袍。

普林尼停止了口述，在阿蒂里乌斯的搀扶下站了起来。在他们周围，浮石挤压着船身，船上的木结构在嘎吱作响。阿蒂里乌斯感到普林尼微微有些站不住了，似乎有生以来第一次不得不承认自己的失败。他向岸边伸出一只手，喃喃地说："雷克蒂娜。"

舰队的其他船只也开始散开，当每一艘战舰都在挣扎着逃命时，原来的V字阵形早已不见了踪影。接着，天又黑了下来，他们所熟悉的浮石落下的震耳欲聋的声音盖过了其他一切动静。托夸图斯大声喊叫道："我们已经失去了控制！大家快下甲板！工程师——帮我将他从那里拉下来。"

"我的那些记录！"普林尼抗议道。

"亚力克希翁已经拿着了，大人。"阿蒂里乌斯和舰长一人抓住普林尼的一只胳膊，但普林尼体重如牛。他在最后一级台阶上绊了一下，差一点直挺挺地摔倒，但他们拉住了他，拖着他沿着甲板来到打开的活板门前，下面便是桨手们划桨的地方。此时，空气已经变成了石块。"给司令大人让个道！"托夸图斯喊叫着，然后几乎是顺着梯子将普林尼扔了下去。亚力克希翁带着那些宝贝似的记录接着下到了船舱中，而且还踩了司令大人的肩膀。阿蒂里乌斯冒着雨点般落下的浮石也跳了下去，最后是托夸图斯，下船舱时将活板门砰的一声关上了。

黄昏 20:02

在第一阶段，火山口的半径大约为一百米。随着喷发继续，火山口不可避免地会变大，从而使得喷发的速率更高。到二十四日傍晚，柱状物的高度已经增加。岩浆库被越来越深地抽取，直到约七小时后到达铁镁含量更高的灰色浮石层。这种灰色浮石以约每秒一百五十万吨的速度被喷射到空中，并且由于对流作用被带到最大约三十三公里的高度。

——《火山：一种地球观》

“密涅瓦”号的甲板下方闷热得几乎让人透不过气来，而且黑得几乎伸手不见五指。他们蜷缩在这里，听着石块落到他们头顶上方的甲板上时发出的震耳欲聋的响声。两百名水手散发出的汗臭味以及呼出的热气使里面的空气恶臭难当。偶尔可以听到一个外国水手用听不懂的语言大声喊叫，但这立刻会被军官的呵斥声制止。阿蒂里乌斯身旁的一个人不停地用拉丁语嘀咕着，说这是世界末日。阿蒂里乌斯觉得这也的确像世界末日。大自然已经改弦易辙，导致他们在大海中央被石块压得下沉，而且在不应该天黑的时候在黑夜中漂流。船身剧烈地摇晃，但没有一只船桨在划动。现在采取任何行动都毫无意义，因为他们根本不知道船在朝着什么方向行驶。现在只能耐心地等待，每个人都在想着自己的心事。

这种情形持续了多久，阿蒂里乌斯不知道。或许一个时辰，或许两个时辰。他甚至都不知道自己在甲板下面的什么地方，只知道自己在牢牢地抓着一条似乎贯穿船身的狭窄木梁。木梁的左右两边各有两排水手，坐在长凳上。他可以听到普林尼在附近什么地方大声喘着气，亚力克希翁像孩子似的使劲吸着鼻子。托夸图斯一言不发。浮石不停地落下来，发出隆隆的响声，最初是落在木头甲板上发出的嗒嗒声，然后随着浮石落到浮石上，将他们与外部世界彻底隔绝，响声也越来越沉闷。这在阿蒂里乌斯看来是最糟糕的事情——他感觉到浮石的重量正慢慢压在他们身上，要将他们活埋。随着时间一点一点地过去，他开始思考甲板的桁条还能支撑多久，他们头顶上的重量是否会将他们直接压到波浪之下。他竭力安慰自己，说那些浮石很轻：罗马的工程师们在建造巨大的圆拱顶时，有时会将浮石掺进水泥中，取代岩石和砖块。尽管如此，他还是渐渐发现船开始向一侧倾斜，不一会儿他右边的某个水手惊恐地嚷了起来，海水正从桨孔涌进来。

托夸图斯大声呵斥着，要他们保持安静，然后向普林尼报告说他需要带几个人上甲板去铲掉落下的石块。

“你看着办吧，舰长。”普林尼说话的声音仍然很平静。“我是普林尼！”他突然大声吼叫道，“我希望每个人都能像罗马士兵那样坚强！等我们回到米塞努姆城后，你们会得到奖赏，我向你们保证！”

黑暗中传来了讥讽声。

“更确切地说是如果我们还能活着回去的话。”

“正是你把我们搞得一团糟！”

“安静！”托夸图斯喊道，“工程师，你来帮我一下好吗？”他爬上短梯，来到活板门前，正试着将门推开，但浮石的重量太大，他根本推不动。阿蒂里乌斯顺着船桁摸索着来到托夸图斯身旁，一只手抓着梯子，另一只手使劲推着头顶上的木板门。两人齐心协力，慢慢地推开了木门，一堆碎石像小瀑布般滚到他们头上，然后嗒嗒地落到下面的木头舱底。“我需要二十个人！”托夸图斯命令道，“你们这五排桨手——跟我来。”

阿蒂里乌斯跟在他身后爬上甲板，来到了那些飞舞的浮石旋涡中。周围出现了一种怪异的棕色亮光，仿佛在沙尘暴中一样。他站直身子后，托夸图斯抓住他的胳膊指给他看。阿蒂里乌斯起初没有明白他的意思，但随即向他所指的方向望去——黑暗中隐约出现了一排忽明忽暗的黄色亮光。他想，那是庞贝——科蕾莉娅。

“我们的船一路漂流，已经过了最可怕的时刻，现在离岸很近了！”托夸图斯大声喊叫着，“只有神才知道这是什么地方！我们先将船靠岸！帮我掌舵去！”他转身，将离他最近的一名桨手推向活板门。“下到船舱去，告诉大家使劲划桨——这次是为了逃命！其他几个人——赶紧把船帆支起来！”

他沿着船的一侧跑向船尾，阿蒂里乌斯低着头跟在他身后。甲板上铺了厚厚一层雪花般洁白的浮石，他踩上去时浮石陷了下去。船身被压得很低，离海面很近，他感到自己几乎可以下船踩着地毯般的浮石一路走上岸。他爬上艉楼甲板，和托夸图斯一起抓住舵柄。但即使他们两个人使出了全身的力气，舵桨在海面浮漂的那一大堆浮石中仍然一动不动。

他隐约可以看到船帆在他们前面升了起来。他听到船帆被风吹得鼓起来时发出的噼啪声，与此同时船身两侧的船桨也划出了圈圈涟漪。他双手紧握着的舵柄微微抖动了一下。托夸图斯使劲地推，他使劲地拉。他的脚在滑动，他用脚试探着，想在松软的浮石中找到坚实的地方。他感到木柄慢慢动了起来。“密涅瓦”号起初像是要向一侧倾斜，但随即一动不动，然后一阵强风吹来，驱动他们前进。他听到甲板下再次响起了击鼓声，船桨的划动开始变得有节奏起来。他们的前方出现了海岸的形状——防波堤，沙滩，一排别墅，露台上点着火把，人们在海边忙碌着。海浪拍打着海岸，卷起浅水区中的小船，将它们重新抛到岸上。他失望地意识到，这里肯定不是庞贝。

突然，船舵猛地抖动了一下，变得非常灵活。他以为船舵准是断了，但随即看到托夸图斯在用力扳动船舵，船在对着海滩冲去。他们已经摆脱那些如影随形的浮石，进入汹涌的波浪中，大海和风的力量驱使着他们直接向岸边驶去。他看到海滩上的人群正忙着把自己的家当装到船上，这会儿全都惊讶地望着他们；他看到快舰向他们冲去时，他们一个个赶紧躲到了一旁。托夸图斯大声喊叫道：“做好准备！”紧接着，船身擦到了岩石上，阿蒂里乌斯摔到了下面的主甲板上，落在了厚达一英尺、柔软的浮石垫子上。

他在那里躺了片刻，头昏眼花，脸颊贴在散发着余温的干燥浮石上。船左右摇晃，他听到水手们从下甲板上来时发出的欢呼声，以及他们跳进海浪中时溅起的水花声。他爬起来，看到船帆已经落下，锚也抛了出去。几个人拖着缆绳向海滩奔去，想找个地方来系住船。天空中出现了暮色，不是火山爆发后呈现的暮色（他们好像刚刚直接从那里穿过），而是傍晚时分的自然暮色。在这里，空中降下的石头雨要小得多，而且断断续续，落到甲板上和大海中时发出的响声也被海浪的扑打声和风的怒吼淹没。普林尼从活板门走了出来，在亚力克希翁的搀扶下，小心翼翼地踩在浮石上。在周围那些人惊恐万状的表情的衬托下，他显得那么镇定自若。如果说他心中也有一丝恐惧的话，他一点也没有表现出来，而且看到阿蒂里乌斯走近时，他几乎是开心地举起了一只胳膊。

“工程师，看样子我们运气不错。你知道我们在哪儿吗？我熟悉这地方。这是斯塔比亚——一个怡人的小城，在这里过夜真是太好了。托夸图斯！”他大声呼唤舰长，“我建议我们在这里过夜。”

托夸图斯望着他，简直不敢相信自己的耳朵。“大人，我们别无选择，风这么大，什么船也无法行驶。现在的问题是：那边的石头雨多久会落到我们头上？”

“也许根本不会。”普林尼如此说道。他凝视着浪涛对面的灯火。斯塔比亚坐落在低矮的山坡上，环绕整个海湾的大道将小城与海滩分割开来，大道上同样挤满了阿蒂里乌斯早些时候在赫库兰尼姆看到的那样疲惫的逃难人。岸边聚集了一百多人，个个带着自己的家产，希望能从海上逃生，但只能无望地看着滔天巨浪兴叹。一个年迈的胖男人站在一旁，四周围着他的下人，偶尔悲叹地举起双手。阿蒂里乌斯觉得这个人有些面熟，普林尼也认出了他。“那是我朋友庞波尼阿纳斯。”他伤感地说，“那可怜的老傻瓜，无事都会大惊小怪一番。他需要我们的安慰。我们必须摆出最勇敢的表情。扶我上岸。”

阿蒂里乌斯跳进大海，紧接着跳下去的是托夸图斯。水位一会儿在他们腰间，一会儿到他们脖子之下。帮普林尼这种体重和身体状况的人下船可不是件容易事。在亚力克希翁的协助下，普林尼终于背贴着船身，慢慢向下试探着。他们抓住他的手臂后，他顺势滑进了水里。他们竭力不让他的头沉到水下，然而他却凭着超凡的自控力，挣脱了他们的手，不用他们搀扶就蹚水向岸边走去。

“固执的老傻瓜。”托夸图斯如此说道。他们看着他大步走上海滩，拥抱庞波尼阿纳斯。“一个勇敢、固执、了不起的老傻瓜。他已经两次差一点要了我们的命，我可以保证在他自己完蛋之前他肯定还会再来一次。”

阿蒂里乌斯顺着海岸向维苏威山望去，但夜色越来越浓，他只能看到拍打着海岸的那条明亮的白色海浪线，再过去便是漆黑的正在落下的石头。又一道红色的闪电划破了天空。他问：“我们离庞贝多远？”

“三英里，”托夸图斯回答，“也许不到三英里。看样子那里的人受到了最可怕的打击，可怜的人哪。瞧这风，那里的人最好能躲一躲。”

他丢下阿蒂里乌斯，开始涉水向岸边走去。

如果斯塔比亚位于庞贝下风三英里处，而维苏威山又位于庞贝城上方五英里处，那么这片可怕的乌云一定有八英里长。八英里长，然后呢？考虑到它一直延伸至大海上空，那么它至少有五英里宽。除非科蕾莉娅早早就逃了出来，否则她根本没有逃生的希望。

他站在那儿，任凭海浪拍打着自己，直到他听到普林尼在喊叫他的名字。他无可奈何地转过身，蹚过海浪汹涌的浅水区，来到海滩上，与其他人在一起。

庞波尼阿纳斯在海边有一套别墅，顺着大道走几步就到，于是普林尼建议他们一起先回别墅。阿蒂里乌斯走近时可以听到他们在争论。惊恐万状的庞波尼阿纳斯正用他那尖细的嗓子竭力反对，他说他们只要一离开海滩就会失去坐船的机会，但普林尼不屑地摆着手。“在这里等待毫无意义。”他说，他的声音带着一丝急迫感，“再说，等到风向和海浪稍微好一点后，你随时可以坐我们的船走。来吧，里维娅，挽着我的胳膊。”他一手挽着庞波尼阿纳斯的妻子，一手扶着亚力克希翁，带头向大道走去。他们的身后跟着庞波尼阿纳斯的奴隶，正吃力地抱着大理石半身塑像、地毯、箱子和枝形烛台。

普林尼以自己最快的速度走着，累得腮帮子都鼓在了外面。阿蒂里乌斯心想，普林尼知道——他所观察到的一切已经告诉他，接下来会发生什么事。果然，他们刚来到别墅大门口，即将发生的事就像夏日的暴风雨一样落到了他们身上——先是沉重的几下，像是警告，然后空气在桃金娘树丛和铺了卵石的院子上方炸开。阿蒂里乌斯可以感到有人从后面撞到了他身上，而他又撞到了他前面的人身上，大家一起跌跌撞撞进了门，来到了空空荡荡、漆黑的别墅中。有人在哭泣，黑暗中撞到了家具上。他听到一个女人发出一声尖叫，随即便听到什么东西掉在地上摔碎的响声。一盏油灯照亮了一个奴隶扭曲变形的脸，这张脸随即消失。他听到了熟悉的轰的一声，有人点燃了一根火把。无论是奴隶还是主人，大家都围聚在舒适的火把亮光四周，任凭浮石噼里啪啦地落在别墅的赤陶屋顶上，落在外面拼成各种图案的花园里。有人端走了油灯，去再拿一些火把和蜡烛，奴隶们在屋里足够明亮之后仍然在点着火把与蜡烛，仿佛这地方越亮他们就越安全似的。不一会儿，人满为患的大厅里几乎有了一种过节的感觉，而就在这时普林尼搂着庞波尼阿纳斯那不断颤抖的肩膀，大声说他想吃点东西。

普林尼根本不相信有来生：“人死了之后，无论是躯体还是心灵都与他来到世上之前一样毫无知觉。”尽管如此，他在接下来的几个时辰里仍然显得英勇无比，那天晚上活下来的人事后谁也忘不了他的气概。他早就决定，当死神来找他时，他会竭力带着马尔库斯·塞吉乌斯的气概面对死神。他在自己的《博物志》中将塞吉乌斯定为有史以来最勇敢的人——在大大小小的战斗中受过二十三次伤，并且成了瘸子，两次为汉尼拔所擒，一连二十个月，每天套着枷锁；塞吉乌斯最后一次参战时，右手是铁做的，以替代他失去的右手。虽说他不像西庇阿[①]或恺撒那样名扬天下，可那又算得了什么呢？“所有其他胜利者确实征服过他人，”普林尼写道，“但塞吉乌斯还征服了命运。”

“征服命运”应该是一个人努力的目标。因此，当奴隶们准备晚餐时，普林尼告诉目瞪口呆的庞波尼阿纳斯，说他首先要洗个澡，然后就在亚力克希翁的搀扶下摇摇晃晃地走了出去，去泡一个冷水澡。他脱去污秽不堪的衣服，爬进清澈的水中，将脑袋完全浸泡进寂静的世界里。露出头来后，他宣布说他希望再口述观察到的几点——他像阿蒂里乌斯一样，也认为这一奇观的面积约为八英里乘六英里——然后让庞波尼阿纳斯的一名贴身奴隶将他的身体擦干，再抹上番红花油，换上他朋友的一件干净外袍。

普林尼、庞波尼阿纳斯、里维娅、托夸图斯和阿蒂里乌斯五个人坐下来用晚餐，虽说从礼节的角度来说这不是一个理想的数字，而且浮石砸在屋顶上的响声也使得他们无法交谈。不过，这至少意味着他自己有一张卧榻，有足够的空间可以伸伸腿。餐桌和卧榻是从餐厅搬来的，放在这金碧辉煌的大厅里。如果说饭菜质量一般的话——炉火已经熄灭，厨房竭尽全力也只能端上来一些冷的肉食、家禽肉和鱼——不过，庞波尼阿纳斯在普林尼含蓄

① 西庇阿（公元前 235—前 183 年），古罗马统帅和政治家。

的暗示下，用美酒做了补偿。他拿出了一瓶两百年的“法勒尼亚”陈酿[①]，那还是卢修斯·奥皮弥乌斯[②]任执政官时期留下的，而且是他的最后一瓶。（他心情沉重地说：“现在再留着已经没有多少意义了。”）

陈酿在烛光下呈蜜色，开瓶之后，在与年代稍近的酒混合之前——因为如果不稀释一下，这种酒苦得根本无法喝——普林尼从奴隶手中接过酒瓶闻了一下，品味着旧共和国留下的略带一点霉味的芳香：那是具有加图和塞吉乌斯等人勇气的时代，是城市为成为一个帝国而战的时代，是战神广场上落满灰尘的时代，是经过铁与火锤炼的时代。

大多数时候都是普林尼在高谈阔论。他尽量选择一些轻松的话题，闭口不提雷克蒂娜和卡尔普尼亚别墅里那些珍贵的书籍，不提舰队的命运——他估计舰队此刻已经散落到了沿海各个地方。（他知道，光是这一点可能就足以逼迫他自杀：他没有等待皇帝的命令就擅自让舰队出海；提图斯可能不会饶恕他。）相反，他选择了酒这个话题。他对酒了解甚多。朱利亚说他是“令人讨厌的酒痴”，可他还在乎什么呢？令人讨厌是年迈和等级的特权。如果没有酒，那么他的心脏或许多年前就已经停止跳动了。

“史书上记载，奥皮弥乌斯为执政官的那年夏天很像今年。漫长而酷热的天气，阳光永远充沛——正是酿酒师们所称的‘成熟年’。”他晃动着杯中的酒，然后闻了闻，“谁知道呢？或许两个世纪后，人们又会品赏我们今年的佳酿，想着我们是什么样的人。我们的技能，我们的勇气。”石头落下来的响声似乎越来越大，什么地方传来了木头开裂的声音，以及瓦破碎的响声。普林尼环视

---

① “法勒尼亚”陈酿，意大利南部坎帕尼亚地区产的一种白葡萄酒。

② 卢修斯·奥皮弥乌斯，公元前一二一年担任罗马执政官。

着餐桌周围的其他几个人——庞波尼阿纳斯一边皱起眉头望着屋顶，一边紧紧握着他妻子的手；里维娅冲着他挤出一丝笑容（她总是比她丈夫更像个男人）；托夸图斯皱着眉头望着地面；最后还有那位工程师，他在用餐过程中一言不发。他对这位水务官顿生好感——和他一样热爱科学，一路航行过来寻找知识。

“我们来干一杯，”他提议道，“为罗马工程学的天才——为奥古斯都水道，是它最先给我们发出了警报，可惜我们没有去注意它！”他向阿蒂里乌斯举起酒杯。“为奥古斯都水道干杯！”

“为奥古斯都水道干杯！”

他们一饮而尽，各自的心情不尽相同。真是好酒，普林尼咂着嘴心想。陈酿和新酒完美的混合，如同他和这位工程师。万一这是他这辈子的最后一杯酒呢？那最后能喝到这样的酒也足矣。

他大声说他要去睡一会儿，但他看到其他人都认为他是在开玩笑。不，他向他们保证说，他是当真的。他已经训练有素，完全可以按自己的意愿随时进入梦乡——哪怕是站立着或骑在马背上，或者在滴水成冰的日耳曼森林中。这根本算不了什么！“工程师，请扶我一把。”他向大家道了声晚安。

阿蒂里乌斯一手高举着火把，一手搀扶着普林尼，两个人一起走到了外面的中央大院中。普林尼这么多年来常常待在这里，这是他最喜欢的地方：粉红色石头上斑驳的光线，鲜花的芬芳，游廊上方墙壁中鸽笼传出的咕咕声。可是现在，这花园里漆黑一片，回荡着不断落下的石头发出的轰鸣声。浮石落在有顶的过道中，干而脆的石块发出的一团团灰尘令他呼吸急促。他在自己常住的房间门外站住脚，等待着阿蒂里乌斯给他清出一块地方，好让他拉开屋门。他想知道那些鸟儿的命运。它们是否在这奇观开始前就飞走了？如果是那样，它们算是给了人们一个凶兆，可惜没有占卜官在场解读。它们或许躲在黑暗中的某个地方，吓得挤在一起？“你害怕吗？”

“怕。”

“这就好。要想勇敢，首先就得害怕。”他将一只手放在工程师的肩膀上，然后踢掉了鞋子。“大自然是个富有怜悯之心的神灵，”他说，“她的愤怒不会永远持续。大火会熄灭，风暴会止息，洪水最后还是会退下去，这也将过去。你看吧。去休息一会儿。”

他慢慢走进没有窗户的屋子，留下阿蒂里乌斯替他把门关上。

阿蒂里乌斯靠墙站在那里，望着雨点般落下的浮石。过了一会儿，他听到卧室里传出响亮的鼾声。真是不可思议，他想。这位老人要么是在装睡——对此他很怀疑——要么是真的睡着了。他朝天空看了一眼。也许普林尼说得对，他仍然坚信他所称的“奇观”会开始减弱。但现在不会，如果说有什么变化，这场风暴的威力正变得更强。他察觉到落下的石块中夹杂着另一种更尖利的响声，他脚下的地面正在颤动，就像在庞贝时那样。他大着胆子小心地向外走了一步，将火把伸向地面，他的胳膊立刻被重重地砸了一下，痛得他差点就将火把掉到地上。他抓起一块刚刚落下的石块，身子紧贴着墙，借着火把的亮光仔细看着。

这比原先的浮石颜色要浅，但密度更大，块头也更大，就像几块石头被焊接在了一起，而且砸到地面上的力量也更大。原先那种泡沫状的白色石块落下时虽然令人很不愉快，而且很吓人，但砸在身上并不特别痛。这种新的石块足以将人砸昏过去。这种情况持续多久了？

他将那块石头带回大厅，递给了托夸图斯。“情况越来越糟，”他说，“就在我们用餐时，落下的石块体积增大了许多。”然后他问庞波尼阿纳斯："您的屋顶是什么样的？平顶还是尖顶？"

"平顶，"庞波尼阿纳斯说，"刚好做成露台。你知道，为的是看海湾的景色。"

啊，是的，阿蒂里乌斯想——那名扬四海的美景。如果他们少花点时间凝视大海，多花点时间关注一下背后那座山，他们或许能有所防备。"这房子的年代有多久了？"

"这是我们家祖传的，"庞波尼阿纳斯自豪地说，"怎么啦？"

"这房子不安全。落下来的石块的重量——再加上陈旧的木料——这些桁条早晚会断裂的。我们得赶紧出去。"

托夸图斯掂了掂手中那块石头。"出去？进入这个里面？"

一时间谁也没有说话。突然，庞波尼阿纳斯开始干号，说他们完蛋了，说他们应该像他那天晚上建议的那样祭奉朱庇特，可就是谁都不听他的……

"闭嘴，"他妻子说，"我们不是还有坐垫吗？不是还有枕头和床单吗？我们可以用这些保护自己。"

托夸图斯说："司令在哪儿？"

"睡着了。"

"他已经决定等死了，对不对？关于酒的那通废话！可我还不准备死，你呢？"

"我也不。"阿蒂里乌斯为自己坚定的回答感到吃惊。萨比娜死了之后，他对一切都很麻木，如果有人说他的生命即将结束，他可能一点也不在乎。可是他现在的感觉已经截然不同。

"那我们还是回到海滩上去吧。"

里维娅大声命令奴隶们快拿一些枕头和床单过来，阿蒂里乌斯则匆匆回到了院子中。他仍然可以听到普林尼的鼾声。他使劲地拍门，想把门打开，可就在他离开的短暂时间里，过道里已经再次落满了石块。他只好跪下来用手扒拉，然后拉开门，举着火把冲了进去。他摇晃着舰队司令那肉乎乎的肩膀，老人哼了一声，在火把的亮光中眨着眼睛。

“别管我。”

他想侧过身继续睡觉，阿蒂里乌斯不再和他争论，而是用胳膊肘勾住普林尼的腋窝，拉着他站了起来。老人的重量压得他站都站不稳，但他还是推着不断抗议的普林尼向门口走去。刚跨过门槛，他就听到屋顶的一根梁在他身后发出了断裂的声响，屋顶的一部分哗啦一声砸到了地上。

他们将枕头横着顶在头上，这样枕头的两端可以护住耳朵。然后，他们将床单撕成布条，将枕头牢牢系在下巴下方。这种突然膨胀起来的脑袋使他们看上去像某种没有视觉的地下昆虫。然后，每个人握住一根火把或一盏提灯，一只手抓住前面一个人的肩膀——除了托夸图斯，他走在最前面，而且戴着头盔——他们一起出发，冒着四周飞来的石块，向海滩走去。

他们周围一片喧嚣。大海的浪涛声，石块砸在地上噼里啪啦的响声，屋顶坍塌的轰隆声。阿蒂里乌斯偶尔能感到石块砸到他头上时发出的沉闷声响，震得他的耳朵嗡嗡作响，这种感觉只有他小时候被老师鞭笞时体验过。这就像被一群暴民用石块砸死的感觉——仿佛众神已经投票认定火神获胜，而这种完全剥夺了人类所有尊严的痛苦历程便是火神羞辱俘虏的方式。他们慢慢向前走着，脚踩在齐膝深的浮石中，速度比普林尼快不了多少。普林尼一路咳嗽着，大口喘着气，似乎跌跌撞撞地向前每走一步情况就越发糟糕。他紧紧抓着亚力克希翁，身后跟着阿蒂里乌斯；阿蒂里乌斯的身后是里维娅，而她的身后是庞波尼阿纳斯，最后是握着火把的奴隶，手中的火把成了一条线。

从天而降的这场石头雨驱散了大道上的难民，但海滩上有火光，托夸图斯带领大家去往的正是那火光处。斯塔比亚的几个公民以及“密涅瓦”号上的几名水手拆毁了一条已经破烂的小船，点燃了它。他们用绳索、快舰上那结实的风帆以及十多支船桨在火堆旁搭了个大帐篷。那些沿着海岸逃命的人从大道走了下来，恳求能在里面避一避，几百个人推搡着想躲到里面去。里面的人不想让那些讨厌的新来者闯进这临时帐篷中，因此帐篷门口有嘲笑声和脚步拖曳的响声，直到托夸图斯高声说普林尼司令就在他身旁，任何水手胆敢违抗命令都将被钉上十字架。

他们牢骚满腹地让出了一些地方，亚力克希翁和阿蒂里乌斯让普林尼躺在入口旁的沙子上。他有气无力地说要喝水，亚力克希翁拿过一名奴隶的水壶，举到他的嘴唇边。他吞咽了一点水，咳嗽了几声，然后侧身躺下来。亚力克希翁轻轻解开枕头，将它垫在他的头下。他望着阿蒂里乌斯，阿蒂里乌斯耸耸肩。他不知道该说什么。他觉得这老人恐怕坚持不了多久了。

他转过脸，向帐篷里面望去。里面的人挤在一起，根本动不了。浮石的重量压得帐篷顶往下陷，因此几个水手会时不时地用船桨捅一捅帐篷顶，让上面的石块滚落下去。到处是孩子的哭声，有个男孩在哭着要妈妈，而其他人则一声不吭。阿蒂里乌斯想算一算现在是什么时辰——他估计应该是午夜时分，可即使是黎明也无法知道——他想知道他们还能坚持多久。饥饿或口渴，或者帐篷两边越聚越高的浮石堆迟早会迫使他们离开海滩。然后呢？被石块慢慢窒息而死？一种比人类设计出的任何角斗场内的搏杀更漫长、更巧妙的死亡过程？让普林尼认为的大自然是富有怜悯之心的神灵的看法见鬼去吧！

他一把将枕头从大汗淋漓的头上扯了下来。他露出面孔后突然听到有人在用沙哑的声音叫他的名字。在这拥挤不堪、几乎漆黑的帐篷里，他起初无法看清那是谁，甚至在对方慢慢向他这边挤过来时，他仍然没有认出对方来，因为对方像是用石头雕刻出来的，脸上落满了白色的灰尘，头发像美杜莎[①]那样一簇簇地竖在头顶上。他一直等到对方说出自己的名字——“是我，卢修斯·波比蒂乌斯”时，他才意识到那是庞贝的执政官之一。

阿蒂里乌斯一把抓住他的胳膊。“科蕾莉娅呢？她和你在一起吗？”

“我母亲——她在路上倒下了，”波比蒂乌斯抽泣起来，“我再也带不动她，只好丢下了她。”

阿蒂里乌斯摇晃着他。“科蕾莉娅在哪儿？”

波比蒂乌斯的眼睛像他那张毫无表情的脸上的两个空洞，而他看上去就像他家墙壁上那些祖先的面具。他使劲咽了口口水。

“你这胆小鬼。”阿蒂里乌斯说。

“我想带她一起走，”波比蒂乌斯哼哼唧唧地说，“可那疯子将她锁在了屋里。”

“于是你就抛弃了她？”

“我还能怎么着？他想把我们全都关在那里！”他紧紧抓住阿蒂里乌斯的衣服，“带上我。那是普林尼，对不对？你们有船？可怜可怜我，我一个人再也走不动了——”

阿蒂里乌斯推开他，高一脚低一脚地走到帐篷入口处。落下来的石头雨已经扑灭了篝火，而篝火灭了之后就连海滩上的黑暗也已不再是夜的黑暗，而是一个密封屋子里的那种黑暗。他使劲

① 美杜莎，希腊神话中的蛇发女妖。

睁大眼睛，向庞贝方向望去。谁能说整个世界不是处在被毁灭的过程中呢？谁能说将宇宙聚合在一起的那种力量，也就是哲学家们所称的“逻各斯”，没有在瓦解呢？他跪在地上，将手插进沙里。即使在沙粒穿过他的指间时，他在那一刻也知道一切都会被彻底毁灭——他自己，普林尼，科蕾莉娅，赫库兰尼姆的图书馆，舰队，海湾四周的城市，水道，罗马，恺撒，一切曾经生活过的生命以及一切曾被建造出的东西：一切最终都会化为石滩，化为永不平息的大海。谁都不会留下一个脚印，甚至都不会留下一份记忆。他会和其他人一起葬身在这海滩上，他们的骨骼会被压成粉末。

可是那座山还没有放过他们。他听到一名妇女发出一声尖叫，抬头向维苏威山望去。他看到天空中出现了一道神奇的火光，开始时隐隐约约而且似乎离得很远，但之后越来越强。

金曜日

八月二十五日

火山爆发的最后一天

转辰 00:12

终于，那么多的岩浆在那么短的时间内喷发出去之后，喷出物构成的圆柱体的密度会变得太大，稳定的对流无法再得到保持。当这种情况出现时，圆柱体便会坍塌，造成火山碎屑流，而这比火山灰雨更致命。

——《火山：一种地球观》

那道亮光慢慢向下移动，自右向左。一片镰刀状的发光云——这是普林尼的描述——*一片镰刀状的发光云*顺着维苏威山西坡翻滚而下，留下一小片一小片燃烧的烈火，其中还有一些孤立的闪烁点——那是被点燃的农舍和别墅，但在其他地方大片大片的森林正熊熊燃烧。一团团跳跃的红色和橙色火焰清晰可辨，在黑暗中撕出一个个锯齿状的孔。这把巨大的镰刀无情地前进，至少数到一百之后，短暂地闪耀一下随即消失了。

普林尼口述道："奇观已经进入了一个新的阶段。"

在阿蒂里乌斯看来，那默默蠕动的山脊有一种难以形容的邪恶——它那神秘的形状，它那谜一般的死亡。它诞生于开裂的山顶，一路翻滚到大海，最终为大海所淹没。他想起了那些肥沃的葡萄园，那一串串沉甸甸的葡萄，那些戴着镣铐的奴隶。无论那些葡萄是否成熟，反正今年注定不会再有美酒了。

"我们站在这里很难知道真实情况，"托夸图斯说，"不过从它的位置来看，我估计那片火焰云可能刚刚经过赫库兰尼姆。”

“可赫库兰尼姆似乎并没有着火，”阿蒂里乌斯说，“那片海岸漆黑一片，仿佛那座城市已经消失——”

他们朝那座火焰山的山脚下望去，寻找着某个有光的地方，但什么也看不到。

这给斯塔比亚海滩带来的影响是恐惧的转变，先是如释重负，然后是惊恐万状。他们不久便能闻到空气中的火焰味，一种硫黄和灰烬夹杂在一起的刺鼻酸味。有人开始尖叫，说他们都会被活活烧死。有人开始抽泣，而声音最响的是卢修斯·波比蒂乌斯——他边哭边念叨着母亲。突然，另外一个人——用船桨支撑帐篷顶的一名水手——大声喊叫说，那沉重的亚麻船帆已经不再下陷。这让刚才的惊恐平息了下来。

阿蒂里乌斯小心翼翼地将手伸到帐篷外，手掌朝上，仿佛在查看天有没有下雨。那名水手没有说错。虽然天空中仍然有小石块落下来，但已经不如刚才那么猛烈，似乎维苏威山已经另外找到了一个出口来发泄它那邪恶的能量，用奔腾而下的烈焰替代了一刻不停的石头雨。他在那一刻做出了决定。与其躲在这脆弱的帐篷下和那些惊恐不安的人待在一起，观看这可怕的一切，然后等死，还不如去做一件什么事——不如倒在海边大道上，躺在某个没有任何标志的坟墓里。他伸手拿起被他扔到一旁的枕头，果断地将它顶在头上，然后在沙地上摸索着，想找到那根用床单做的带子。托夸图斯低声问他在干什么。

“我要走了。”

“走？”普林尼一直侧身躺在沙地上，四周摊放着他的笔记，上面压着一堆堆浮石。他猛地抬起头来。“你不能走。我绝对不允许你离开。”

“大人，我对您万分敬重，但我只听从来自罗马的命令。”他感到很惊讶，其中一些奴隶居然也没有逃走。为什么没有？他估计是习惯。习惯，而且也无处可逃。

“可是我这里需要你。”普林尼那沙哑的声音里带着一丝哀求。“万一我出了点事怎么办？必须有人确保我的观察记录能够传给后人。”

“有其他人可以做这件事，大人。我更愿意去路上碰碰运气。”

“可你是追求科学的人，工程师。我看得出来。这也是你来这里的原因。你在这里对我更有用。托夸图斯——拦住他。”

舰长犹豫了一会儿，然后解开颏带，取下自己的头盔。“拿着这个，”他说，“金属比枕头里的羽毛能更好地保护你。”阿蒂里乌斯开始推辞，但托夸图斯将头盔塞进了他的手中。“拿着——祝你好运。”

“谢谢你，”阿蒂里乌斯紧紧握着他的手，“也祝你好运。”

头盔戴在他头上正好合适。他以前从来没有戴过头盔。他弯腰捡起一根火把，觉得自己像一名即将进入竞技场的角斗士。

“可是你要去哪里？”普林尼问。

阿蒂里乌斯走进那风暴中。很轻的石子落在头盔上又弹了出去。除了帐篷四周插在地上的几根火把以及远处熊熊燃烧的维苏威山外，四周漆黑一片。

“庞贝。”

托夸图斯估计斯塔比亚与庞贝之间的距离为三英里——在晴朗的日子里顺着大道步行只需一个时辰，但是维苏威山已经改变了时间和空间的法则，阿蒂里乌斯走了很长一段时间，却似乎仍在原地踏步。

他没费多少力气就离开海滩来到了大道上，而且他运气不错，维苏威山始终没有消失，因此那里的火焰可以给他指明方向。他知道只要笔直地朝火焰方向走去，他最终一定能到达庞贝。但是，他在顶风前进，因此尽管他低头猫腰，将自己的世界缩小成赤裸的双腿和他必须蹚过去的那一小片石头，迎面打来的浮石仍然刺扎着他的脸庞，灰尘仍然钻进了他的嘴巴和鼻孔中。他每走一步都会踩入齐膝深的浮石中，那感觉就像要爬一座砾石山或一个装满谷子的谷仓——一个永无止境、毫无特色的山坡，不断地摩擦他的皮肤、撕扯着他大腿根上方的肌肉。他每走几百步就得摇晃着身子停下来，依次将两只脚从紧贴他肌肤的浮石中拔出来，将鞋子中的石子弄出。

躺下来休息这种诱惑实在太强，但他知道必须竭力抵抗这种诱惑，因为他有时会踩到那些已经放弃的人的尸体上。他手中的火把映照出柔软的身躯，只是人的一个大概轮廓，偶尔还有一只脚凸在外面或者一只手伸向空中。倒在大道上的不只是人，他还撞见过一群牛，陷在乱石堆中死了；他撞见过一匹马，倒在被遗弃的马车的车轴之间，车上装的东西太沉，它已经再也拉不动了：一匹石头马在拉着一辆石头马车。所有这一切在他手中握着的火把的摇曳亮光中像幽灵一样稍纵即逝。周围肯定还有更多类似的场面，但幸运的是他看不到。有时，黑暗中也会突然出现活人——一个男人抱着一只猫；一个年轻女人，赤身裸体，神情恍惚；一对夫妇合力扛着一根很长的青铜枝形烛台，男的在前，女的在后。他们都在朝与他相反的方向而去。大道两边偶尔还会传来人的哭喊声和呻吟声，与他想象中的战斗结束后战场上可能听到的一样。他一直向前走着，只有一次停下过脚步。那是他听到一个孩子在哭喊着呼叫爸爸妈妈的时候。他停下来，侧耳聆听，高一脚低一脚地找了一会儿，想看看那声音是从什么地方传来的，并且大声呼喊着那孩子。但那孩子不再吭声，或许是出于听到陌生人声音后的恐惧，他最后只好放弃寻找。

所有这一切持续了几个时辰。

突然，维苏威山顶上又出现了那新月形的亮光，顺着与刚才相近的线路向下流去。它发出的红光比刚才明亮，当抵达海边或者他猜测是海边的地方时，它没有立刻消失，而是继续翻滚着进入大海，然后才逐渐变细，成为一片黑暗。随之而来的又是石头雨的减弱。但是，它这次在山坡上似乎没有重新点燃那里的火焰，而是扑灭了那里仍然在燃烧的大火。没过多久，他手中的火把开始突突作响，上面的沥青几乎已经烧光。他知道火把一旦熄灭，他将在黑暗中孤立无助。这种恐惧使他立刻重新有了动力。而当火把真的熄灭时，那的确非常可怕——比他所担心的还要可怕。他的腿消失在了黑暗中，他什么也看不见，甚至把手举到眼前也看不见。

维苏威山坡上的火势已经变小，只是偶尔喷发出橙色的火星。更多的红色闪电给那片乌云下方增添了一种粉红色的耀光。他吃不准自己正对着什么方向。他就像孤魂野鬼，四周没有一个人，石块没到了他的大腿处，脚下的大地在打旋、隆隆作响。他扔掉已经熄灭的火把，向前扑倒在地上。他张开双臂躺在那里，感到浮石像斗篷一样慢慢聚集在他肩膀周围，这让他感到特别惬意，就像儿时夜间在床上被盖上被子一样。他将脸贴在带有余温的石块上，感觉自己非常放松。一种强烈的祥和感笼罩着他。如果这就是死亡，那么它并不太可怕：他可以接受乃至欢迎它的到来，就像在水道的拱廊上疲惫地干了一天的活之后终于得到了理当得到的休息一样。

他在梦中看到地面在熔化，他在瀑布般的石块中翻滚着向地球中心摔去。

他被热浪和焦煳味惊醒了。

他不知道自己睡了多久，肯定有一段时间了，因为石块已经几乎要将他全部淹没。他是躺在自己的坟墓里。他惊恐万状地用前臂推开压在身上的石块，慢慢感到肩膀上的重压在减轻、在分散。他听到石块从他身上滚落时的沙沙声。他抬起身，摇摇头，吐掉嘴里的尘土，眨巴着眼睛。他的腰部以下仍然埋在石块中。

浮石雨已经基本停止，这是他已经习惯了的警告信号。远处，在他的正前方，他再次看到低矮的天际下又出现了那熟悉的镰刀状的发光云。唯一不同的是，它这次没有像彗星那样自右向左运动，而是快速降落下来，不断横向扩大，并且向他的方向扑来。它的后面虽然紧跟着一段黑暗，但是当热浪在山的南侧寻找到新的燃料之后，那些黑暗的地方又重新燃烧起来；它的前面，在熔炉般高温的驱送下，传来了一声巨响，如果他是普林尼的话，一定会改变比喻用词，不再将它形容为云，而是波，一道炽热的蒸汽波。炙烤着他的脸颊，使他的眼睛泪流不止。他可以闻到自己的头发被烧焦了。

他挣扎着爬出了浮石堆，硫黄般黄色的黎明正掠过天空向他逼近。它的中央有什么黑黝黝的东西在变大，在从地下升起，他意识到那深红色的光线正凸显出不到半英里外的一座城市的轮廓。视线明亮了一些。他看到了城墙和瞭望塔，一座屋顶被毁的神庙留下的石柱，一排被炸得面目全非的窗户，还有人，确切地说是人影，正惊惶失措地沿着城墙奔跑。那清晰的一幕只持续了很短时间，却足以让他认出那就是庞贝。接着，它身后的亮光慢慢淡了下去，将城市一起带进黑暗之中。

黎明 06:00

如果认为最初的爆发阶段结束后最坏的情况就已经过去的话，那是非常危险的。预测火山爆发什么时候结束比预测它什么时候开始更难。

——《火山百科全书》

他取下头盔，将它用作小桶，把它金属的帽檐扎进浮石中，铲起石块后扔到肩膀后。他不停地挖着，慢慢地发现自己居然看到了苍白的胳膊。他停了下来，惊奇地举起双手。能够看到自己的双手——这是多么微不足道的事，但他长舒了一口气，几乎要喊叫起来。早晨已经到来，新的一天正艰难地出现。他还活着。

看看挖得差不多了，他便停下来，将两条大腿抽出来，挣扎着站了起来。刚刚重新冒出火焰的维苏威山让他恢复了方向感。或许是他的想象，他觉得自己甚至能看到庞贝城的影子。铺满浮石的平原隐隐约约地在他周围延伸开去，构成一幅微微起伏的狰狞景象。他向庞贝走去，重新踩在齐膝深的浮石中，汗流浃背，浑身肮脏不堪。他感到口渴，鼻子和喉咙里充斥着火烧后留下的酸臭味。他根据与城墙的距离判断自己已经快到港口了，如果真是这样，那么附近应该有条河。然而，浮石已经淹没了萨尔努斯河，将它变成了一堆石块。透过空气中的灰尘，他依稀可以看到两边都有低矮的墙壁。他蹒跚着走上前时才发现这些并不是篱笆，而是房屋，被掩埋的房屋。他正行走在一条与屋顶齐平的街道上。这里的浮石至少有七八英尺厚。

真不敢相信，在这种石头雨的袭击下，居然还有人幸存了下来。但他们的确活了下来。他不仅看到他们在城墙上走动，而且可以看到他们从地上的洞穴、从墓穴一般的房屋里走出来——一对对相互搀扶着的夫妇，整整一家人，甚至还有一位怀抱婴儿的母亲。朦胧中，他们站在那里，拍打着衣服上的尘土，凝望着天空。除了偶尔有一块浮石落下来外，石头雨已经完全停止了，但阿蒂里乌斯可以肯定它还会重新到来的。这似乎有一些规律。冲下山坡的热浪越大，它从那风暴中吸取的能量似乎也越多，在它重新开始前风平浪静的时间也就越长。那些奔流而下的浪涛破坏力也越来越大，这一点也毫无疑问。第一拨似乎只流到赫库兰尼姆城那里；第二拨经过赫库兰尼姆进入了大海；第三拨几乎流到了庞贝城这里。下一拨可以轻而易举地毁灭整个庞贝城。他继续向前走去。

港口已经完全消失。浮石海面上伸出的几根桅杆、一根断裂的艉柱以及一条船身的轮廓是仅存的线索，证明这条船曾经存在过。他可以听到大海的波涛声，但似乎非常遥远。海岸线的形状已经被改变。地面偶尔会颤动一下，接着便能听到远处墙壁倒塌、木头断裂、屋顶坍塌的轰隆声。一团火球带着嘶嘶声划过周围的景色，击中了远处维纳斯神庙的柱子，立刻引起了一场大火。向前走变得更加困难。他觉得自己正顺着一个山坡往上走，于是竭力想象着港口原来的样子，从码头通向城门的斜坡道。烟雾腾腾的空气中出现了几根火把，从他身边经过。他原以为会碰到一群群幸存者抓住机会逃离这座城市，结果发现人流的方向正好相反。人们正在赶回庞贝城。为什么？他估计是寻找失散的亲人，看看家里还能挖出什么值钱的东西，或者趁机打劫。他想告诉他们，让他们趁着现在还有机会赶紧逃命，可他根本说不出话来。一个男人猛地推开他，从他身边超了过去，踩在那些不断滑动的浮石上时像提线木偶一样左右摇晃着。

阿蒂里乌斯来到了斜坡顶上。他在弥漫着尘埃的昏暗光线中摸索着，终于摸到了一块厚重的石头的一角，然后顺着它绕过去，进入一个低矮的隧道——那巨大的城门现在只剩下了这一点点，他伸手便可以摸到城门的拱顶。有人从他身后慢慢走上来，抓住了他的胳膊。“你看到我妻子没有？”

这个人举着一盏小油灯，一只手窝在火焰四周挡风。这是个年轻男子，相貌英俊，天真纯洁，仿佛是在早餐前外出散步。阿蒂里乌斯看到他罩着油灯的手指修过指甲。

“对不起——”

“朱利亚·费力克斯。你肯定认识她，大家都认识她。”他说话时的声音在颤抖。他大声喊叫道：“有人见到朱利亚·费力克斯没有？”

旁边有一些动静，阿蒂里乌斯意识到还有十多个人挤在一起，躲在城门洞里避难。

“她没有往这边来。”有人低声说。

年轻人痛苦地呻吟着，摇摇晃晃地向城内走去。“朱利亚！朱利亚！”他的声音越来越远，他那摇晃不定的油灯终于消失在了黑暗中。“朱利亚！”

阿蒂里乌斯大声问道：“这是哪座城门？”

刚才回答的那个人再次开口道：“斯塔比亚城门。”

“那么，这就是通向维苏威城门的大道，是吗？”

“别告诉他，”另一个声音说道，“他是个外乡人，是来抢劫的！”

另外几个男人正举着火把，强行从斜坡爬上来。

“贼！”一个女人声嘶力竭地喊道，“我们的家产没有人保护！贼！”

有人挥出一拳，有人破口大骂，在这狭窄的城门口，人影和挥舞的火把突然纠缠在了一起。阿蒂里乌斯手扶着墙向前挪动着，脚踩到了别人的身体上。有人咒骂起来，两只手抓住了他的脚踝。阿蒂里乌斯使劲将脚抽出，终于来到了城门尽头。他回头望了一眼，正好看到一根火把扎到了一个女人的脸上，立刻点燃了她的头发。他赶紧转身往外跑，想要尽快离开这是非之地。但那女人的尖叫声尾随着他，而且这斗殴的场面似乎将越来越多的人从偏僻小巷吸引了过来。男男女女从黑暗中露了出来。这些从黑影中出来的黑影，一步一滑地下了山坡，加入打斗中。

疯狂：整个城市都疯了。

他继续向山坡上走去，竭力分辨着方向。他相信这是去维苏威城门的路——他可以看到烈火那橘黄色的边缘正在他前方顺着山坡蔓延下来——这意味着他离波比蒂乌斯家不会太远，应该就在这条街上。他的左边有座大建筑，屋顶已经不见了踪影，里面什么地方有火在燃烧，照亮了窗户后面酒神那张留着胡子的大脸。这是剧院，对吗？他的右边是树桩形状的房屋，就像一排已经磨损的牙齿，只剩下几英尺墙壁露在外面。他摇摇晃晃地向那里走去。那里有火把在移动，有人还点燃了几堆火。人们都在发疯似地挖着，有人在用木板挖，有人则用双手挖掘着。其他人在呼喊着名字，拉出箱子、地毯、破损的家具。一位老夫人正歇斯底里地尖叫着。两个男人在争抢着什么东西——他看不清那是什么——另一个男人抱着一尊大理石半身塑像，正准备跑走。

他看到一群马，凝固在奔跑姿态中，正向他冲来。他呆呆地盯着它们看了一会儿，然后才意识到这是那大十字路口的群马雕像。他重新向山下走去，经过他记忆中的面包店，终于在齐膝高的墙壁上依稀看到了一条标语："邻居们要求选举卢修斯·波比蒂乌斯为市政官。他将证明自己实至名归。"

他从后街一扇窗户挤了进去，在满地的废墟中小心地走着，大声呼喊着她的名字，但这里没有任何生命迹象。

他仍然能根据二楼的墙壁看出这两套宅子的布局。中庭的屋顶已经坍塌，但它旁边那平坦的地方一定就是原来的游泳池，再过去一定就是第二个院子。他将头伸进原先二楼的几个房间，黑暗中只能看到一些破损的家具，摔碎的餐具以及撕破的窗帘。即使是那些斜屋顶也在石块的袭击下坍塌。浮石与赤陶瓦砾、砖头和木头碎片混合在一起。他找到了一个鸟笼，鸟笼的下面是一个阳台。他走进那已经空无一人的卧室，如今连屋顶也不见了踪影。这显然是年轻姑娘的卧室：被丢下的珠宝，一把梳子，一面破裂的镜子。在昏暗、污秽的光线中，被屋顶掩埋了一半的一个玩偶看上去像一个死孩子一样狰狞可怖。他从床上拎起一样看似床单的东西，结果发现那是件斗篷。他试着拉了拉门，但门锁着，然后他坐在床上，细看那件斗篷。

他很少注意女人身上穿的衣服。萨比娜总是说她就是穿着破衣烂衫他也永远不会注意。可是这件斗篷，他可以肯定是科蕾莉娅的。波比蒂乌斯说她被锁在了房间里，而这恰好是女人的卧室。无论是屋里还是屋外都没有尸体的迹象。他第一次大着胆子希望她逃走了。可什么时候逃出去的？逃向了什么地方？

他将那件斗篷翻过来，竭力思考安普里亚特斯会怎么做。"他想把我们全都关在那里”——波比蒂乌斯是这么说的。估计安普里亚特斯堵住了所有出口，并且命令大家熬过去。但是，傍晚时分肯定有那么一刻，也就是屋顶开始坍塌时，就连安普里亚特斯也意识到这老宅是个死亡陷阱。安普里亚特斯可不是那种甘心坐以待毙的人，他肯定会挣扎一番，但他不会逃出城，那不是他的性格。再说，到了那个时候已经无法再走得很远。不：他一定会带领全家去一个安全的地方。

阿蒂里乌斯将科蕾莉娅的斗篷贴在脸上，使劲闻着她的体香。也许她试过从她父亲身边逃走。她恨他，但他绝不会放她走。他估计他们一定排成队走出去，可能很像斯塔比亚庞波尼阿纳斯的别墅里发生的那一幕。头上裹着枕头或毯子，火把带来一丝亮光，然后走进那石头雨中，可是去了哪里？什么地方安全？他开始从工程师的角度来思考。什么样的屋顶会那么坚固，能够承受住八英尺厚浮石的重量？平坦屋顶显然承受不了，肯定是用现代方法建造的建筑物，而一个拱顶会非常理想。可庞贝什么地方有现代化的拱顶呢？

他丢下斗篷，摇晃着回到阳台上。

街上现在已经有几百个人，像蚁巢被踢碎后的一群蚂蚁，在半明半暗中四处乱转。有些人毫无目的——倾家荡产，惊恐万状，悲痛欲绝。他看到一个人平静地脱下衣服，将它们叠好，仿佛准备下水游泳。其他人则显得目标明确，实施着各自的逃生计划。小偷——或许他们就是合法的主人，还有谁能说清呢？——带着能搬动的任何东西冲进小巷里。让人最揪心的是黑暗中悲哀地呼唤出的那些名字。有没有人看到费里齐奥？维鲁斯？阿普雷雅——纳西塞斯的妻子？斯佩库拉？律师特伦蒂乌斯？父母与孩子走散了。

孩子站在房屋废墟外尖声哭喊。不断有火把伸到阿蒂里乌斯面前，希望他能是另外一个人——一位父亲，一位丈夫，一位兄长。他挥手让他们去别处，听到他们的问话后耸耸肩。他一门心思数着所经过的街区，顺着山坡向北，朝着维苏威城门爬去。一个，两个，三个，每个街区似乎总也走不到尽头，而他唯一希望的就是自己没有记错。

维苏威山的南坡上至少有一百处火焰在熊熊燃烧，像一个复杂的星座那样分散开来，低垂在天空中。阿蒂里乌斯已经学会了区分维苏威山上的火焰。这些火焰比较安全：是已经过去的劫难的余波。真正让他胆战心惊的是山顶上即将出现另一片耀眼的云朵，他赶紧继续驱动他那已经疲惫得酸痛不已的双腿，穿行在已经成为废墟的城市中。

在第四个街区的街角，他找到了那排商店，如今已经被掩埋了四分之三。他顺着浮石堆爬到低矮的屋顶上，蹲在屋脊旁。屋脊的轮廓非常清晰，因此另一边肯定有火光。他慢慢抬起头，已经被掩埋的建筑备料场的对面是安普里亚特斯新浴室的九扇高大的窗户，每一扇都被火把和几十盏油灯照得一片通明——藐视着周围的一切。他可以看到远处墙壁上画着的几个神，墙壁前面人头攒动，唯一缺少的就是音乐，否则那里看上去仿佛正在举行一场聚会。

阿蒂里乌斯滑到下面的院子里，向对面走去。那里的光线非常强，照得他在身后投下了影子。他走近时才看清，那些身影原来是奴隶们在忙碌着，他们正将被风吹进来的浮石从三个大室，也就是更衣室、温水浴间和热水浴间清扫出去。在浮石堆积最厚的地方，他们只能用木铲将浮石像积雪一样挖出去，而在其他地方他们只需用扫帚清扫。安普里亚特斯在他们身后踱来踱去，大声催他们干得再卖力一些，偶尔还会操起一把铲子或者扫帚，教其他人怎么做，然后再重新来回踱步。阿蒂里乌斯站在黑暗中看了一会儿，然后开始小心地向位于中间的温水池爬去，他看到温水池的后面便是拱顶蒸汽浴间的入口。

他无论怎么进去都必然会被发现，于是他干脆直接走了过去，踩着那些浮石，直接穿过打开的窗户。他的脚踩到铺着砖头的地面上时发出了响声，惊得那些奴隶全都睁大眼睛望着他。他朝蒸汽浴间方向刚走到一半，安普里亚特斯便看到了他——“水务官！”——然后跑过来拦住他。他微笑着伸出双手道：“水务官！我一直在等你！”

他的太阳穴旁有一道伤口，头皮左侧的头发沾上鲜血后变得硬邦邦的。他的脸上有划伤的痕迹，鲜血从脸上的灰尘下渗了出来，在苍白的面庞上刻出了一条条红色线条。他的嘴角挂着微笑：活像一个喜剧面具。他睁大了眼睛，耀眼的火光在他的眼睛里反射着。阿蒂里乌斯还没有来得及开口，他便开始滔滔不绝地说了起来。“我们必须立刻让水道流淌起来。你看，一切准备就绪。什么都没有坏。只要能接上水，我们明天就能开业。”他说话的速度很快，词一个个从他嘴里蹦出来，一句话刚说完下一句就接了上来。他脑子里有那么多意思要表达！他全都预见到了！“大家需要城里还有个地方在正常运转。他们需要洗澡——把这里重新收拾好可真不容易。不过，这意义重大，它将成为站稳脚跟的一个象征。如果大家看到浴室在营业，他们就会有信心，而信心是一切的关键。这种信心的关键又是水。水就是一切，你明白了吗？我需要你，水务官。我们五五分成。你觉得怎么样？”

“科蕾莉娅在哪儿？”

“科蕾莉娅？”安普里亚特斯的眼睛仍然不放过任何潜在的交

易。“你想要科蕾莉娅？用她来换水？”

“也许吧。”

“娶她为妻？我愿意考虑考虑。”他用大拇指一指道，“她在那儿。不过，我要让律师白纸黑字地定下条件。”

阿蒂里乌斯转过身，大步穿过狭窄的入口，进入蒸汽浴间。插在墙上铁支架上的火把将小小的拱顶蒸汽浴间照得通明，四周的石头长凳上坐着科蕾莉娅、她母亲和哥哥，他们的对面坐着管家斯库塔里乌斯和那巨人般的门卫马萨沃。蒸汽浴间另外还有一个出口，通向热水浴间。阿蒂里乌斯进去时，科蕾莉娅抬起头来望着他。

“我们必须离开，”他说，“快点，大家快走。”

安普里亚特斯跟在他身后，立刻挡在了门口。“不，”他说，“谁也不许走。我们已经熬过了最可怕的阶段，现在更不是逃跑的时候。还记得预言家的预言吗？”

阿蒂里乌斯不理他，而是直接对科蕾莉娅说话。她似乎完全惊呆了。“听我说。落下的石块并不是最主要的危险，最主要的危险是石头雨停下来后从山坡上下来的夹带着火焰的风。我已经见识过了。它所到之处，一切都难以幸免。”

“不，不。我们在这里比在什么地方都更安全，”安普里亚特斯坚持说，“相信我。这些墙壁有三英尺厚。”

“只能抵挡住蒸汽浴间的热度吧？”阿蒂里乌斯对所有人说道，“别听他的。如果那片炽热的云来到这里，这地方会像烤箱一样将你们烤熟。科蕾莉娅。”他把手伸给了她，她飞快地瞥了一眼马萨沃。阿蒂里乌斯意识到，他们被看住了，这蒸汽浴间就是他们的囚室。

“谁也不许离开，”安普里亚特斯又说了一遍，“马萨沃！”

阿蒂里乌斯抓住科蕾莉娅的手腕，想赶在马萨沃阻拦住他们之前拉着她向热水浴间的入口跑去，但马萨沃的动作太快。他跳起来挡住了出口，当阿蒂里乌斯想用肩膀将他顶开时，马萨沃伸出前臂，勾住了他的脖子，将他拖了回来。阿蒂里乌斯松开科蕾莉娅，挣扎着想撬开勒住他气管的胳膊。阿蒂里乌斯平常与人动手时一般不会吃亏，可现在面对的是这样一个铁塔似的对手，而且是在他已经筋疲力尽时。他听到安普里亚特斯在命令马萨沃拧断他的脖子——“就当他是只小鸡！”——接着，他的耳旁呼的一声有火焰闪过的响声，然后便是马萨沃痛苦的尖叫声，勒住他脖子的那只胳膊松开了。他看到科蕾莉娅双手握着一根火把，马萨沃跪倒在地上。安普里亚特斯叫着她的名字，声音里几乎带着一丝恳求的意思，并且向她伸出双手。她猛地转过身来，挥舞着手中的火把，然后将火把朝她父亲扔过去，跑到了外面的热水浴间，并且喊叫着要阿蒂里乌斯跟在她身后。

他向她追去，穿过连接通道，来到灯火通明的大厅，跑过擦得一尘不染的地面，经过那些奴隶，跳进了窗外的黑暗中，立刻落到石头堆中。他们向院子对面跑到一半时，他回头看了一眼，以为她父亲或许放弃了——他起初没有看到他们有被追赶的迹象。但是，已经气得发疯的安普里亚特斯是不会放弃的，绝对不会放弃。窗口出现了马萨沃那不容置疑的高大身躯，旁边是他的主人。窗户上的亮光立刻变得支离破碎起来，因为火把被分给了不同的奴隶。十多个人握着扫帚和铲子跳出了热水浴间，开始呈扇形向他们包围过来。

他们一步一滑，似乎用了一个世纪才爬回到周围的屋顶上，再从那里跳到街上。就在待在屋顶的那短短的一瞬间，至少有一名奴隶隐约地看到了他们并发出警报。阿蒂里乌斯跳到街上时感到脚踝剧烈的疼痛。他抓住科蕾莉娅的胳膊，一瘸一拐地顺着山坡向上跑去。当安普里亚特斯的手下举着火把出现在他们身后的道路上时，他们俩躲到了墙壁的阴影中。他们逃往斯塔比亚城门的道路都已被切断。

他一时觉得什么都完了。他们被困在了两股烈火之间——那些火把的火焰和维苏威山的火焰。甚至就在他的眼睛来回张望时，他也注意到山顶同一处像以前一样开始形成一种淡淡的微光，那就是火焰波产生的地方。绝望之中，他的脑海里突然闪过一个念头——很荒唐，他立刻将这想法驱赶到了一旁——但这个想法仍然萦绕在他的心头，不愿离去。他突然想，自己的脑海深处是否一直有着这个念头。他一直在做什么？当别人都待在原地或逃难时，他却一直在向维苏威山靠拢——先是沿着海边道路从斯塔比亚到了庞贝，然后又上山，从城南来到了城北。或许维苏威山从一开始就一直在等着他：他的命运。

他向维苏威山望去。他对自己的怀疑深信不疑。那道不断逼近的亮光正变得越来越大。他低声问科蕾莉娅："你还跑得动吗？"

"跑得动。"

"那就使劲往前跑。"

他们从墙壁的阴影处一步步走了出来。安普里亚特斯的手下背对着他们，正盯着斯塔比亚城门方向的昏暗之处。他听到安普里亚特斯还在下达着命令——"你们两个负责旁边的小街，你们三个向山下追"——他们别无选择，只能重新开始艰难地踩着浮石前进。他必须咬紧牙关来忍住大腿上的剧烈疼痛，而她奔跑的速度本来就比他快——就像她在米塞努姆城奔上山坡时一样：她的一只手将裙子全部挽在屁股后，修长的双腿在黑暗中闪动着。他跌跌撞撞地跟在她身后，听到安普里亚特斯又在大喊"他们在那儿！

跟我来！”他们跑到街区尽头时，他大着胆子回头望了一眼，只看到一根火把在他们身后晃动着。“胆小鬼！”安普里亚特斯声嘶力竭地叫骂着，“你们害怕什么？”

但是，让他们集体叛变的原因再明显不过。那道由烈焰组成的浪涛正清清楚楚地从维苏威山上横扫下来，每时每刻都在变化着，不是变得更高，而是变得更宽——翻滚着的气浪，温度比火焰更高：白热——只有疯子才会迎着它奔跑。就连马萨沃现在也不愿意再跟着他的主人了。人们已经不再徒劳地挖掘自己的家当，而是一脚高一脚低地向山下跑去，躲避这气浪。阿蒂里乌斯的脸上感觉到了热度。炽热的风卷起了一团团灰尘。科蕾莉娅回头看了他一眼，但他催促她继续向前跑——将所有本能和理性抛到一旁，直接向维苏威山的方向跑去。他们又跑过了一个街区，前面只剩下一个街区了。在他们的前方，燃烧的天空映衬出了维苏威城门的轮廓。

“站住！”安普里亚特斯喊叫道，“科蕾莉娅！”但他的声音越来越弱，离他们也越来越远。

阿蒂里乌斯低着头，迎着刺骨的热风来到了地下水库所在的街角。灰尘几乎完全迷住了他的双眼，他拉着科蕾莉娅，下到了那条狭窄的小巷中。浮石几乎完全掩盖了水库的门，只露出一小块三角形的木板。他用脚踢着，踢了三下后门锁才打开，浮石立刻从门口滚落了进去。他将她推了进去，然后跟在她身后滑进了漆黑的水库中。他可以听到流水声，摸索着向那里走去。他摸到了水池的边缘，翻爬过去，进入齐腰深的水中。他紧紧拉着她，在格栅四周摸索着，找到螺栓后将格栅取了下来。他引导着科蕾莉娅钻进隧道口，然后自己也爬了进去。

“向前爬。尽量往前爬。”

一声轰鸣，像雪崩的响声。她听不清他在说什么，就连他自己也无法听到。但是，她本能地向前爬去。他跟在她身后，双手放在她的腰间，用力按着她跪下来，让她的身体尽可能多地浸泡在水中。他扑在她身上，两个人在水中紧紧抱在一起。然后，黑暗的水道中便只有炽热的高温和刺鼻的硫黄味，正好就在城墙下。

第二时辰 07:57

在温度高于二百摄氏度的环境中，人体最多只能坚持一会儿，尤其是在快速流动的火山碎屑涌浪中。在缺氧的情况下，只要吸入几次浓密的热火山灰，人就会失去知觉，呼吸道就会被严重灼伤……不过，在火山碎屑涌浪比较偏的地方，幸存下来还是有可能的，条件是要有足够的庇护，能够抵挡住火山碎屑涌浪及其高温，以及快速移动的物质云所夹带的抛射物（石块、建筑材料等）。

——《火山百科全书》

一场炽热发光的沙尘暴飞速冲下山坡，向安普里亚特斯扑来。暴露在外的墙壁被拦腰截断，屋顶炸裂，砖瓦、房梁、石头和尸体朝他飞来。然而，他临死前那一刻对他而言似乎那么漫长，那一切来得那么缓慢，他可以看到那些东西在一片灿烂中翻滚。接着，冲击波袭到了他身上，震破了他的鼓膜，点燃了他的头发，吹走了他的衣服和鞋子，然后卷起他，将他头朝下重重地摔向一座建筑的侧墙。

他几乎立刻毙命。火山碎屑涌浪冲到了他的浴室，穿过敞开的窗户，闷死了他的妻子——她至死都在遵守他的命令，一直待在蒸汽浴间。火山碎屑涌浪追上了他的儿子——他逃了出来，正想跑到伊希斯的神庙里去——将其卷到了空中。它超过了正顺着街道向斯塔比亚城门奔去的管家和门卫马萨沃，经过了妓院——妓院老板非洲佬刚刚回来取东西，而泽米丽娜正躲藏在埃克索姆尼乌斯的床下。它夺去了布雷毕克斯的生命——他在火山刚开始爆发时回到了角斗士学校，要和他以前的伙伴们待在一起；它夺去了穆萨和科威纳斯的生命——他们信赖布雷毕克斯是本地人，熟悉当地的情况，因而决定和他待在一起；它甚至还夺去了波里特斯的生命——这忠心耿耿的奴隶一直躲在港口，后来回城想去看看能否帮一帮科蕾莉娅。它在不到半分钟的时间里夺走了两千多人的生命，留下他们的尸体，摆成各种令人毛骨悚然的姿势，让后人瞠目结舌。

虽然他们的头发和衣服燃烧了起来，但由于缺氧，火很快就熄灭了。然而，火山碎屑涌浪过后接踵而来的是两米高的细灰，像海潮一样漫着整座城市，淹没了一切声音，遮盖住了一切地貌，将那些倒下的遇难者的所有细节永远凝固起来。灰逐渐变硬，更多的浮石落了下来。尸体在这紧身的空间里腐烂，几个世纪后这地方曾经有过一座城市的记忆也随着那些尸体化为乌有。庞贝变成了一座空城，里面的公民只有完美的躯壳——或挤在一起或独自一人，衣服或被卷走或蒙着他们的头，无望地紧紧抓住他们最珍爱的物品……或者什么也没有抓着。这些空壳在与屋顶齐平的地方定格在空中。

在斯塔比亚，火山碎屑涌浪的风卷走了沙滩上临时搭建的帐篷，也就是“密涅瓦”号上的船帆。没有了遮挡物之后，人们可以看到发出红光的云团从维苏威山翻滚而下，直奔他们而来。

每个人都开始奔跑，带头的正是庞波尼阿纳斯和波比蒂乌斯。

他们原本打算带上普林尼。托夸图斯和亚力克希翁分别抓住他的胳膊，拉着他站了起来，但普林尼已经不愿意再移动一步。他粗暴地让他们别管他，自己去逃命。他们看出他已经打定了主意。亚力克希翁收拾起那些笔记，一再保证将他们交给老人的外甥。托夸图斯行了个礼。然后，沙滩上便只剩下了普林尼一个人。

他已经竭尽全力。他已经记录下了这一“奇观”各个阶段的时间，记录下了各个阶段的情形——圆柱体、云团、风暴、烈火，并且在描述的过程中用尽了所有的词。他已经非常高寿了，已经看到过许多奇迹，而现在大自然垂怜他，让他最后终于看到了她的威力。在他生命的最后时刻，他继续像年轻时那样仔细地观察着——一个人还能乞求什么比这更大的恩典呢？

那道光非常明亮，但里面到处都有摇曳的黑影。那些黑影是什么？他仍然想知道。

人类总是将测量错当成理解，总是将自己置身于一切的中心。这是他们最大的自负。地球正变得越来越热——这肯定是我们的过错！这座山正在摧毁我们——我们没有乞求众神息怒！雨水太多，雨水太少——唯一令人宽慰的是想到这些事情多少都与我们自己的行为有关，想到如果我们生活得再好一点，再节俭一点，我们的美德便会有所回报。可是，大自然就在他面前，正迅速向他逼近——神秘莫测，征服一切，冷漠无情——他看到人类的虚荣在她的烈焰面前是多么的不堪一击。

风太强，强得令人难以呼吸，甚至无法站稳脚跟。空气中充斥着灰尘和沙粒，还有那可怕的光芒。他喘不上气来，胸口异常疼痛，像戴上了铁箍。他摇摇晃晃地后退了几步。

面对它，不要放弃。

面对它，像个罗马人。

热浪吞噬了他。

这一天剩下的时间里，喷发一直持续着，新的火山碎屑涌浪和震耳欲聋的爆炸声不断振动着地面。将近傍晚时，它的威力终于开始减弱，然后天开始下雨，雨水扑灭了大火，冲洗掉了空气中的火山灰，并且浸湿了那漂移的灰色地形。庞贝平原以及从赫库兰尼姆到斯塔比亚的美丽海滨到处布满了低矮的沙丘和空穴。雨水注满了水井，让泉水重新充沛起来，并且制造出了一条条新的溪流，蜿蜒地流向大海。萨尔努斯河已经完全改道。

空气渐渐清新之后，维苏威山重新进入了人们的视野，但它的形状已经彻底改变，不再高耸成一个尖尖的山顶，而是变成了一个空谷，仿佛山顶被人咬去了一大块。一轮巨大的圆月，由于空气中灰尘的缘故变得通红，升到了空中，俯视着一个面目全非的世界。

人们在海滩上找到了普林尼的尸体。他外甥说："他看上去更像是进入了梦乡。"他将普林尼和他的那些观察记录一起带回了米塞努姆城。这些资料后来被证明极其精确，科学界甚至出现了一个新的词语"普林尼式的"，用来形容"一次火山喷发，一股狭窄的气体带着巨大的威力从中央喷口喷射到几英里的高度，然后再向周围扩散"。

奥古斯都水道继续流淌着，而且还会流淌数百年。

那些家在维苏威山东边的难民在天黑前开始试探着回家，在此后的日子里有许多故事和谣言在流传。据说，有个女人生下的孩子是一块石头，而且有人看到石头活了过来，有了人的形状。在通往诺拉城的大道一侧，一片树林越过大道到了另一侧，而且结出了一种神秘的绿色果子。这种果子据说包治百病，无论是被虫子叮咬还是脱发，用了它后都很有效。

同样神奇的还有幸存者的故事。据说有一名盲眼奴隶逃出了庞贝，在去斯塔比亚的大道上碰到了一匹死马，便钻进了马肚子里，就这样躲过了那热浪和石头雨。有人看到两个美丽的金发孩子——双胞胎——在四处游荡，身上穿着金色的长袍，毫发未损，身上连一条划痕都没有，却不会说话——他们被送到了罗马，被皇帝带回了家。

流传时间最长的传说是：火山喷发结束的那天黄昏，一个男人和一个女人从地下冒了出来。据说，他们像鼹鼠那样在地下隧道里爬行了几英里，从庞贝一路爬过来，直到地面上平静之后才出来。他们全身浸泡在那孕育着生命的地下河河水中，而正是这水给了他们神圣的保护。据说，有人看到他们一起向海边走去。太阳从维苏威山落下，映衬出它已经破碎的轮廓。傍晚，熟悉的清风从卡普里岛方向吹来，吹动了高低不等的一堆堆火山灰。

然而，人们普遍认为这个故事太牵强，所有头脑理智的人都不予理会。

致谢

> 我在本书前言中列出了所有引文来源，之所以要这样做，是因为我认为这是件令人愉快的事情，同时也是向那些泰斗表达敬意，正是他们造就了我们的成功……
>
> ——普林尼，《博物志》前言

我恐怕无法像普林尼那样声称自己在研究的过程中参阅过两千多册书籍，但如果没有许多学者的成果，本书可能无法问世。因此，我像普林尼一样感到列出其中一些书籍是件“令人愉快的事情”——至少对我是如此。

除了书中已经引用的那些关于火山的著作，我还要感谢让 - 皮埃尔·亚当（《罗马建筑》），卡林·A. 巴顿（《罗马荣誉》），玛丽·毕贡（《罗马本性》），马赛尔·布里昂（《庞贝与赫库兰尼姆》），莱昂内尔·卡松（《古代航海者》），约翰·德阿姆斯（《那不勒斯湾的罗马人》），约瑟夫·杰·德伊斯（《赫库兰尼姆》），乔治·霍克（《内茅索斯的水道》），约翰·F. 希里（《老普林尼论科学技术》），詹姆士·希金博塔姆（《皮希纳水库》），A. 特里弗·霍奇（《罗马水道与供水》），威尔赫米娜·菲姆斯特·雅什姆斯基（《庞贝的花园》），威伦姆·荣曼（《庞贝的经济与社会》），雷·劳伦斯（《罗马时期的庞贝》），阿米德欧·马伊乌里（《庞贝》），奥古斯特·马乌（《庞贝：其生活与艺术》），大卫·摩尔

(《罗马的万神庙》)，萨尔瓦多·纳波(《庞贝：失落之城指南》)，小 L. 理查森(《庞贝：建筑史》)，切斯特·G. 斯塔尔(《罗马帝国的海军》)，安东尼奥·瓦隆(《庞贝：一座消失城市的秘密》)，安德鲁·华莱士－哈德里尔(《庞贝和赫库兰尼姆的房屋与社会》)，以及保罗·赞卡(《庞贝：公共与私人生活》)。

普林尼、塞内加和斯特拉博著作的译文大多取自洛布典籍书库公司出版的版本。我还大量使用了维特鲁威《建筑十书》中的内容，选用的是英格里德·D. 罗兰德和托马斯·诺贝·豪编辑的版本。理查德·J. A. 塔尔伯特编辑的《希腊和罗马帝国的地图册》帮助我了解了坎帕尼亚。哈拉尔杜·希格德森、斯坦福·卡什多勒和斯蒂芬·R. J. 斯帕克斯在《美国考古杂志》上发表的对火山喷发的研究（86：38—51 页）也给了我巨大帮助。

我还有幸在约翰·达姆斯谢世前，与他在一座闷热的英国花园里共进晚餐时讨论那不勒斯湾，他的善意和鼓励我将永生难忘。A. 特里弗·霍奇教授对罗马水道的开创性研究对我在书中描绘奥古斯都水道至关重要，他还竭诚回答了我的大量问题。杰斯帕·格里菲斯教授的支持使我得以使用牛津阿什莫林博物馆的图书资料。剑桥大学纽纳姆学院的玛丽·比尔德博士阅读了本书的手稿，并提出了许多宝贵建议。

我在此真诚感谢上述所有学者，并提供那句约定俗成的按语来保护他们：本书所有错误、误解和数字滥用一概由作者本人负责。

罗伯特·哈里斯

二○○三年六月于金特贝里

图书在版编目(CIP)数据

庞贝 / （英）罗伯特·哈里斯（Robert Harris）著；
路旦俊译. -- 北京：社会科学文献出版社，2021.1
书名原文：Pompeii
ISBN 978-7-5201-7416-9

Ⅰ. ①庞…　Ⅱ. ①罗… ②路…　Ⅲ. ①长篇小说－英国－现代　Ⅳ. ①I561.45

中国版本图书馆CIP数据核字（2020）第190538号

庞　贝

著　　者 / ［英］罗伯特·哈里斯（Robert Harris）
译　　者 / 路旦俊

出 版 人 / 王利民
组稿编辑 / 董风云
责任编辑 / 张金勇　钱家音

出　　版 / 社会科学文献出版社·甲骨文工作室（分社）（010）59366432
地址：北京市北三环中路甲29号院华龙大厦　邮编：100029
网址：www.ssap.com.cn
发　　行 / 市场营销中心（010）59367081　59367083
印　　装 / 北京盛通印刷股份有限公司

规　　格 / 开　本：889mm×1194mm　1/32
印　张：10.625　字　数：253千字
版　　次 / 2021年1月第1版　2021年1月第1次印刷
书　　号 / ISBN 978-7-5201-7416-9
著作权合同登记号 / 图字01-2020-6896号
定　　价 / 62.00元

本书如有印装质量问题，请与读者服务中心（010-59367028）联系